UTE RUF

Gestaunt, gelitten und gelacht

Wahre Storys aus meinem Leben

Erschienen im

Affoltener Anzeiger   +   Nebelspalter

Verlag: BoD · Books on Demand GmbH, In de Tarpen 42, 22848 Norderstedt,

bod@bod.de

Druck: Libri Plureos GmbH, Friedensallee 273, 22763 Hamburg

ISBN: 978-3-7693-0694 -1

UTE RUF

Gestaunt, gelitten und gelacht

Wahre Storys aus meinem Leben

Erschienen im
Affoltener Anzeiger   +   Nebelspalter

Aus dem Affoltener Anzeiger

Gran Canaria

Im Winter ist Hauptsaison auf Gran Canaria, und ich sehe viele
muntere Rentnerpärchen. Manche Hand in Hand und dieses hier im
Partnerlook, weisse Hose, weisses T-Shirt, weisses Gilet, wow!
Ein paar Wenige haben zu wenig angezogen. Nein, ich meine nicht
die jungen Frauen! Deren Bikini darf knapp sein.

Barfuss, die Turnschuhe über die Schulter gehängt, patschen wir
durch den nassen Sand. Immer wieder werden die Füsse umspült.

Dann kommt die Nudistenzone. So viele Fudis auf einmal!
Da sind welche Leute, die sich runter zum Handtuch bücken und
welche auf dem Marsch ins Meer hinaus. Ausserdem jede Menge
unterm Männerbauch lustig herumhüpfende Geschlechtsorgane.

Nach unserer Strandwanderung ran ans Abendbüffet. Es werden die
Teller gefüllt mit Salaten und Gemüse, mit Frites, Fisch und Fleisch.

Beim Dessert nehme ich vier verschiedene Kuchensorten.
Es sind zwar Mini-Stücke, aber ich will herausfinden, wegen
welchem es sich lohnt, Fett anzusetzen.
«Das sind auch Bauchsachen», sage ich zu meiner Tochter und
verspreche:
»Morgen nehm ich nur noch vom besten.» Dann schimpfe ich:
«Diese Schlemmerei muss ein Ende haben! Die Leute fressen im
Unverstand, und ich sag ihnen das jetzt!»

Ich nehme mein Glas, steh auf und blicke streng in die Runde.
Dann schau ich in das erschrockene Gesicht meiner Tochter,
die meint, gleich müsse sie sich mal wieder wegen ihrer Mutter
schämen – und setz mich hin.
«War nur Spass», lache ich.

Erster April

Ende März bat ich meine Schülerinnen und Schüler, sich einen Aprilscherz auszudenken. Wir würden ihn als Hausaufgabe tarnen.

Folgendes wurde beschlossen:
«Mami, wir müssen morgen ein paar Schuhe von der Grossmutter oder vom Grossvater in die Schule mitbringen.»

Am zweiten April wurde vom Schimpfen der Mutter berichtet. Obwohl ich gesagt hatte, sie sollen es zuhause mit dem Ärger nicht auf die Spitze treiben sondern bald mal «Erster April!» rufen, so war dieser Moment offenbar nicht erwischt worden.
Karin erzählte, wie sie mit der Mutter extra ins Altersheim gefahren sei, um der Grossmutter ein paar Schuhe wegzunehmen.
Andere berichteten von Suchaktionen in Keller und Winde.

Ein paar Jahr zuvor hatte ich mir einen ganz ungünstigen Aprilscherz ausgedacht. Ich machte ein Diktat, und die Kinder sollten viele Wörter falsch schreiben. Ich korrigierte alles und schrieb die Fehlerzahl mit Ausrufezeichen hin und dazu: «Unterschrift».

Die Kinder sollten aber vor dem Ausrasten der Eltern weiterblättern, und auf der nächsten Seite hatten sie «Erster April» notiert.

Dieser Scherz kam nicht gut an. Die Eltern nervte es, dass das Diktatheft mit roten Strichen «versaut» war.

Scherz vom letzten Jahr:
Die Kinder sollten zuhause sagen, sie müssten den Ehering mitbringen, um zu schauen, was eingraviert sei. Wir hatten das Lied «Die Vögel wollten Hochzeit halten» gelernt. Aber - halt - den Ringnatürlich nicht mitbringen! Unter Androhung fürchterlicher Strafen habe die Mutter diesen Ring in ein Schächtelchen versorgt, sagte ein Mädchen. Und mein Auftrag, «Erster April!» zu rufen, bevor die Mutter sich aufregt, wurde nie befolgt.
Da sei es ja erst lustig geworden.

Von einer, die auszog

Meine Tochter sagte:
«Entweder wähle ich die Geborgenheit oder das Abenteuer.»
Sie hatte das Staatsexamen bestanden und suchte eine Stelle.
In unserer Nähe wurde eine Assistenzärztin für die *Innere Medizin*
gesucht und in Lugano eine für die *Chirurgie*.
Als kluge Mutter mischte ich mich natürlich nicht ein. Doch da sie
siebenundzwanzig war, aber wie siebzehn aussah, hoffte ich, dass
die Jury in Lugano beim Bewerbungsgespräch erkennen würde,
dass sich so ein zierliches Geschöpf nicht für Chirurgie eignet.
Doch die merkten nichts und nahmen sie!

Isabelle stand mit Gepäck an der Tür und sagte:
«Mami, du kannst jetzt mein Zimmer haben.»
«Niemals, das bleibt dein Zimmer.»
«Nein, ich komme ja nie mehr zurück. Ich meine, nur noch als
Besuch.»
O Gott, siebenundzwanzig Jahre lang hatten wir zusammengelebt,
und wir hatten es immer nett miteinander gehabt, und das sollte für
immer vorbei sein? (Ausser, dass es mit der Chirurgie nicht klappt,
so meine letzte fiese Hoffnung.)

Doch sie berichtete am Telefon begeistert von Leistenbrüchen, bei
denen sie assistiere. In Handarbeit war sie immer gut gewesen, und
so durfte sie bald auch Wunden zunähen.

«Ich brauchte doppelt so lang wie der Oberarzt. Man hat dem
Patienten die Narkose verlängern müssen, aber ich hab ihm eine
sehr schöne Naht gemacht.»

Und zu Besuch komme sie in nächster Zeit nicht.
Es sei aufregend in Lugano.

«Dein Zimmer bleibt dein Zimmer. Für immer.»

Aber einmal machte ich Probeliegen in ihrem Bett. Nicht schlecht.

Reserviert

Wir trafen uns im Bahnhof Affoltern, Rosmarie und ich. Sie hatte mir per Mail ein Foto von sich geschickt, und deshalb erkannte ich sie: gross, schlank, blond und nett.
Hallo! Freundliche Begrüssung am Fahrkartenschalter.
«Bitte zweimal nach Voghera / Italien, retour, Halbtax, für nächsten Samstag.»

Wir waren Teil einer Gruppe und hatten auf der Adressliste gemerkt, dass wir in der Nähe wohnen und deshalb die lange Anreise gemeinsam bewältigen könnten.

Es war Samstag. Im Zug sassen wir bei zwei Männern, und wir vier hatten eine angeregte Unterhaltung. Wir packten vergnügt unser Essen aus: jeder ein selbstgemachtes Sandwich! Da könnte man im ganzen Zug nachfragen, und es gäbe bestimmt kein Abteil, in dem vier voneinander unabhängige Personen ihr Sandwich selbst gemacht hätten, lachte ich.
Schon wieder ein Thema: Fastfood.
Wir Vier redeten über:
Kinder, und darüber, dass es leider kein Weiterleben gibt nach dem Tod, über Schalldämpfung bei Schulhausneubauten, über die Blechtrommel von Grass, über Montauk von Frisch, über die Naturschutzhilfe, die die beiden Architekten eine Woche lang unentgeltlich leisten würden auf einem Tessiner Berg, über den Schriftsteller Kempowski, der mich zweimal besuchte, als er in Zürich war, über die Glückspost, über Gedichte von Morgenstern und Heinz Erhard – mein Nachbar deklamierte ein Gedicht von ihm, ich eins von Goethe – und über die Gaumenspalte der Tochter des anderen Mannes.

Jedenfalls waren wir sehr schnell in Bellinzona, wo unsere Reisegefährten ausstiegen. Wir winkten ihnen nach.
Nein! Keine Natelnummer ausgetauscht!
Die beiden Typen waren schliesslich verheiratet!!

Gerudert mit Klaus, getanzt mit Uwe

Mit Rolf Blicke getauscht. Er hat mir Wurst verkauft. Wohnte später mit einer Norddeutschen in einem romantischen Häuschen. Er lebt schon lange nicht mehr.

Mit Gerd vorgespielt. Mozart vierhändig und mal an zwei Klavieren. Beim Klassentreffen seh ich ihn noch.

Mit Hansjörg ins Kino gegangen. Händchenhalten auf dem Heimweg. Im Hausflur der erste Kuss.

Mit Walter Motorrad gefahren. Die Arme von hinten um seinen Bauch. Walters Ex hat dann gesagt, sie brauche ihn. Heute ist er bestimmt noch bei ihr.

Mit Uvo Velo gefahren. Einmal 70 Kilometer. Uvo, schön und melancholisch, hatte eine Schrumpfniere. Heute ist er womöglich an der Dyalyse.

Mit Andi geschrieben. Einmal stand in seinem Brief *Utam esse amandam.* Das war mir doch zu viel. Ich schrieb nicht zurück. Heute suche ich seine Briefe und finde sie nicht mehr.

Mit Uwe eng getanzt im Pferdestall. Langer Heimweg in den Waldweg in Heidelberg. Er wohnte gegenüber meiner Studentenbude. Heute ist Uwe Arzt bei Hamburg.

Mit Ingo Tennis gespielt. Kein Match, nur so, hin und her und oft ins Aus. Habe ihn geheiratet. Scheidung nach zehn Jahren. Heute lebt er nicht mehr.

Mit Lukas Ski gefahren. Er hatte auch am Inferno-Rennen teilgenommen, niemals aber eine Skihose oder einen Anorak getragen.
Ein paar Jahre Love mit Lukas.

Hüfte, rechts

Seit einem Jahr humpelt sie und verzieht das Gesicht beim Gehen, seit Monaten nimmt sie morgens, mittags und abends eine halbe Schmerztablette, und der Orthopäde meinte:
«Die Hüfte rechts ist kaputt, aber in Ihrem Alter macht man keine Neue rein.» Auch der Hausarzt sagte:
«Meine eigene Mutter würde ich in diesem Alter nicht mehr operieren lassen. Ich verschreibe lieber stärkere Tabletten.»
«Um Himmels Willen, ich bin doch ein Tablettenmuffel!», rief meine Mutter.
Ich erwiderte: «Ich such dir einen guten Chirurgen.»

Nun, Liobas Brüder hatten sich von einem Oberarzt namens Dr. Plessack operieren lassen und können seither wieder bergsteigen. Das genügte mir. Ich meldete meine Mutter bei diesem Chirurgen an. Leider habe er keine Zeit, hiess es im Spital, und sein Stellvertreter begrüsste uns.
«Sorry, wir warten so lange, bis Dr. Plessack Zeit hat», meinte ich. Meine Mutter schämte sich ein wenig wegen ihrer sturen Tochter, doch nach zwei Stunden kam der ‚Auserwählte' und konnte meine Mutter bestens motivieren.
Ratzfatz gehe das, in einer Dreiviertelstunde sei alles vorbei.

Sie wurde also von ihm operiert, und als ich mich ein paar Stunden später in der Intensivstation nach ihrem Befinden erkundigte, sagte die Schwester: «Der geht's gut.»
Bei einem späteren Anruf gab der Arzt meiner Mutter den Hörer.
«Du solltest mich sehen, ich bin voll mit Schläuchen, habe sogar zwei um den Hals! Aber ich kann noch denken.»

Und jetzt, vier Tage später, mache ich die Krankenzimmertür auf und sehe meine Mutter am Rollator eine Runde in ihrem Zimmer drehen. Gut sieht sie aus: Weisse Stützstrümpfe, darüber graue Trikot-Shorts (dass sie die eingepackt hat?!) und ein weisses T-Shirt.

He, Mami, bald können wir wieder miteinander spazieren gehen!

Über den Wolken

Wir waren zu einem Fest nach Norddeutschland eingeladen.

„Wir fliegen, und du nimmst den Zug", sagte ich zu meiner Mutter, denn sie darf laut Arzt nicht mehr fliegen, seit sie vor dreissig Jahren eine Hirnblutung hatte.

Nun – meine Mutter sagte, dann fliege sie halt auch.

In Kloten wurden wir drei (Mutter, meine Tochter und ich) mit dem Bus zu einem Flugzeug gebracht. Hui, was!! Mit einem so kleinen Ding bis nach Norddeutschland??!!
Wir waren grad mal vier Passagiere plus zwei Piloten, von denen uns nur ein Vorhang trennte, der jedoch den ganzen Flug über nicht zugezogen wurde. Flight Attendants hatte es natürlich keine.
Wir durften uns einen Plastiksack mit Proviant nehmen, und man konnte aus einer Thermoskanne Kaffee holen.
Meine Mutter flüsterte:
«Schau mal die Tragflächen, die sehen alt aus, uralt.»
Es war ein Flugerlebnis der besonderen Art! Es rüttelte und schüttelte, und immer wieder mal sackte man einige Meter runter, obwohl kein Sturm in der Atmosphäre, sondern der Himmel himmelblau war. Meiner Mutter und mir war es gar nicht geheuer, und wir schauten uns bei diesen Absackern mit aufgerissenen Augen an.

Und einmal stand doch tatsächlich der Pilot auf und lief an uns vorbei nach hinten.

«Was hat das zu bedeuten?» fragte ich.

Meine Tochter antwortete: «Er holt die Fallschirme.»

Weil wir bereits den Rückflug gebucht hatten, machten wir den aufregenden Trip eine Woche später ein zweites Mal!

Diesmal war das Flugzeug gerammelt voll, da waren wir Passagiere zu siebt!

Das T-Shirt mit dem Tigerkopf

Eine wunderschöne Kette gesehen für 7.95 Euro bei Müller-Markt in Überlingen am Bodensee. Ich wickelte die Kette mit den glänzenden farbigen Perlen gleich zweimal um den Hals..

Heute ging's nach Lindau. Die Altstadt auf der Insel sei sehenswert. In einer Boutique sah ich ein hübsches Tiger-T- Shirt. Die Verkäuferin wollte mir eine Umkleidekabine im unteren Raum zeigen. Aber nicht nötig. Ich stellte mich hinter einen Ständer, an dem Hosen hingen, zog dort schnell mein weisses Shirt über den Kopf und schlüpfte in das T-Shirt mit dem Tigerkopf. Superdasnehmichundlassesgleichan!

Draussen vor der Boutique sagte ich zu meiner Tochter: «Die neue Kette passt leider nicht zum Tiger, huch, wo ist sie?» In der Tasche war sie nicht. Zurück ins Geschäft. Nein, meinte die Verkäuferin, sie habe mich nie mit einer Kette gesehen. Trotzdem suchten sie und meine Tochter den ganzen Laden ab, und ich schaute nach bei den Hosen. Eventuell das weisse T-Shirt mitsamt der Kette ausgezogen? Nichts! Ob ich die Kette überhaupt heute umgelegt hätte, wurde ich gefragt. Jahaaa! Natüüürlich!!! Meiner Tochter war sie nicht aufgefallen, komisch. Nun, wenn die Kette hier nicht war, dann hatte ich sie eventuell auf der Strasse oder im Auto verloren. Die Schnur gerissen?

Anstatt ins Städtchen rein, gingen wir ganz langsam zurück zum Parkplatz, gesenkten Blickes. Doch auf der Strasse glänzte nichts, gar nichts! Im Auto auch nicht. Unglaublich. Meine Tochter schüttelte den Kopf über ihre schusslige Mutter. Die ist zwar schusslig, aber hartnäckig. Wir betraten wieder die Kleider-Boutique.

«Entschuldigung, aber die Kette muss hier sein!» Ich ging zum Hosenständer und schob den Bügel jeder einzelnen Hose zur Seite und hallo, da baumelte sie! Meine schöne Kette hatte sich in einem Preisschild verfangen!!

Christina putzte prima

Am liebsten kam ich jeden zweiten Freitag nach Hause.
Sobald ich durch die Wohnungstür trat, war ich versucht, «Oh!» zu rufen. Christina hatte geputzt. Christina putzte prima. Die Teppichböden waren gezeichnet von Staubsaugerstreifen. Und die schräg hängenden Bilder bewiesen: Alle abgestaubt.

Christina war Portugiesin. Wir verständigten uns mit dem Wort ‚questa'. *Questa* und Handbewegung zum Fenster hin hiess: *Fenster putzen. Questa* und an den Vorhängen rütteln, hiess: *Vorhänge runternehmen zum Waschen.*

Schliesslich erfuhr ich auch, was kaputt heisst: *Rota.* ‚*Questa esta rota*', stand auf dem Zettel, den Christina mir hinterliess. Er lag neben dem abgebrochenen Duschknopf. Auf der Waschmaschine lag der Spitzenvorhang des Badezimmers. Ebenfalls *rota.* Alte Spitzen brechen nun mal leicht. Als sie wiederkam, sagte ich: «*Duscha rota fa niente*». Christina verstand, weil ich gleichzeitig eine wegwerfende Handbewegung machte. Ach ja, und manchmal musste ich die Radiosender neu einstellen. Das machte aber das Blinken sämtlicher Chromflächen in Küche und Bad, und das absolut keim- und staubfreie Wohngefühl wieder wett.

Dann las ich auf meiner Telefonrechnung den Namen Portugal. Das konnte nur Christina gewesen sein. Fünf Franken kostete der Anruf. Sie hatte sich also extrem kurz gefasst. Nett von ihr.

Christina bemühte sich auch, meine Wohnung dekorationsmässig besser zu gestalten. Blumen befanden sich an anderen Orten, und originelle Dinge standen nicht mehr wahllos in den Regalen, sondern in Reih und Glied nebeneinander. Mein gelbes Plüsch-Entchen klemmte ich immer in den Halter meiner Schreibtischlampe, aber Christina nahm es stets dort weg und setzte es auf meinen Computer.
Wo gefiel es dem Entchen besser?

Als Christina erschrak

Christina aus Portugal klaute nie etwas. Wieviel Geld ich auch liegen liess, sie wischte schön drumherum, und es war immer alles noch da. Statt am Freitag kam sie nun am Mittwoch. Sie sagte *Mittiwotschi*. Und dann liess sie etwas liegen. Das Staubtuch. Ausgerechnet auf einem Lämpchen im Flur, und ausgerechnet dieses Lämpchen hatte sie vergessen, auszuschalten. Weil ich aber nicht portugiesisch kann, konnte ich ihr nicht beibringen, dass man Staubtücher nicht auf brennenden Lämpchen liegen lassen sollte. Nun - es brannte richtig in meiner Wohnung, (ich war an jenem Wochenende fort), und ich musste mir für die Zeit der Renovierung ein anderes Zuhause suchen. Weil ich aber kein portugiesisch kann, konnte ich Christina nicht absagen. So wartete ich am nächsten Mittwoch auf sie.

Vor der Wohnung.

Ich öffnete die Tür und sah den Horror in ihrem Gesicht. Das liebevollst von ihr gepflegte Etablissement eine verkohlte Höhle. Zumindest der Gang. „Letzten Mittiwotschi Furio", sagte ich. Hätte ich jetzt nach dem Staubtuch fragen sollen? Auf portugiesisch? Tröstend legte ich den Arm um sie und verabschiedete sie.

Stoff-Tapeten brennen gut

Nein, den Brand in meiner Wohnung hab ich nicht erfunden.
Ich erfinde nie was!
Meine Tochter und ich waren am Mittwoch direkt nach der Schule für zwei Tage weggefahren. Das war unser Glück, denn:

Um drei Uhr nachts, wie erwähnt an einem Mittwoch, kam meine Wohnungsnachbarin von einem Fest nach Hause. Und da sah sie aus unserer Wohnungstür Rauch hervorquellen. Sie holte einen Kübel Wasser und leerte es gegen die Tür. Das habe aber wenig genützt. Dann rief sie die Feuerwehr. Danke nochmals. Grossalarm. Grosseinsatz. In der Einbahnstrasse drängten sich anscheinend Feuerwehrautos und Polizeiwagen. Die Leute in unserem Haus standen auf der Strasse und sahen nach oben zum zweiten Stock.

Der Gang brannte vollständig aus. Der Gang war lang und ein Fest für ein Feuer, denn unser Wohnungsvorgänger war Tapetenhändler gewesen. Er hatte diesen langen Gang liebevollst mit Stoff bekleidet, dazwischen als Gangteiler noch ein einen dicken Vorhang angebracht. Sogar die Decke war aus Stoff. Und hinter dem Stoff war etwas Watteartiges. Eine Art Verkleidung für die Rohre und Leitungen. Schick war das, etwas wild die Tapete, zugegeben, mit Paradiesvögeln, weiss-grün. Und dieser Gang hat gebrannt.

Die Ursache hat man nie herausgefunden. Wahrscheinlich ein Ganglämpchen, hiess es. Christina war an jenem Mittwochmorgen die letzte, die dieses Etablissement in rauchfreiem Zustand gesehen und geputzt hatte. Ach, Christina, wie gut, dass du jede Tür zum Gang geschlossen hast – was wir nie taten. Die Türen hätten noch eine halbe Stunde gehalten, erklärte mir ein Feuerwehrmann. Und dann – wär alles verbrannt. So aber waren die Zimmer nur mit Russ bedeckt. Alles!! Sogar meine Manuskripte in den Schubladen drin! Und der Gang war kohlrabenschwarz, Fetzen hingen von den Decken, eine richtige Räuberhöhle. Auch das Glas des antiken Tischchens war geschmolzen!

Wenn meine Nachbarin erst um vier mit ihrem Mann vom Fest nach Hause gekommen wäre – wenn Christina nicht die Türen geschlossen hätte – und vor allem: wenn meine Tochter und ich nicht weg gewesen wären . . .

Heute noch habe ich manchmal den Traum, dass ich durch den langen brennenden Gang haste, ganz nach vorn, und dort im Kinderzimmer meine schlafende Tochter aus dem Bett zerre. Viel Zeit hätte ich nicht gehabt. Nach zwei Minuten in starkem Rauch wird man ohnmächtig.

Silvester mit Banausen

Onkel Peps ist schwierig. An Silvester noch schwieriger als sonst. Obwohl sich alle Familienmitglieder, einschliesslich mir, der Nichte, jede erdenkliche Mühe geben – irgendeiner versaut ihm immer das Fest. Letztes Jahr war es eindeutig Tante Elses Schuld gewesen. Sie hätte wissen müssen, dass Peps nicht gerne tanzt. Schon gar nicht Tango, und schon gar nicht, wenn alle zuschauen. Und dann hätte sie aber auch nicht solo tanzen sollen. Das war um halb zwölf. Dabei hatten wir abgemacht, dass wir uns mindestens bis Mitternacht zusammenreissen würden in jeder Hinsicht.

Das Jahr zuvor hatten wir es tatsächlich geschafft. Aber keine Minute länger. Wir waren leider noch draussen am Raketen herrichten, als es bereits zwölf schlug und Peps ganz alleine mit einem Sektglas im Zimmer stand. Mangelnde Organisation warf er uns vor, zu Recht, bevor er sich genervt nach oben ins Schlafzimmer begab.

Einmal löste ich die Krise aus, bereits um 21 Uhr, indem ich mich bei Sohn Bernd nach dessen Heilpraktiker-Ausbildung erkundigte. Der legte den Finger auf seine Lippen «Psst, Peps weiss noch nichts davon», und schon rief dieser «Quacksalber!», und wer eigentlich dann die Firma übernehmen wolle. Er würde es ja nicht mehr lange machen. Bei dem Ärger sowieso nicht.
Und er verliess uns zur selben Stunde.

Doch diesmal, diesmal war alles anders. Mitternacht bereits vorbei, viele gute Vorsätze gefasst – auch der eine – und Peps weilte immer noch unter uns, vergnügt und witzig. Ja, er wollte sogar bei unserem Spiel mitmachen. Das Spiel hiess «Blind ein Tier zeichnen». Einer zeichnete ein Tier, und die anderen mussten es erraten, und verloren hatte derjenige, dessen Tier nicht zu erkennen war.
Nun – Peps zeichnete mit rotem Wollschal vor den Augen einen Vogel mit gewaltigen Schwingen, was wir mit «Irrsinnig toll, wie du zeichnen kannst, Peps, und dazu noch blind!» kommentierten. Nur errieten wir trotz Aufzählens sämtlicher Raubvögel in und ausser

Europa den Namen des Tieres nicht. Peps malte schliesslich am unteren Bildrand etwas dazu, was man aber nicht erkennen konnte. Als nun jemand als letzte Möglichkeit auf einen zu gross geratenen Kuckuck tippte, schmiss Peps seinen Stift, hin, riss sich das Tuch von den Augen und schrie: «Noch nie einen Albatros gesehen, Ihr Banausen? Dabei habe ich als Hilfe noch da unten ein Schiff gemalt!»
A-L-B-A-T-R-O-S buchstabierte er.
«Aber Ihr habt ja keine Ahnung von Vögeln!»

Als daraufhin seine Söhne lachen mussten, war Silvester für Peps endgültig gelaufen. Er stand auf und ging.
Es war null Uhr neunundvierzig. Immerhin ein neuer Rekord.

Es klemmt

Angenommen, es hat gebrannt in deiner Wohnung, und du musst für zwei Monate zu Freunden ziehen, weil renoviert wird, dann mach nicht denselben Fehler wie ich, dass du als Erstes fragst, wie das sei mit der Miete, du wollest eigentlich diese zwei Monate nicht bezahlen. Das ist zwar rechtlich in Ordnung, aber undiplomatisch und nervt die Hausbesitzer.
Wer, wenn nicht ich, solle dann die Miete bezahlen, hä?

Ich hätte auch nicht bereits einen Tag nach Wiedereinzug melden sollen, dass der Rollladen klemmt.
«Rollladen, Rollladen», rollte die Hausbesitzerin, «der Rollladen wurde nicht ersetzt, also sind Sie am Rollladen schuld.»
Ich am Rollladen schuld?

«Soll ich oder soll ich nicht?» stellte sich mir tags darauf die Frage, als ich den frisch gestrichenen Wandschrank einräumen wollte. Soll ich es melden? Mut, nur Mut, redete ich mir zu und marschierte ein Stockwerk tiefer. «Entschuldigung, der Wandschrank klemmt.» Tja, das hätte ich lieber nicht gesagt. Mit rotem Kopf kam der Hausbesitzer und riss so lange am Kastenriegel der linken Tür, bis

sein Kopf noch röter war, der Riegel aber nachgab.
«Na bitte, es geht doch, aber Sie kriegen wohl gar nichts auf!»

Tatsächlich brachte ich am nächsten Tag nach Einbau des neuen
Herdes die Besteckschublade nur mit Mühe auf. Erneuter Gang
nach Canossa. «Die Besteckschublade klemmt.»
Zorn im Gesicht meiner Vermieterin. «Ein bisschen», setzte ich
schnell nach. Und natürlich vermochte sie diese Schublade mit
kräftigem Ruck zu öffnen, und als ich anmerkte, eine
Besteckschublade müsse meiner Meinung nach ungehemmt rollen
können wie ein Rollladen, da drehte sie sich wortlos um und ging.
Ich auch. Fand eine andere Wohnung. Hier klemmte zu viel.

Sympathische Leute

Ich kaufte eine Wohnung im Säuliamt. Es gehörte einem netten
Ehepaar, das nach Spanien auswandern wollte. Und ein Haus mit
Swimmingpool und Park, das ist auch in Spanien nicht billig.
So verstand ich, dass sie für ihre Wohnung möglichst viel Geld
haben mussten. Meine Freundin Vreni wollte, dass ich ihr den
Vertrag zeige, und sie wurde knallrot, als sie ihn las, als wäre es ein
Porno, und dann griff sie zum Hörer und rief dem Anwalt an, der
diesen Vertrag aufgesetzt hatte und fragte, was Punkt sieben
bedeute.   Sie erklärte mir dann, dass der Anwalt Punkt sieben
ebenfalls   seltsam finde, das Ehepaar aber den Passus unbedingt
drinhaben wolle. Da stand etwas, wie:
Spätere Steuerschulden muss der nächste Eigentümer übernehmen.
Das seien Betrüger, meinte Vreni. «Nein, die sind wirklich nett.»
Vreni schüttelte den Kopf. Betrüger seien immer nett. Ich hätte null
Menschenkenntnis und sei naiv bis zum Gehtnichtmehr.
Jedenfalls musste ich auf ihr Drängen hin dem Paar anrufen.
Selbstverständlich würden sie alle Steuern bezahlen, sagten sie. Das
sei nur eine 'im Falle Klausel'.
Und - prima, bis heute musste ich nichts nachzahlen.

Barhocker

Die Zügelmänner kamen, zögerten aber, meine Wohnung zu räumen. Aus einer so schönen Altbauwohnung mit zwei Balkonen und Dachterrasse ziehe man nicht aus, fanden sie.

«Die Eigentümer wohnen unter mir», erklärte ich und sie verstanden.

Zu jener Zeit lebte der Freund meiner Tochter bei uns, ein schöner blonder junger Mann von kräftiger Statur, wie praktisch.
Er hole den Spiegel, meinte er.
Mein Spiegel ist eine zwei Meter hohe barocke Antiquität.
«Prima, er hilft mit», dachte ich. Aber kurz darauf sah ich den schönen Blonden im Liegestuhl auf dem Balkon, den ‚Spiegel‘ lesend, anscheinend gerade vom Kiosk geholt.

Meine Vorgänger hatten ein paar Dinge hier gelassen, unter anderem zwei Barhocker mit weissem Lederbezug, die vor einem halbrunden, an der Wand befestigten Marmortisch in der Küche standen.
«Wir haben den Tisch nie zum Essen, sondern nur als Ablage und Arbeitsfläche benutzt. Der Essbereich ist ja gleich um die Ecke», hatten die Vorbesitzer gesagt. So wollte ich es auch machen.
«Super Hocker», meinte der Zügelmann. Und ich schenkte sie ihm.
Er bedankte sich und sagte, die Hocker kämen in sein Etablissement.
«Etablissement?», wiederholte ich. Er grinste.

Nach der ersten Nacht in der neuen Wohnung standen meine Tochter (der schöne Blonde schlief noch) und ich in der Küche und richteten unser Frühstück auf dem Marmortisch.

«Das wär toll, wenn wir Barhocker hätten, dann könnten wir hier in der Küche zmörgele», meinte Isabelle, und am Nachmittag fuhr ich in die Ikea.

Unterschreiben Sie

Der Mann vom Hauseigentümerverband lachte kein einziges Mal. Streng prüfte er meine grosse, leere Wohnung auf Sauberkeit und Mängel. Christina hatte sie viele Stunden lang wie wild geputzt, und ich war zuversichtlich. Die Wohnung war ja nach dem Brand vollständig renoviert worden, und das war erst wenige Monate her. Sie war wie neu.
Aber der Kontrolleur untersuchte alles so genau, wie wenn er Wanzen einer Spionin aufspüren wollte. Im Bad nahm er die Verkleidung der Neonröhre über dem Spiegel ab und hielt sie mir wortlos hin. Sein Blick sagte: «Sie sind eine Schlampe.»

In der Tat hatten sich Staubflocken in dieser Schale angesammelt. Und was soll ich sagen: Auch der Gasboiler schien innen drin nicht wie neu auszusehen. Dann unterschrieb ich ein Papier, dass diese zwei Dinge nachträglich in Ordnung gebracht würden.

Nun musste ich aufs WC. Plötzlich fiel mir ein: Bloss keine Urin- oder Wassertropfen, und schon gar keine Kotspuren hinterlassen, denn die WC-Bürste war bereits umgezogen. Ich zog unverrichteter Dinge die Hosen wieder hoch und klappte den WC-Deckel zu. Dann ging ich nach unten. Dort warteten die Hausbesitzer, Herr und Frau Singer. Man bat um acht Schlüssel, und ich hatte nur sieben. Den Hausschlüssel, den Wohnungstürschlüssel, den Wohnzimmerschlüssel, den Schlafzimmerschlüssel, den Kinderzimmerschlüssel und die Schlüssel zu Küche und Bad. Der Schlüssel zum Balkon fehlte.

Herr Singer zog ein Formular aus seiner Mappe: Auftrag für einen Schlüsseldienst. Ich unterschrieb. Dann legte er mir ein anderes Papier vor. Eine Gebäudereinigung wurde in meinem Namen beauftragt, die linke Wand meines Balkons zu säubern. An dieser Wand hatte ich Wilden Wein hochgezogen, und ab und zu hatten Vögel darin übernachtet. Auch hier unterschrieb ich. Dann erhob sich das Ehepaar und gab mir die Hand. Ich ging schnell (musste aufs WC).

Verführerisch

«Verführerisch» hiess das Thema bei Aeschbacher. Ich hatte ein
Ticket und ging ins Fernsehstudio!
Was anziehen? Ganz klar, das neue himbeerfarbene Jäckli von
Tschibo. Und ich sitze am liebsten vorne. Will genau wissen, was
läuft. Zu meiner Linken sassen zwei Frauen, rechts von mir ein
Mann mit weissem Bart. Neben ihm eine Dame.

Es erschien ein Paartherapeut. Sein Thema:
Wie kann man sexuelle Wünsche anbringen, ohne sich zu genieren?
Oha. Er habe ein Kartenspiel dazu entwickelt. Auf diesen Karten
stünden viele heisse Wünsche, und man könne dem Partner eine
Karte geben und brauche so den Wunsch nicht selber formulieren.

Aeschbacher nahm eine Karte und las den Wunsch vor:
«Du ziehst deinen Slip aus und steckst ihn mir in die Tasche.»
Ein Wunsch übrigens, der mir in meinem ganzen Leben noch nicht
eingefallen ist. Im Gegenteil. Ich wäre versucht zu sagen:
«Bloss nicht!» Jedenfalls hat daraufhin der Sexual-Therapeut eine
passende Antwortkarte gesucht, und die hiess: «Wenn es dir gefällt.»
Dies war ein Spiel, das mich nicht vom Hocker riss. Aeschbacher
jedoch sagte, er sähe viele interessierte Blicke im Publikum.
Er nahm die Karten und kam zu uns, also zur ersten Reihe.
Vor meinem Nebensitzer machte er Halt. Er blinzelte ihm und mir zu
und meinte: «Ich schenke es Euch. Viel Spass beim Verführen!»

Ach! Aeschbi hatte gemeint, ich sei die Ehefrau!! Dabei sass jene
rechts von ihrem Mann! Nun, ich konnte diesen Irrtum nicht
aufdecken! Oder hätte ich Zeichen machen müssen? Oder etwas
sagen? Ach nein, die Zuschauer sollen nicht reden, sondern lachen.
Und das tat ich.
Am nächsten Tag: Verwunderte Bekannte riefen an. Ich, eine –
inzwischen eingefleischte – Junggesellin mit einem Partner?
Und dazu einem so korpulenten?
Und wie die anderen Sexfragen geheissen hätten.
Und woher das himbeerfarbene Jäckli sei.

Im Spital

Habe gerade eine Operation überstanden. Eine neue Hüfte ist drin.
Bloss keine falsche Bewegung, sonst rutscht die Kugel aus dem
Gelenk! Aufs WC konnte ich in der ersten Nacht noch nicht. Musste
der Schwester läuten. Aber: «Macht gar nichts», lachte sie und
erweckte den Eindruck, als würde sie nichts lieber tun, als eine
Bettschüssel bringen, bzw. die gefüllte wieder abholen. Ein super
Spital ist das. Alle so herzlich. Und das Essen hier: Phänomenal.

Ich rief meiner Mutter an: «Du, komisch, die haben sogar den
Nagellack an meinen Zehennägeln weggemacht.»
Sie antwortete: «Ich hab damals mein Gebiss rausnehmen müssen
und stell dir vor, als ich aus der Narkose aufwachte, war es wieder
drin ...»

Eigentlich wäre alles okay, ausser, dass ich nachts nicht schlafen
kann. Nehme ein paar Tropfen Sanalepsi (erhält man ohne Rezept),
und warte und warte, nanu, immer noch wach. Seit Stunden!
Schlaftabletten bekommen Krückenpatienten keine. Zu gefährlich,
wenn man nachts beduselt aufs WC hoppelt. Wenn ich doch nur
schlafen könnte! Mein Bein liegt in der Schiene, und das passt ihm
gar nicht, es würde soo gern angewinkelt auf der Seite ruhen.
Ach, ich bin ja soo wach, und die Nacht geht noch soo lang!
Jetzt beginnt ein Rasseln. Meine Zimmernachbarin schnarcht,
chchchchchch – chchchch – chchchchchch!
Und ich? Liege da und warte auf den Sandmann.

In der Zwischenzeit könnte ich an was Schönes denken. Fällt mir
aber im Moment nichts ein. Ich möchte schlaaaafen!! Plötzlich tu ich
mir sehr leid. Ein paar heisse Tränen rinnen mir übers Gesicht.
Tut gut, in die Nacht hineinzuschluchzen.
Da hört das Rasseln neben mir auf, und eine Krankenschwester
kommt ins Zimmer. Sie geht zum Bett nebenan und fragt flüsternd:
«Sie haben geläutet. Was ist los?»
«Mini Nachbarin brüelet.»
Jöö, wie nett von ihr.

Kein Hunger im Spital

Komisch, als ich im Spital den an und für sich fantastischen
Wurstsalat auf meinem Tisch stehen sah, musste ich wegschauen.
«Heute kein Hunger», gab ich bekannt. Später wurde mir richtig
schlecht, und ich bekam ich eine Tablette gegen Übelkeit. Lag in
meinem Bett und dachte: *Nur nicht ans Essen denken,* und mein
Hirn war sowas von gemein zu mir. Es schickte extra Bilder von
Fischfilets, die in Butter schwammen, von Käsefonduefäden und
Schweinshaxen. Je mehr Esswaren-Fatamorganen mein Hirn
produzierte, desto übler wurde mir und dann plötzlich:
Ich richtete mich auf, sortierte meine Beine, rutschte aus dem Bett,
riss die Krücken aus der Halterung und hastete humpelnd damit ins
Badezimmer. Vor dem Brünneli liess ich die Krücken fallen, hielt
mich am Rand fest und erbrach. Ein Schwall nach dem andern kam
aus meinem Schlund. Definieren konnte ich die Esswaren nicht
mehr. Anschliessend Durchfall.

Am nächsten Tag hiess es, ich hätte den Norovirus, und ich müsste
drei Tage isoliert werden.
Manchmal bekam ich Besuch von Ausserirdischen mit seltsamen
Masken und gelben Anzügen. Die brachten Essen oder gaben mir
´ne Thrombose-Spritze. Ich blieb die einzige Virus-Patientin auf
unserer Abteilung. Eine Krankenschwester meinte, es sei eigentlich
gut, dass es ausgerechnet mich erwischt hätte. Ich könne nämlich
damit umgehen. Das war ein ganz raffinierter Schachzug. Nun
glaubte ich das selber und stöhnte kein einziges Mal.

Aber eines Morgens, als eine Schwester das Zimmer betrat, musste
ich doch weinen.
«Schon wieder Durchfall, schluchz, ins Bett, schluchz, es kam ganz
plötzlich, schluchz.»
«Macht nichts», sagte die gute Seele.
«Doch, schluchz, ist mir sooo peinlich.»
«Machen Sie sich keine Sorgen.»
«Erster April!» rief ich und schlug die Decke zurück. Alles blütenrein.
So hat man seinen Spass auch im Spital.

Denk an die Intimwäsche!

Kino Uto – In den ersten beiden Reihen sassen meine Drittklässler, und alle schwenkten eine langstielige Rose in der Luft . . . Ich liebe die Erinnerung daran! Die Rose war der dritte Preis für unsere Geschichte zum Thema «*schön und stark*», ausgeschrieben von der Suchtpräventionsstelle der Stadt Zürich.

Später bekamen wir ein Büchlein zugeschickt, in dem unsere Story abgedruckt war.

Ich hatte privat ebenfalls einen Text eingesandt, und der hatte es auch ins Büchlein geschafft. Beim Durchblättern fanden die Kinder diese Geschichte, und sie riefen: «Vorlesen!» Ich zögerte ein bisschen. Hatte da Spitalerlebnisse (Hüfte) verarbeitet.

Mir blieb aber nichts anderes übrig. Als ich las:
«Pfleger Franz wäscht mich von oben bis unten»,
kam die Frage: «Auch in der Mitte?»
«Ja.»
Ein Aufschrei!
«Stimmt das wirklich? Hat dir wirklich ein Mann das Fudi gewaschen?»
«Ja.» Ein Getuschel ging los.
«Der Frau Ruf hat ein Mann ihr Fudi gewaschen.»

Wurde Zeit, dass ich weiter las. Der weitere Text warf keine Fragen mehr auf, erst wieder der Schlusssatz. Der hiess:

«Pfleger Franz sagte, von jetzt an sei aber nichts mehr mit Intimwäsche, ich könne ja unter die Dusche.»

«Was ist Intimwäsche?», fragte Ibrahim.
Zwanzig Schülerinnen und Schüler setzten nun gleichzeitig zu Erklärungen an.
«Der Frau Ruf ihr Fudi ist intim, verschtaaasch?»

Entli in der Garage

Als mein Nachbar sein Auto aus der Garage holen wollte, huschte ein Entli hinein und wollte nicht mehr rausgehen. Von seinen Geschwistern und der Entenmutter keine Spur!!
Nur der schwarze Kater stand herum.

Ich rief meinen Bruder an, Biolehrer und Ornithologe, um zu fragen, was zu tun wäre, aber der nahm nicht ab.
(War, wie sich später herausstellte, auf einer Brutvogel-Exkursion für den neuen Brutvogel-Atlas)

Nun holte ich aus dem Keller eine Schachtel, und mein Nachbar beförderte die Ente hinein mit Hilfe eines Besens.
Ach, es war ganz jung und so herzig!

Der schwarze Kater wartete immer noch, und deshalb fuhren wir weg. Kein Teich in der Nähe, aber der Türlersee ist nicht weit.

«Das Entli wird es schön haben bei so vielen Enten!», schwärmte ich.

Am Strandbad stiegen wir aus. Mein Nachbar mit Schirm, ich mit Schachtel. Als wir am Restaurant vorbeigingen, hörte ich die WC-Spülung. Jemand war dort am Putzen. Ich lief hin.

«Was meinen Sie, kann man hier ein junges Entli aussetzen?»

«Nein, fremde Enten werden nicht angenommen. Sie hätten es nicht dort lassen müssen. Die Enten-Mutter hätte es gesucht.»

«Aber da war ein schwarzer Kater!»

«Hier stirbt es auch.» Und sie gab eine Nummer ins Handy ein.
«Hallo, wir haben jemanden mit einem jungen Entli. Ja, ich schick sie zu Ihnen.»

«Igelstation», sagte sie und erklärte uns den Weg.

Mach mir keine Schande

Siebzehn Jahr, schwarzes Haar. Ich war wild und rebellisch.

Meine Mutter glaubte, mich immer wieder zügeln zu müssen mit dem Satz: «Mach mir bloss keine Schande!»

Sobald ich mit einer schlechten oder auch mittelmässigen Prüfungsnote nach Haus kam, hiess es:
«Du hast keinen Vater. Die Leute warten nur darauf, dass aus dir nichts wird, also mach mir keine Schande.»
Das empörte mich. Macht man jemandem Schande dadurch, dass man zum Beispiel die Sache mit dem Jurakalk nicht gelernt oder verstanden hat?

Oft hatte ich Lust, zu provozieren. Wenn unsere gesundheitsbewussten Verwandten Tante Hilde und Onkel Willi zu Besuch waren, sagte ich:«Pumpernickel krieg ich nicht runter! Ich mag auch kein Gemüse, und Tee trinke ich nicht mal, wenn ich krank bin.» Der Blick meiner Mutter hiess:
«Sei augenblicklich still und mach mir keine Schande.»

Ein grosses Anliegen von ihr war, dass ihre Tochter niemals vor der Heirat schwanger würde. In etwa halbjährlichem Abstand brachte sie das Beispiel von ihrer Freundin.
«Ein einziges Mal hat sich Eva mit einem Mann eingelassen!
Und dann hat sie ein Kind bekommen!! Stell dir vor!!!
Wegen fünf Minuten!!!!
Tu mir das nicht an! Mach mir bloss keine Schande!»

Diese gefährlichen fünf Minuten haben mir in der Tat sehr Eindruck gemacht. Das würde mir nicht passieren, das nicht!

Der Spruch «Mach mir keine Schande» ist natürlich doof. Niemals würde ich so meiner Tochter drohen. Aber – ähm – zwei- oder dreimal erwähnte ich doch eine unbeabsichtigte Schwangerschaft:
«Als ich so alt war wie du, hat meine Mutter zu mir gesagt,
dass ihre Freundin . . . »

Ein schöner Metzger

Rolf war Metzger, und was für einer! Der schönste weit und breit: weisse Zähne, blonde Haare und starke Arme unter dem gestreiften Kittel. Doch wie fern er war! Zwar war lag seine Metzgerei höchstens vierhundert Meter von unserem Lebensmittelladen entfernt, aber: Wurst verkauften wir selber. Und Fleisch erstanden wir in der Metzgerei Schwaderer, die Kunden von uns waren. Wann konnte ich also bei Rolf einkaufen, wann?

Einmal hatte Schwaderer geschlossen, weil es zwei Minuten vor halb drei war und er erst um halb drei öffnete.
Ich zu Rolf. Er lachte mich an und schnitt Koteletts mit geübter Hand und Lyoner mit der Maschine. Ich lachte zurück, nahm das Fleisch und tanzte damit nach Hause. In der Küche küsste ich die Tüte, mh, Wurst von Rolf. Nahm sie dann heraus und ass eine Scheibe «Er liebt mich», dann eine zweite «ein wenig», nun die nächste «oder gar nicht», weiter: «Er liebt mich», weiteres Scheibchen «ein wenig» und so fort. Ich ass, bis ich satt war und er mich liebte. Das war beim zweitletzten Scheibchen der Fall.

Und dann gab's Ärger. Wo ist die Lyoner? Und - man sah's an der Tüte - bei Metzger Lang eingekauft und nicht bei Schwaderer!

Nummerngirl oder Radio

Nummerngirl wollte ich werden, nachdem ich so ein Girl im Zirkus gesehen hatte. Auf der Bande der Manege entlang tänzeln in einem Flatterkleid, dazu ins Publikum lächeln und eine Glitzernummer hochhalten!
Ich bin aber nicht Nummerngirl geworden. Es gab leider keine Ausbildung dazu. Ausserdem hätte meine Mutter das gar nicht erlaubt. Ich müsse einen Beruf lernen, sagte sie immer, bei dem ich meinen Kopf brauche. Das war sehr spiessig gedacht. Und falsch.

Ich hätte als Nummerngirl auch meinen Kopf gebraucht wegen der tollen   Lockenfrisur und dem charmanten Lächeln.

Meine Mutter sagte, mit Kopf meine sie eigentlich das Hirn, womit sie sicher wollte, dass ich einen schwierigen Beruf lerne mit Abschlussprüfung. Okay, den Berufswunsch als Nummerngirl hatte ich inzwischen fallen lassen. Meine Haare waren steckengerade – und immer nur im Kreis laufen – und vor allem:
Nichts reden? Nein, doch nicht ganz das Richtige.

Ich konnte mich dann für den Reporter-Beruf erwärmen, aber jene Zeitungsleute, bei denen ich ein Vorstellungsgespräch hatte, konnten sich mich unerklärlicherweise nicht als Reporterin vorstellen, und daran war nur mein Matur-Thema schuld, jaa!! Ich hatte *Geschenk – Spende – Opfer* genommen, und sie meinten, eine journalistisch interessierte und engagierte Person hätte das Polit-Thema nehmen müssen (das war irgendwas mit Armee).
Sie schickten mich ohne Vertrag wieder nach Hause.

Was nun? Genau: Zum Radio. Sendungen entwerfen und so. Das Dumme war nur: In meiner Heimatstadt existierte kein Rundfunksender. Und irgendwo in der Fremde wohnen . . . ??

Ich hatte eine weitere schöne Berufsidee im Köcher, traute mich aber nicht, diese auszusprechen, denn es war auch kein richtiger Beruf. Mir hätte es Freude gemacht, bedürftigen Menschen ihre armselige Wohnung zu verschönern. Mal die Stube ausmisten, schön putzen, duftige Vorhänge aufhängen, gelbe Lämpchen und Blumenvasen aufstellen, eine hübsche Tischdecke über den alten Tisch legen, so dass es richtig gemütlich wäre.
Wie heisst diese Berufsbezeichnung? Innenarchitektin wäre es nicht, denn ich wollte ja armen Leuten helfen, und Sozialarbeiterinnen machen nichts an der Einrichtung.
Was nun? Es gab einfach keinen Beruf für mich. Meine Mutter meinte: Doch. Und sie liess sich das Anmeldeformular einer Pädagogischen Hochschule zuschicken. Iiiich??? Belehren???
«Nur, wenn ich nach Heidelberg kann», sagte ich, denn dort gab es zumindest beleuchtete Tanzschiffe auf dem Neckar.

Modeschau in Pavia

Gleich am ersten Tag unserer Schreibferien in Pavia fand Kleo auf dem Markt eine zauberhafte Handtasche in Form eines Beutels, der rundum mit cremefarbenen glänzenden Stoff-Rosetten bestückt war. Den Beutel gab es auch in Rubinrot. Kleo kaufte gleich beides und bezahlte leichten Herzens.

Nun kamen wir an einem Geschäft namens *Intimo* vorbei. Das war jedoch ein anständiger Laden mit reizender, keinesfalls aufreizender Nachtwäsche. Hier erstand Kleo einen cremefarbenen Morgenrock aus echter Seide, hergestellt sicherlich in einem italienischen Atelier und nicht in irgendeiner südchinesischen Fabrik.

Ja, und auch dem hübschen Leinenkleid in Naturbeige konnte sie nicht widerstehen. Kostete es doch nur zehn Euro! Das war ja schon die Knopfleiste vom Hals bis runter zum Schienbein wert.

Im Hotel erfolgte die Modeschau: Fast unglaublich, wie sich die einzelnen Stücke miteinander kombinieren liessen! Mal trug Kleo den cremefarbenen Morgenrock zusammen mit dem cremefarbenen Rosettenbeutel und tänzelte so durch unser Zimmer, mal hatte sie das helle Leinenkleid an und schwenkte dazu den Beutel in Rubinrot.

Mit immer neuen Bindungsvarianten lief Kleo hin und her. So fanden wir heraus, dass der Bändel die Taille zwar betonte, aber andererseits auch einen kleinen Wulst provozierte, und wir kamen zu der Erkenntnis, dass das Kleid ohne Bändel getragen werden sollte.

Schade ebenfalls, meinte sie, dass ihr Körper nicht mehr Modelmasse besitzt. Aber so sei es halt nach Schwangerschaften. Bei der Geburt hatte Georg schliesslich fünf Kilo gewogen. Er war bereits so gross gewesen wie ein dreimonatiges Baby. Und bevor Kleo ihren riesigen Schwangerschaftsbauch habe abtragen können, sei bereits wieder ein Kind unterwegs gewesen. So habe sie nicht mehr zu ihrem ursprünglichen Gewicht zurück gefunden.

«Da gibt es nur eines», meinte sie. «Jetzt muss ich endlich ....»
Hier folgte eine Pause. Was würde sie sagen? «Jetzt muss ich endlich
. . . abnehmen – kürzer treten – nur noch Obst und Gemüse essen –
mich am Riemen reissen – Diät machen ...?»
Schliesslich vollendete sie den Satz: ...«meine Körperfülle annehmen
und mich lieben, wie ich bin», meinte sie und biss in ein Croissant.

Ananas und Galakäs

Ich unterrichtete in einem zweigeteilten Schulhaus, das demzufolge
auch zwei Lehrerzimmer hatte.

Im ersteren wurden um zwölf Salatgurken geschnitten, Karotten
geschält und Süppchen gelöffelt. Zu allem passten Reiswaffeln
natur. Einmal drehte sich da das Gespräch um Pyramiden. Ich war
interessiert, konnte aber dann nicht mitreden, weil es sich um die
Ess-Pyramide handelte. Schokolade sei on Top. Ich war auch dieser
Meinung, wurde aber belehrt, dass zuoberst die schlechten
Nahrungsmittel hocken.

Im anderen Lehrerzimmer, wo ich meistens ass, köchelten selbst
gemachte Ravioli, eine andere Kollegin war spezialisiert auf
Eiersandchwichs mit Majo, und die Dritte strich wochenlang
Galakäse aufs Brot. Und weshalb? Sie hatte die Dreier-Reihe
eingeführt, und Anschauungsmaterial waren die
Galakäseschächtelchen gewesen, die drei Stück beinhalteten. Sie
hatte zehn Schachteln kaufen müssen- zehn mal drei gleich
dreissig.
Dazu aber noch was Knackiges! Sie biss in einen Chicorée.

Eine Lehrerin, Grösse 34, ass eigentlich stets Ananas. Und ich?
Zog Ciabatta aus der Tasche, dazu, huch, Kalbfleischwurst, aber
dann noch Essiggürkli (Gemüse). Einmal war von einem
Schülergeburtstag ein Weggli mit Schoggistängeli übrig. Da hatte ich
aber bereits meinen Berliner verspeist.
«Also, wer will?» Niemand hatte Interesse. Ich opferte mich.

Hi, my friends from Säuliamt

Es ist toll auf einem Kreuzfahrtschiff! Wir sind in der Karibik.
Wir: das ist Susanne, meine Freundin, die vor ein paar Jahren nach
Kanada ausgewandert ist, und ich, und mit uns 2600 andere
Passagiere plus 1400 Mann Besatzung. Wir schwimmen mit der
"Grand Princess" majestätisch von Insel zu Insel. Dort machen wir
Landausflüge in einem offenen Büslein. Auf der Insel "Grand Turk"
legte ich mich bäuchlings auf eine Liege und sang zusammen mit
meiner Masseurin "Amazing grace".

Nach dem Landgang geht's ans Buffet. Was Susanne sich auf eine
ovale Platte ladet – Berge von Froschschenkeln, Schnecken, Sushi,
Muscheln und Crevetten - würde mein Magen nicht verdauen.

Gegen Abend gehen wir schwimmen in unserem Lieblingspool und
sind allein im Wasser. Wo sind die 2600 Passagiere?
Bei den Pools mit Musik oder beim Pre-Diner-Dance.
Ausser dem Buffet gibt es noch vier Restaurants, in denen richtig
diniert wird, besonders an den "Formal nights". Da erscheinen die
Männer im Smoking mit Fliege, die Frauen in etwas Glitzerndem.
Wir Beide bleiben oben am Lido-Deck, müssen da nicht mitmachen.
Abends gehen wir in eine von zwei Shows, bei denen getanzt,
gesungen, jongliert oder hypnotisiert wird.
Amerikaner habe ich mir anders vorgestellt: lauter, plumper. Aber
überall herrscht eine ruhige, entspannte Atmosphäre. Nie höre ich
ein lautes Wort, jedoch ab und zu Gelächter. Immer wieder macht
jemand einen Spruch. Beispiel: Als eine Gruppe da sitzt, sich einer
dazusetzt und meint: «Ihr macht alle so traurige Gesichter.»
Da erwidert einer: «Wir waren glücklich, bevor du kamst.»

Auf Deck sieben kann man rund ums Schiff laufen, drei Runden
sind eine Meile, Susanne schafft zehn Runden.
Wie geheimnisvoll das Schiff sich im Dunkeln durch das schwarze
Wasser pflügt. Nichts als Wasser, Wasser, unendliche Weite, und
über uns der Sternenhimmel.

Flug 064 Miami – Zürich

Meine Ferien in Miami sind leider zu Ende. Fast. Noch ein letzter
Halt auf dem berühmten Boulevard in Miami, da, wo Krimiserien
gedreht werden – und ob Ihr´s glaubt oder nicht:
Ein Polizeiauto rast heran und hält genau vor meinem Tisch!
Zwei Polizisten springen heraus, rennen aber nicht zu mir sondern
zu einem Auto. Der Fahrer muss aussteigen, wird abgetastet,
Kontrolle unter Fussmatte und im Kofferraum, Personalien werden
aufgenommen, und nach langem Hin und Her darf er weiterfahren.

Dann setz ich mir eine Spritze. In den Oberschenkel. Hoffentlich
sieht niemand zu. Es ist nur eine Thrombose-Spritze, eine
Vorbeugung für den langen Flug, weil ich scheint´s Thrombose-
anfällig bin.

Start. Ich sehe von meinem Fensterplatz das Lichtermeer Miami
unter mir. Unglaublich schön. Meine Nebensitzerin stellt sich als
Daisy aus Florida vor. Sie fliegt zu ihrem Sohn nach Barcelona, und
ihr Mann ist – schluchz – vor einem halben Jahr – schluchz –
gestorben – schluchz – and he was my best friend – schluchz – und
und und... Tut mir leid, wirklich. Und später macht sie mir ein
Kompliment, eines, das ich so noch nie in meinem Leben gehört
habe: «You are a person, who makes other persons smile».

Beim Schlafen versucht sie, es sich so gemütlich wie möglich zu
machen und findet ihre Idealstellung mit Kopf auf meiner Schulter.
Ich bin munter, topfit, und sehe plötzlich, dass ich als einzige noch
das Licht anhabe. Das brauche ich zum Sudoku-Lösen.
Nun mache ich es halt auch aus, schliesse meine Augen und
erwache um vier, als es Frühstück gibt. Zeitverschiebung!
Hier im Osten ist es halt schon fünf Stunden später.
Inzwischen sind wir nämlich nach Überfliegen von New York,
Kanada, des Atlantiks und Irlands in Frankreich angekommen, und
der Pilot meldet, wir seien eine halbe Stunde früher in Zürich, weil
wir – kein Witz – Rückenwind hatten.
Ein Kuss von Daisy zum Abschied - Good bye!

Das schlimme Wort

Mit meinen Erstklässlern fuhr ich mal im Tram, als die Türe aufging und ein grosser junger Mann zustieg.

«Hallo Frau Rufl» begrüsste er mich, und, als er mein ratloses Gesicht sah:

«Ich bin's, Stefan. Ich bin doch der, der mal *Arschloch* zu Ihnen gesagt hat.»

Meine Erstklässler umringten uns und rissen Mund und Augen auf. Da sagte jemand Arschloch zu ihrer Lehrerin und sie lacht!?

Ich klärte sie auf:
«Wisst Ihr, das war so: Ich war allein im Klassenzimmer und hab etwas in einem Schrank gesucht. Bin hinter der Schranktüre gestanden, und der Stefan ist ins Zimmer gekommen und hat mich nicht gesehen. Nur seine Turnschuhe auf seinem Pult. Deshalb hat er gerufen:

Welches Arschloch hat meine Schuhe auf meinen Tisch gestellt?

Da bin ich vom Schrank hervorgekommen und hab gesagt:
«Das Arschloch war ich. Ich wollte dich daran erinnern, dass du deine Schuhe noch versorgen sollst.»

Am Nachmittag kam Leonie zu mir.

«Du hast im Tram zweimal das schlimme Wörtli gesagt, aber keine Angst,
ich hab daheim gelogen und gesagt,
dass du heute nur einmal Arschloch gesagt hast.»

Fragen, die man nicht beantworten möchte

Mit einer zweiten Klasse fuhr ich nach Zürich.

‚Schneewittchen und die sieben Zwerge' im Theater am Hechtplatz hatte Generalprobe.

Die Bühnenbilder waren toll, - speziell das Bergwerk, in dem die Zwerge schufteten – die Stiefmutterkönigin war böse, Hofdame Trudi, die *Schertrüd* genannt werden wollte, war eitel, die Zwerge waren lustig, obwohl der eine immer sagte: «Es isch nöd luschdig», und das Schneewittchen war wirklich wunderschön.

Ja, und auf der Heimfahrt mit der S9 ging ich von Gruppe zu Gruppe und notierte Fragen zum Theaterstück.
- Wie man es anstellt, dass ein Spiegelvorhang aufgeht, sobald die Königin ‚Ha!' ruft,
- ob man wirklich Gift in den Apfel gespritzt hat,
- ob Schneewittchen echt in den Prinz verliebt gewesen sei
- oder ob das alles nur gespielt war, sogar der Kuss?
Und dann noch die wichtigste aller Fragen:
- «Ist schon mal ein Schneewittchen auf der Bühne richtig gestorben?»

Diese Fragen gebe ich gerne an Erich Vock und Hubert Spiess von der Märlibühne weiter.

Da fällt mir noch eine andere Frage ein, eine ganz spezielle.
Ich hatte mal Drittklässler und begann eines Morgens den Unterricht mit einem Scherz:
«Es gibt eine Frage, die ich niemals mit ‚ja' beantworten könnte.»

Langes Überlegen. Ich gab den Kindern einen Tipp:
«Es hat was mit Schlafen zu tun.»
(Hier sei's verraten: ‚Schläfst du?')
Jetzt meldete sich der grösste Drittklässler und fragte mich:
«Willst du mit mir schlafen?»

Der Mann im Mantel

Komisch, wie schnell meine Winterreifen immer abgefahren sind! Schon wieder sind neue fällig. Dazu lass ich noch einen grossen Service machen. Und die Handbremse, die zwar prima bremst, aber sich nicht so gerne löst, etwas besser einstellen oder eine neue Feder einbauen oder irgendwas – ich komme bei Autos nicht gut draus. Weiss nur, ob ein Auto schön anzuschauen ist.

Am nächsten Tag will ich meinen winterfest gemachten Wagen abholen. Stelle mich an die Rezeption, um Schlüssel und Rechnung in Empfang zu nehmen, und da steht neben mir ein Mann im Mantel und lacht mich an. «Auch wieder da?»

Ja, Mensch, ich bin auch wieder da, aber wer ist das? Ich kenne ihn, weiss jedoch nicht mehr, woher. Klar ist nur, dass er dieselbe Automarke fährt wie ich, sonst stünde er jetzt nicht in dieser Garage. Will wahrscheinlich auch seinen Wagen abholen. Also, dieser sympathische Mann im Mantel kennt mich, ich ihn auch, irgendwie, und jetzt gilt es, herauszufinden, wer er ist. Bin ich per Du oder per Sie mit ihm? Ich fange so an: «Was tust du hier?»

«Wieso? Arbeiten. Ich war nur kurz draussen zum Rauchen.»
Aha, kein Kunde, sondern ein Angestellter?
«Kommen Sie doch mit in mein Büro», meint er, «vielleicht hab ich einen tollen Wagen für Sie.»
Und was soll ich sagen: Er hatte tatsächlich einen tollen Wagen für mich. Mir fiel plötzlich wieder ein, dass ich etwa vor einem Jahr mal en passant mit ihm über ein neues Auto gesprochen hatte, ganz unverbindlich, mehr spasseshalber.

Und wer kauft schon ein Auto, nachdem er am Tag zuvor noch für sein altes vier neue Winterreifen erstanden hat, die nicht auf das neue passen, nein, natürlich nicht, und der grosse Service und die Handbremsenregulierung wären auch nicht nötig gewesen, oder?
So sind die Zufälle im Leben.
Hätte der nicht geraucht – ich hätte kein neues Auto!

Weisser Wagen

Habe ja in Deutschland ein Auto gekauft, und der Wagen musste
mit mir in die Schweiz zügeln, ins Säuliamt.
Ich war bei der Spedition am Zoll angemeldet.
Am Tag vor Dreikönig um sechzehn Uhr.

Tja, und ausgerechnet, als ich meiner Mutter in Süddeutschland mit
der Reisetasche in der Hand Tschüss sagte, um wegzufahren, da, da
fühlte sie sich plötzlich nicht so gut, musste sich hinlegen – und ich
– nein, ich konnte sie doch nicht allein lassen, womöglich krank,
nur wegen eines dummen Autos.
Also telefonisch anfragen, ob man die Verzollung verschieben könne.

Man konnte, und meine Mutter stand eine Stunde später vom Sofa
auf und lachte.
Also erst nach dem Wochenende einführen. Übern Zoll.
Ich meldete mich aber am falschen Ort, nämlich in Gottmadingen
statt in Rielasingen.

Nun also, nachdem mir die Gottmadinger Spedition den Weg zur
Rielasinger Spedition erklärt hatte, habe ich kurz vor den Zöllnern
den Wagen gewendet und bin zurückgefahren und hab in den
Rückspiegel geschaut, ob sie mich nicht verdächtigen und mit
Blaulicht hinter mir herfahren, und in Rielasingen hiess es dann:
Zoll bezahlen, und ich erschrak ein bisschen, hatte ein paar
Hunderter dabei und las auf der Rechnung 3550.00 Fr. Huch!!

Meine EC-Karte eifrig gezückt, doch - der Automat schluckte sie und
gab sie nicht wieder her. Der Zöllner war sauer - er habe mir zwar
den Automaten gezeigt, aber doch noch nicht den Befehl zum
Eintippen gegeben!

Oh, nun musste er das Gerätli ausstecken und diverse Zahlen
eingeben, Codes und so, und dann - gings immer noch nicht!

Ein anderer Zöllner musste ran und endlich wurde meine Karte
ausgespuckt, und ich durfte die 3550.00 Franken bezahlen. Hurra.

Jetzt schnell ins Zürcher Strassenverkehrsamt - meinen WEISSEN WAGEN anmelden.

Drei Stunden später: oje oje.
Nein, nichts richtig Schlimmes passiert mit dem wiiesse Wägeli, aaber: Es fährt zu schnell!
Auf der Strasse, die zum Bahnhof Altstetten führt, wurde es doch tatsächlich zweimal hintereinander geblitzt.
Nach dem ersten Blitz schimpfte ich ein bisschen mit ihm:
«Muesch nume füfzg fahre, häsch ghört?»
Doch gerade mal geschätzte 200 m weiter schon wieder grelle Blitze.
Miis neui schöni wiiessi Wägeli liebt es anscheinend, fotografiert zu werden, der eitle Fratz!

Pumuckl, Punk und Pinguin

Kollege Jürg kommt als Pumuckl, und ich bin gar nichts. Habe nur einen blauen Tüllhut auf dem Kopf und einen Rosenstrauss in der Hand. Eine Braut sei ich und wen ich zu heiraten gedenke, werde ich auf unserem Fasnachtsumzug von Schülerinnen gefragt. Pumuckl wär doch ein netter Partner, meinen sie, und so frage ich zum ersten Mal in meinem Leben einen Mann, ob er mich heiraten wolle. Er überlege sich das bis zur nächsten Fasnacht, meint er, und wir sind alle gespannt.

Ja, die Kinder haben Spass an unserem Umzug. Sie sind Hexen und Zauberer, Cowboys und Sheriffs, Punks und Prinzessinnen, Indianerinnen und Zirkusdirektoren. Dornröschen läuft Hand in Hand mit einem Schaf, Pippis Begleiter ist ein Teufel, und ein Karatekämpfer marschiert mit einem Skelett. Am herzigsten sind die fünfzehn   Pinguine aus dem Kindergarten. Ihr Kostüm wurde witzig aus
Plastiksäcken gefertigt. Betreut werden sie von einer Zoowärterin.

Da wird getrommelt und gerasselt, und an bestimmten Plätzen wird angehalten, und alle singen und schauen auf das Waldmonster

(Kindergartenlehrerin Renata) und machen es nach:
Die Bewegungen zum Macarena-Tanz.

Schliesslich sind wir wieder bei unserem Schulhaus angelangt.
Die Jungs, die sich als Tussi verkleidet haben, hinken.
Ja, auf Stöckelschuhen marschiert es sich nicht so leicht.

Eine Erstklässlerin schreibt am nächsten Tag:

Ich war als kaz fächleided und Lars als kauboi
und Kim als pipilangschtrumph und esisch schön gzi.

Dann im Lehrerzimmer der Anruf einer Frau.
Wann Pause sei? Man wolle etwas abholen, bei Pumuckl.
«Bei Pumuckl?»
Ja, sie habe einen Lehrer am Umzug um sein Kostüm gebeten.
Und der habe JA gesagt.

Sex-Info-Szene

In unserer Schulbibliothek schien ein neues Sexualkundebuch die
Jungs in Aufregung zu versetzen.

Szene 1

Ich warf einen Blick hinein. Huch – riesengross waren die
Geschlechtsorgane abgebildet, dazu extrem haarig! Wie würde die
kleine Salome erschrecken, wenn sie das sah! Ich warf das Buch
weg.

Szene 2

Neulich war ich im Aargau an einer Bezirksschule zwecks
Besprechung von acht Lesungen, die ich halten würde bei
sechsundzwanzig Klassen, uff.

Als ich dort im Lehrerzimmer auf die Organisatoren wartete, sah ich
zwei Pädagoginnen über ein Buch gebeugt, tuscheln und auflachen.

Ich vernahm die Wörter ‚Sex' und ‚Aids' und weil ich ein wenig sehr neugierig bin, schlenderte ich zu ihnen hin und schaute über ihre Schultern ins Biologie-Buch.
Auf drei Farbfotos streifte sich ein Mann ein Kondom über.

Szene 3

Die Tochter meiner Nichte, kommt von der Schule und weint:
«Mami, wir haben Sexualkunde gehabt, und das muss ich alles mal schön finden??!!»

Da hat man den Sexualkundeunterricht eingeführt, um die Kinder sanft auf die Sexualität vorzubereiten. Jetzt übertreibt man mit ausführlichsten Schilderungen und Anschauungsmaterial,
und sie erschrecken erst recht.

Stiefmüeterli

Um 8 macht der Coop auf, und um 8.15 fängt mein Unterricht an.

Vor dem Laden sah ich sie – frischer als frisch, taufrisch — soeben ausgegraben – soeben erst geliefert – blau und weiss und gelb und vollblütig. Die Stiefmüeterli strahlten mich an, und da kaufte ich sie. Alle. Oh – wie würden sie sich wohl fühlen in meinem Garten! Doch bis ich acht Ballette auf den zwei Einkaufswagen verstaut hatte!

Ich wurde angestarrt von den Leuten und ach, es war bereits 8.15! Meine Klasse wartete im Schulzimmer auf mich, und hier an der Kasse merkte ich, dass ich das Portemonnaie vergessen hatte.
Die Dinger wieder ausladen? Kam nicht in Frage.

Hierlassen – und um 12 abholen?
«Das machen wir nicht», meinte die Verkäuferin.
Und da betrat eine mir bekannte und geneigte Person den Laden!

«Frau Irminger!» schrie ich begeistert.
Und sie lieh mir das Geld.

Maikäfer

Es gibt Tiere und Tiere, es gibt Käfer und Käfer, herzige wie
Marienkäferchen und eklige wie Maikäfer. Meine Abneigung rührt
daher, dass ich ausgerechnet mal in einem Maikäferjahr auf den
Hohentwil, ein Berg bei Singen, wanderte und dort oben der Weg mit
Maikäfern übersät war und es bei jedem Schritt geknirscht hatte.
Dazu die Bäume voll der dicken braunen Leiber, manchmal sogar
zwei aufeinander. Oberekelhaft.

Nun – alle wussten von meiner Phobie, nur die Maikäfer nicht.
So kam es, dass sich eines schönen Frühlingstages, als ich
frohgemut unter Linden entlang spazierte, einer, ein
Maikäfermännchen wahrscheinlich, ausgerechnet
von einem Baum herab in meinen Ausschnitt fallen liess.
Ich schrie. Auf der Strasse vor mir zwei junge Kerle.
Ich musste es tun, obwohl ich extrem prüde war.
«Hallo, hallo!» Sie hielten an.
«Ein Maikäfer», kreischte ich, «da drin!»,
und deutete zwischen meine Brüste.
«Nehmt ihn bitte raus, schnell!!»

Die Farbe Blau

Bei einem Ausflug an den Bodensee schlug meine kulturbeflissene
Mutter vor: «Könnten wir nicht noch einen kleinen Abstecher ins
Kloster Birnau machen?» «Aber das kennen wir doch.»
«Es ist mindestens zehn Jahre her, seit wir zuletzt da waren.»
«Also ich hab's noch genau im Kopf», meinte ich,
«diesen üppigen Barock, alles in Hellblau, Weiss und Gold.»
«Nein, es ist Rosé, Weiss und Gold.»
«Niemals, ich seh das Blau direkt vor mir.» «Und ich das Rosé.»
Logisch, dass wir den Abstecher ins Kloster Birnau machten.
Und meine Mutter hatte Recht.
Keine Spur von Hellblau!

Ich sage Ja

Auf dem Weg vom Parkplatz zum Coop kommt man an einer
Boutique vorbei. Was manchmal Auswirkungen hat. Wie z.B. vor
wenigen Tagen, weil: Da sah ich am Ständer draussen ein hübsches
Teil. Teil ist der richtige Ausdruck, denn ich wusste nicht recht, was
das war: Langes T-Shirt oder kurzes Kleid? Und orange war es, was
mir laut Farbberatung nicht stehen sollte, aber: Es stand mir
ausnehmend gut, wie ich im Spiegel des Umkleideraumes feststellen
konnte. Weicher Stoff, gestreifte Ärmelchen, fröhlich – aber zu eng.
Nein – kein grösseres da. Huhu. Die Verkäuferin telefoniert in die
Filiale. Die haben meine Grösse und schicken es. Haha.

Drei Tage später. Es passt! Grössenmässig und farbmässig und
preismässig! Was ist es eigentlich, T-Shirt oder Kleid? Das sei eine
Tunika, wird zu Leggins getragen. Okay, ich kaufe noch schwarze
Leggins. Meine alten sind zu alt für so ein neues Kleidungsstück.
Da – die Verkäuferin hält mir nun ein graues Etwas hin – ich solle
das probieren. Und was soll ich sagen: Noch haben wir nicht
Herbst, aber fast sehne ich mich danach, denn das graue
Herbstkollektionsteil– ebenfalls eine Tunika – umschmeichelt
meinen Corpus auf ungeahnte Weise.

Als ich damit im Laden herumstolziere, treffe ich auf ein blaues
Trägerkleidchen mit zwei Taschen, so was Flottes!
Ich seh mich auf dem Kreuzfahrtschiff damit, obwohl, es ist keine
Reise geplant, aber wer weiss, wer weiss.
Und: Es passt! Wie angegossen, kann man nicht sagen, denn es
hängt. Aber es hängt super..

Ich sage also *Ja* zu oranger und grauer Tunika, *Ja* zu schwarzen
Leggins und *Ja* zu blauem Hängerchen und – oh wie hübsch – diese
dunkelblauen Leggins.
Wahnsinn, was für einen Lauf ich heute habe:
Diese Leggins sind das Geburtstagsgeschenk für meine Mutter!
Morgen wird sie 92.

Die wilden Kerle

So wild wie meine waren keine. Sie betraten nicht die Turnhalle,
sie stürmten sie. Stangen hoch wie Tarzan, über den Bock im Flug,
Räder schlagen und Saltos, Sprung von der Sprossenwand,
Handstandüberschlag vom Kasten, rasen, jumpen, verfolgen,
überrollen, so wilde Buben hatte ich noch nie gehabt.
Und in der Pause spielten sie Fussball. In jeder.

In der dritten Klasse meldete ich sie an zur Schüeli, dem
Schülerfussballturnier des Kantons Zürich. Die Vorrundenspiele
würden auf dem Hardhof stattfinden. Telefonisch fragte ich an, wo
meine   Schüler im Endrundenspiel eingeteilt würden.
Ich solle erst einmal abwarten, hiess es, ob sie überhaupt
weiterkämen. «Aber sie kommen weiter!» rief ich in die Leitung.

Also zuerst die Vorrunde.Cool sahen sie aus, meine Buben, in ihrem
Dress, ganz anders als in der Schulbank. Und wie sie spielten!
Voll Power und Raffinesse. Der Schiedsrichter beglückwünschte
mich bereits nach dem ersten Spiel zu meinen taffen Boys.
Diese wurden von einer Zuschauer-Mutter der gegnerischen
Mannschaft angesprochen:
«Wisst ihr, was ihr seid? Ganz grosse Pfeifen! Und wisst ihr auch,
weshalb? Weil bei uns die zwei besten Spieler fehlen und Ihr
trotzdem nur 3:O gewonnen habt.»
«Und wissen Sie, was Sie sind?» erwiderte ich und suchte nach
Worten, und als ich sie gefunden hatte, sagte ich sie nicht, weil ich
ja Vorbild bin. Meine Buben aber lachten nur, schoben sich einen
Kaugummi rein und schlenderten rüber zum Kiosk.

Beim nächsten Spiel wunderte sich ein Kollege, dass wir gegen seine
Mannschaft nur 2:O gewonnen hatten, wo er doch aus
pädagogischen Gründen «zwei Pumpen» (mollige Mädchen) eingesetzt
habe.
«Wenn ihr 6:O gewonnen hättet, da hätte ich gesagt, Ihr seid gut,
aber so?» Ich rang schon wieder nach Worten.
Da streckte mir Raffi wortlos sein Coci hin.

Die Endrunde fand auch auf dem Hardhof statt. Severin, unser Ersatzspieler sei dazu da, hiess es, einen Verletzten zu ersetzen, und da beides nicht der Fall sei, solle Severin weiterhin die Fahne schwingen. Ausserdem habe er eine gute Stimme, sein «Hopp, Bachtobel» sei ein wichtiges Element für's Spiel.

Nach drei gewonnenen Spielen wurden meine Buben übermütiger, und bei der vierten Mannschaft erkannten sie bereits vor dem Spiel auf Grund der Taxierung des Körperbaus, dass es sich um keine ernstzunehmenden Gegner handeln konnte, und so waren sie bereit, Severin die erste Halbzeit als Stopper einzusetzen, was ihnen nur ein Gegentor einbrachte, das sie in der zweiten Halbzeit mit vier Toren ausbügeln konnten.
Ich dankte dem Captain für diese grossherzige Entscheidung, und so rang er sich dazu durch, Severin ein zweites Mal auszuwechseln, im Finale, drei Minuten vor Schluss, als es 7:O stand.

Mein Einfall am Rheinfall

Zwei Wochen lang wohnte ich in Schaffhausen zwecks Lehrerfortbildung. Eine Woche nahm ich einen Kurs, eine Woche gab ich einen Kurs, und in den Schaffhauser Nachrichten berichtete ich täglich darüber.

Aber reden wir von der Freizeit.
Das Tourismusbüro stellte ein tolles Programm zusammen.
Zuerst ging's na, wohin wohl, zum Rheinfall natürlich.
Hatte früher mal ein Klassenlager in der dortigen Jugendherberge organisiert und schöne Erinnerungen daran.

Und am Rheinfall hatte ich den Einfall:
Auf Keinfall was Negatives in meiner Schaffhauser Kolumne bezüglich Organisation schreiben, denn die war gar nicht schuld, sondern die Inder waren´s. Und Inderinnen. Die in so grosser Zahl vor uns (seit einigen Jahren kämen viel mehr Inder als Japaner) den Aussichtsfelsen bestiegen und halt ein wenig dort oben verweilen

wollten zum Fötele.

Wir 42 Lehrpersonen standen hintereinander auf der Treppe und warteten, bis sie runterkamen.

Ach, es ging lange!

Aber man kann ja auch von einer Treppe aus einen Wasserfall anschauen, oder?

Da ist es einfach gut, dass wir als Lehrpersonen von Berufs wegen eine unsägliche Geduld haben.

Und wo lohnt es sich mehr zu warten als an einem so fantastischen Ort wie dem Rheinfall?

Auch die schön betuchten Menschen aus Indien kamen irgendwann mal herunter und wir hinauf – und dort oben ein allgemeines WOW, diese Gischt und diese Wucht des Wassers, grooossartig!!!

Auch Tiere haben Probleme

Ich habe Unterstufenklassen mein SJW-Heft «Ein Floh im Zoo» vorgelesen. Darin haben Tiere Probleme unterschiedlichster Art:

Der Tiger nervt sich: Der Wärter hat dem Panther ein grösseres Stück Fleisch gegeben!

Der Pfau ist betrübt: Seine Frau hat mit dem Flamingo getanzt!

Nun dachten sich meine Schüler noch mehr Probleme aus:

Giraffe: Der Wärter hat mein Halstuch zu fest gebunden!

Pony: Es sind zu viele Fliegen um meinen Kopf!

Steinbock: Ich getraue mich nicht mehr vom Felsen runter!

Wolf: Ich hab mein Rudel verloren!

Hund: Meine Frau ist weg, und ich bin allein mit den vier Jungen!

Elefant: Ich werde ausgelacht wegen meinem kleinen Schwanz!

Katze: Der Kater ist abgehauen!

Ameise: Meine Schere ist kaputt!

Kakerlake: Ich weiss nicht, welche Kakerlake mein Bruder ist!

Wolf: Ich bin Wolf Rolf und mich juckt es überall!

Igel: Mich streichelt niemand!

Post bei Schnee

Viel Schnee liegt auf der Treppe zu unserem Haus. Ich schaue aus
dem Fenster. Der Briefträger fährt mit seinem Töff heran, der Arme.
Heute Post zu verteilen ist hart.Schnell hole ich ein Zehnernötli, eile
an die Haustür und begrüsse ihn.
«Hallo, kommen Sie heute auch?»
«He, he, bei dem Scheisswetter geht's eben länger!»
«Klar. Das war kein Vorwurf, das war Mitgefühl,
und deshalb geb ich Ihnen ein Trinkgeld.»
«So viel! Danke!»
Beim Weitergehen ruft er zurück:
«Nächstes Mal bin ich netter zu Ihnen!»

Bloss kein Messer und keine Schere

Auf dem Fensterbrett meiner Nachbarin steht jetzt im Advent ein
Schäfer mit Lamm und Laterne.
«Schön», sage ich.
«Laubsägearbeit. Und wenn du wüsstest, wer das ausgesägt hat!»
«Diin Gottebueb?»
«Ganz kalt. Du wirst es nie erraten. Ich erzähl es dir.»

Es war einmal ein Totschläger. Nein, halt, ich fange nochmal an:

Es war einmal ein Mann Mitte 50, und der hatte Streit in der
Wirtschaft. Getrunken hatte er auch, und so hat er einen Mann
niedergeschlagen, und der ist nicht mehr aufgestanden. War tot. Der
Schläger kam ins Gefängnis.».
«Aha, und dort hat er diesen Schäfer gebastelt.»
«Nein, er hat arbeiten müssen und zwar in einer Schreinerei, weil er
von Beruf Schreiner ist.»
«Hab ich mir's doch gedacht.»
«Warte, es kommt anders, als du denkst. Er hat im Gefängnis
nämlich Tische schreinern müssen. Und auf dem Weg in die

Schreinerei ist er zusammen mit seinem Kumpel immer an der Wäscherei vorbeigekommen und dann, rate mal ...»

«Keine Ahnung.»

«Dann haben die beiden Leintücher geklaut, zusammengeknotet, von der Schreinerei noch eine Säge mitlaufen lassen, danach die Gitterstäbe am Fenster durchgesägt und ...»

«Sind geflohen.»

«Nicht ganz. Nur der Kumpel konnte sich abseilen. Der andere aber war zu schwer. Die Knoten haben zwar gehalten, aber ein Leintuch ist gerissen, und so ist er vom zweiten Stock auf den Hof geknallt. Und seither sitzt er im Rollstuhl.»

«Und wie kommst du zu dem hölzernen Schäfer?»

«Er hat einmal in der Woche Hafturlaub und hilft in einem Altersheim im Kanton Aargau beim Basteln. Aber er bekommt kein Messer und keine Schere in die Hand, nur ein Laubsägeli und Farben.»

Oster-Tagebuch von Michaela

Grüendonerschtig
Schinz isch Jesus gschtorbe, will mir Sündä mached.
Ha müese es Chrüz ist Bible-Heft male.
Dann no Sündä ufschriebe. Ha viel gwüst:

1. Blauduschtig gsait
2. Giizchnoche gsait (zum Mami)
3. Chrüz verzirt mit Fögeli
4. Em Brüederli chli Fudidätsch gä

Karfritig
Kaschperli ghört.
Heti warschinli nöd söle mache, will hüt isch Jesus as Chrüz cho.
Kaschberli i de Geischderhöli isch bsunders luschdigsi.

Oschtersamschtig
Ha Eier usblase fürn Vorsiziäzwig. Eins Rot agmalet. Zig zag.

Oschtersuntig
Hüt isch em Mami e sünd basiert. Sie hät gloge. Aber ich ha
schböter em Brüaderli di foli Warhait gsait. Das es nämli kein
Oschterhas git.

Dame auf dem WC

Wir sassen im Chorgestühl des Fraumünsters, und ich hatte keine
Augen für Chagall, nur für Richi, der aus einer uralten Ledermappe
Illustrationen für mein Kinderkrimi-Heft «Die schwarze Maske»
hervorzog.
Der schöne Richi sah schrecklich aus:
rote Augen, unrasiert und ungekämmt, die ganze Nacht
durchgezeichnet.
Ich sah mir die Illus an und bemerkte:
«Auf dieser Seite fehlt die Blondine, als die sich der Dieb verkleidet
hat.»
Die sei auf dem WC.
«Richi, auf dem WC hat sich der Dieb umgezogen und kommt heraus
als Blondine mit High Heels.»
«Ich kann keine Menschen zeichnen, hast du das nicht gewusst.»
«Nein, mach es trotzdem», sagte ich.

Nun wollte mich Richi auf die Schönheiten von Chagalls Fenster
aufmerksam machen, aber Eseli hin oder her.
«Ich brauche eine blonde Frau, Richi, machen wir ab, morgen, selbe
Zeit, selbes Gestühl.»
Er stopfte das Manuskript in die Mappe zurück und trottete davon.
Aus seiner Jacke guckte der Pyjama hervor.

Psst, Geheimnis

Der Mann einer Kollegin telefonierte mir.
«O je», sagte ich, «ist Karin krank?»
«Nein, aber sie wird nächsten Monat dreissig. Und als Überraschung soll sie dreissig Briefe bekommen, dreissig Tage lang bis zu ihrem Geburtstag, und du, Ute, wärst am 18. dran.»

Gefällt mir sehr, diese Idee. Wäre auch was für mich!
Vom 11. Juli bis zum 11. August einen Brief zu erhalten von mir freundlich gesinnten Menschen, wow!
Ich schrieb also Karin, wie mutig sie sei, gescheit, liebevoll und lustig. Wie charakterstark, hartnäckig und musikalisch. Wie tapfer, adrett und konziliant.
Und zum Schluss: «Du bist schön, Karin, besonders in der rotweissen Trainerjacke. Herzlichen Glückwunsch!»

Klassentreffen

Ich war chic gekleidet und geschminkt fürs Klassentreffen.
Unser uralter Englisch-Lehrer gab bei meiner Begrüssung vor, mich an meinen Augen erkannt zu haben! Und seine Ansprache war eine letzte, eine allerletzte Unterrichtsstunde -
«Die Münster-Kunstgeschichte muss neu geschrieben werden ...»

Das war nett, Peter, dass du für mich vom Nachbartisch einen Stuhl und ein Gedeck weggenommen und neben dich hingestellt hast.

Ute, Namenskollegin, ich hab dich gar nicht an die Schwimmstafette erinnert, als wir beide gegeneinander antreten mussten, du doppelt so gross wie ich. Schon nach dem Startsprung warst du zwei Längen voraus. Die Schüler am Beckenrand schrieen: «Ute! Ute!»
Ich glaubte natürlich, dass das dir gegolten hat.
Dieter, dass du die Schwedin geheiratet hast, die damals mit

vierzehn in unsere Klasse gekommen ist! Ich weiss noch, wie wir Mädchen sauer auf diese superblonde Schwedin waren.

Und Wolfgang, ehemaliger Tanzstundenpartner, stell dir vor, ich habe fünfzehn Jahre lang jeden Freitagabend in Zürich Rock'n'Roll getanzt. Das würde mir gefallen, ein letzter Rock'n'Roll mir dir.

A propos Tanzen, Herbert, dass du dich noch an jeden, nein, an jenen Tanz erinnerst …

Peinlich, Claus, was du von mir als Schülerin berichtest: Ich war zu spät dran. Der Lateinlehrer überholte mich, ging voraus ins Klassenzimmer. Er schimpfte mit mir, als ich hineinkam.
Ich hätte erwidert: «Wenn Sie mir die Tür aufgehalten hätten, wäre ich vor Ihnen hier gewesen.»

Und noch was: Eigentlich gut, dass mein Deutschlehrer das nicht erleben musste: Dass ich Autorin geworden bin.

Gerettet

Endlich oben! Rast bei einer Alphütte inmitten von Edelweiss, Enzianen und muhenden Kühen.
Wir setzten uns an einen Holztisch zu anderen Wanderern.
Ich hatte Durst. «Komme gleich», versprach die Wirtin, und neidisch schaute ich auf das grosse Glas Bier des schwer gewichtigen und schwer schnaufenden Mannes direkt neben mir.
Doch was war los?
Ganz plötzlich fiel sein Kopf vornüber auf den Holztisch.

Tot? Oder nur ohnmächtig?
Schnell retten, falls noch was zu retten war.
Ich nahm sein volles Bierglas
und kippte es ihm über den Schädel.
Da – er bewegte sich, hurra!
Langsam hob er den Kopf.

Mit 144 ins Spital

Meine 93-jährige Mutter, zu Besuch bei mir im Säuliamt, stürzte bei der Gartenarbeit und brach sich das Becken.

Mit 144 wurde sie ins Spital Affoltern gefahren. Es hiess dort, ein solcher Bruch werde nicht operiert. Sie müsse warten, bis die Knochen von selber zusammenwachsen.
Meine Mutter solle sich aber ein paar Tage im Spital erholen.

Zuerst schickte meine Mutter die Spitalpsychologin weg mit den Worten, ein Gespräch löse nicht das Problem.

Dann aber, einen Tag vor der Entlassung, sprach sie doch mit der Pschologin.
Das Gespräch sei dann so nett gewesen, dass sie gesagt habe, die Psychologin solle sie ganz intensiv anschauen, damit sie sie im Gedächnis behalten könne.
Diese habe gesagt: «Und ich Sie auch.»

Dann schrieb meine Mutter dem Spital folgenden Dankesbrief:

« ... Ich kann mich nicht erinnenrn,
je eine so freundliche
Atmosphäre in einem Spital erlebt zu haben
wie hier bei Ihnen.
Seelisch hat es meinem angeschlagenen Zusand
sehr gut getan, und die Besserung meiner Verletzung
gibt mir neuen Mut und Hoffnung.
Ich werde in meiner Heimat
im Schwarzwald-Baar-Kreis Ihr Spital
jederzeit lobend erwähnen.»

Herbst-Rätsel

Rätsel für meine Klasse:
«Ich sitze auf einer Bank im Wald. Meine Füsse stossen an etwas
Hartes. Ich bücke mich, taste danach. Es hat Stacheln. Ich fühle
den Spalt, drücke ihn auseinander und nehme etwas Glattes
heraus. Wunderbar. Du sollst meine Glückskugel sein. Ich zähle bis
zehn und kann wieder ... nein, bleib einfach so in meiner Hand.»

Meine Drittklässler erahnen, dass es eine Kastanie ist, etwas später,
dass das fehlende Wort *sehn* heisst und schliesslich, dass dieser
Mensch blind sein muss. Aber weshalb zählt er nicht auf zehn?
«Vielleicht hat er der Glückskugel nicht getraut und gedacht:
Das ist vielleicht nur eine gewöhnliche Kastanie.»

«Stimmt. Es gibt gar keine Glückskugeln», sage ich, und die Kinder
schauen mich entsetzt an.
Auf dem Heimweg denke ich: Das war hart. Es gibt keinen
Osterhasen und nun nicht mal eine Glückskugel?
Am andern Tag bringt Salome eine Kastanie mit. «Eine Glückskugel!»
Sie geht von Hand zu Hand und jeder wünscht sich was. Dass man
– irgendwann – der Beste in Mathe wäre;
dass man – irgendwann – ein Pferd hätte usw. Die Kinder meinten,
man verlange ja nicht, dass der Wunsch sofort in Erfüllung gehe.
Nochmal gut gegangen. Der Glaube ans Glück muss bleiben.

Drei Tage im Dezember

Ein Drittklässler sagt zu unserer hübschen Kenianerin «Bruuns
Biescht». Sie weint und ich bin wütend. Zum xten Mal gilt es,
darüber zu reden, dass sie interessant ist, unsere Völkervielfalt in
der Klasse. Und über Respekt gegenüber Andersfarbigen,
Andersredenden, Andersdenkenden.
Ich notiere den Vorfall und verlange die Unterschrift der Eltern.
Am nächsten Tag wird mir diese lachend präsentiert. Weder Vater

noch Mutter hätten geschimpft. Und weshalb nicht?
Weil er, der Schüler, einen Zettel dem Brief beigelegt habe mit der
Bitte: «Macht kein grosses Hallo wegen dieser Unterschrift.»

Einen Tag später fahren wir mit dem Tram.
Die Kinder singen *Stille Nacht*. Wie schön! Aber was höre ich da?
«Allah, der Retter ist da, Allah, der Retter ist da!
«Was soll das?»
«Damit sich unsere Ausländer nicht ausgeschlossen fühlen.»

Sing Honig!

«Das neue Weihnachtslied handelt vom Jesuskind, das gerade auf
die Welt gekommen ist. Menschen besuchen es im Stall und bringen
ihm Geschenke», erzähle ich meiner Klasse und singe
«*Es Schöfli duen em bringe...*»
Da ruft jemand: «Halt, warum es Schöfli?»
«Es sind Hirten, die zu Besuch kommen.»
«Aber ein Baby kann doch mit einem Schöfli nichts anfangen!»
meint jemand und schlägt vor:
«Sing Honig.»
Honig? Ich versuch's:«*En Honig duen em bringe.*»
Alle Kinder nicken zufrieden. Ich singe weiter: «*em bringe*»
«Das hast du schon gesungen!»
«Es wird wiederholt», erkläre ich und:
«Ich fang nochmal an: *Es Schöfli duen em ...*»
«Honig! Honig!» rufen die Kinder.

Auf dem Xylophon spiele ich nun die Melodie und singe:

«*En Honig duen em bringe, em bringe,
und duen es Loblied singe,
em chliine Herr, fiine Herr Heiland.*»
«Es heisst Thailand! », ruft Patrick.

Einzelzimmer, Chefarzt – wird alles bezahlt!

Als meine Mutter mit Beckenbruch im Notfall des Affoltener Spitals
eingeliefert wurde, hiess es: Keine Operation nötig, aber:
«Wir behalten Sie ein paar Tage - allgemein, halbprivat oder privat?»
Ich rief dem Agenten ihrer Zusatzversicherung an. Er sagte:
«Einzelzimmer, Chefarzt, wird alles bezahlt!»

Sechs Tage blieb meine Mutter im Spital. Auch den Chefarzt lernte
sie am letzten Tag kennen. Aber das dicke Ende kam in Form zweier
Rechnungen.
Die eine wurde sofort von der gesetzlichen Krankenkasse bezahlt,
die zweite aber, welche die privaten Zusätze enthielt, war der
deutschen Zusatzversicherung meiner Mutter zu üppig.

Selbstverständlich würden sie das Einzelzimmer wie versprochen
bezahlen, aber nur mit 510 Franken plus Telefon und
Chefarzthändedruck, aaaber … nicht mehr.
Genauer gesagt: Von den geforderten rund 8000 Franken wurden
knapp 2000 vergütet. «Bitte prüfen Sie das nach!»
Und später hiess es: «Alles korrekt.»
Einerzimmer in Deutschland und Privatabteilung in der Schweiz
sind nicht dasselbe.

Fasnachtsparty

Sie lud mich ein zur Fasnachtsparty, mein ehemaliges
Kindermädchen Hildegard. Und Überraschungsgast war Rolf!

Wie war ich als junges Mädchen in ihn verschossen! Der schöne,
blonde Metzgersohn mit dem unwiderstehlichen Lächeln.
Natürlich wäre ich gern Metzgerin geworden, auch wenn es in einer
Metzgerei fürchterlich kalt ist, wie meine Freundin damals
behauptete.
Ach was, Hauptsache, ein Leben lang neben Rolf stehen, sitzen oder

liegen. Starke Arme hatte er, das sah ich genau, und
komischerweise stellte ich mir nie vor,
wie er Säue ausweidete oder andere
grauslige Sachen tat mit seinem Messer.

Also, Rolf kam auch zur Party. Mit Frau. Natürlich hatte er eine
Frau bekommen. Er hätte sehr viele haben können, so, wie er
aussah, und dass er eine Blasse, Magere geheiratet hat, das
wunderte mich. Er muss auf den Charakter geschaut haben, und –
sie ist wirklich nett!
Dann erschien noch Hildegards Schwester mit Mann.
Wir setzten uns an den luftschlangengeschmückten Esstisch und
assen Wurst-Käse-und Heringssalat. Und erzählten von früher.
Rolf hatte anscheinend zugesehen, wie mein Opa einen Jungen
überfuhr. Der sei ihm ins Auto gerannt. Opa überfuhr also den
Jungen. Doch jener stand hinter dem Auto wieder auf und rannte
nach Hause. Nichts passiert. Ich kannte diese Geschichte, hatte sie
aber nie von einem Tatzeugen vernommen.

Von mir wusste Rolf nur, dass ich sehr schmal gewesen sei.
Und, dass er vor unserem grossen Haus ab und zu Fussball,
Federball und auf unserer Treppe Karten gespielt hatte.
«Du hast mir gefallen, Rolf, damals, aber wahrscheinlich war ich zu
schmal. Obwohl: Du hast ja eine Schmale geheiratet.» Er lachte.
Sah gut aus mit seinem Cowboyhut, und ich dachte: Wenn er mich
jetzt zum Tanzen auffordert, ich würde nicht «nein» sagen.

Du Knalltüte!

Ich wollte eine Freundin wiedersehen, mit der ich in Heidelberg
studiert hatte. Unser letztes Zusammensein war dort an ihrer
Hochzeit mit einem arabischen Medizinstudenten gewesen.Ich war
ein Semester vor ihr fertig gewesen und reiste an. Auf die Frage nach
meiner Unterkunft lachte sie: «Bei mir im Studentenzimmer, sorry.»
Ich lag dann auf der Matratze am Boden. Im Einerbett neben mir

das frisch gebackene Ehepaar am FlüsternLachenWuscheln.
Das war meine erste Hochzeitsnacht.

Nun also wollte ich endlich wieder in Kontakt kommen mit ihr.
Im Heimatort Sigmaringen im Süddeutschen konnte man mir nur
sagen, dass sie sich nach Heidelberg verabschiedet hatte.
Das wusste ich selber. Ich verliess das Rathaus und dachte:

«So, ich such sie jetzt, und wenn ich nach Dubai oder sonstwohin
fliegen muss.» Woher kam jener Ahmat eigentlich? Keine Ahnung.
Hat sie mit der Heirat ihren Namen gewechselt? Wie hiess Ahmat
mit Nachnamen? Keine Ahnung.
Brief ans Einwohneramt Heidelberg. Für zehn Euro verriet man mir,
wohin sie verzogen war - nach Eppelheim.
Brief ans Einwohneramt Eppelheim. Für zehn Euro erfuhr ich -
weitergezogen nach Darmstadt.
Telefonat: Nein, an der angegebenen Adresse wohne sie nicht.
Brief nach Darmstadt mit Euros, für die man im Archiv bitte
nachschauen solle.
Da - eine Antwort mit Adresse (anderer Nachname)! He!!! Gefunden!

Ich schickte ihr meinen ZWISCHEN-RUF mit dem Titel:
«Wo ist die schöne Gisela?»
Und wenige Tage später meldete sich Gisela!!
Sie sagte: «Du Knalltüte!»
Und sie habe jedes Mal, wenn sie an meiner Heimatstadt
vorbeifuhren, zu ihrem Mann gesagt:
«Da kommt Ute her. Aber die hat ja in die Schweiz geheiratet.
Keine Ahnung, wo sie ist und wie sie heisst.»
Und das Tollste: Ihre mittlere Tochter wohne in Zürich und im April
würden sie diese besuchen!!
Gisela, ich freu mich ja soo auf dich!!

Dieses Teil geb ich nie mehr her

Spaziere im Conforama rum. Mit einem Hundert-Franken-Gutschein in der Tasche. Aha - günstige Fernseher! 50% billiger. Da kommt ein Lehrling. Ich sage zu ihm: «Ich brauche einen entspiegelten Fernseher, weiss oder silbrig, mit mehr als 1m Durchmesser, verbilligt.»

Was soll ich sagen: Er zeigt mir gleich zwei Modelle. Wir plaudern noch ein wenig über Fernseher und über den Kosovo, wo er herkommt. Dann entscheide ich mich für den besseren und such den Chef, um ihm zu sagen, dass das ein super Lehrling ist, der gut erklärt, geduldig, nicht aufdringlich, fröhlich, irgendwie perfekt wie das neue TV-Gerät.

Treibe mich dann noch ein wenig bei den Fernsehtischen herum. Eine Frau fragt, ob ich Interesse an ihrem alten zu Hause hätte, dann würde sie nämlich den neuen hier kaufen.Nein, danke.

Als der Fernseher im Kofferraum verstaut wird, erschrecke ich. Ganz schön lang, der Karton. Nun ja, er enthält noch Zusatzteile, grossen Fuss usw.

Martin hilft tags darauf, ihn in meine Wohnung zu schleppen, in der ich bereits Platz dafür geschaffen habe. Man könnte den Apparat auf den Glastisch stellen. Martin packt das Teil aus.
Du lieber Gott, der ist ja riiiesig!! Ob ich nicht zuvor abgemessen hätte? Nicht wirklich, ich wollte einen über 1 m, und dass der jetzt 140 cm Durchmesser hat, fand ich okay.
Im Geschäft sah er gar nicht voluminös aus. Aber meine Wohnung lass ich mir durch einen Fernseher nicht verschandeln!

«Der passt nicht», sage ich zu Martin, und er nickt. Ich telefoniere ins Geschäft, aber: Ausgepackte Fernseher könne man nicht umtauschen, heisst es.
Ich setze mich aufs Sofa und glotze auf die Glotze. Schüttle den Kopf

und Martin beschliesst, ihn wieder einzupacken.
Ich solle ihn jemandem schenken, bloss nicht ihm.

Und den alten wieder nehmen? Der sich so toll ins rote Blechregal
reingeschmiegt hatte, ganz unscheinbar, fast unsichtbar.

Allerdings befindet der sich bereits im Auto.
Ich wollte ihn eigentlich einer alten Frau schenken, die ein
vorsintflutliches Modell besitzt. Ich stütze den Kopf in die Hände.
Habe mal gelernt, was das Wort tragisch bedeutet. Das bedeutet:
ausweglos. Jeder Weg, den ich nun einschlage, ist nicht optimal.
Muss mich aber irgendwann entscheiden.
Das Wohnzimmer ist ein Chaos aus Schachtelmonstrum,
ausgeräumten Regalen und dazwischen ER, Samsung. Martin
wartet.
Ich: «Martin, stell bitte mal das Teil auf den Boden, da ist es am
unauffälligsten, links daneben dann das rote Regal. Obendrüber ein
Tablar, damit ER darunter etwas verschwindet und weisst du, was?
Ich hab da noch einen tollen Schal aus einer italienischen Boutique.
Moment!»
Ich hole ihn und werfe ihn lässig über den Apparat.

Der ungeliebte Riesen-Samsung steht auf seinem Silberfuss,
macht keinen Mucks. Ich entferne den Schal wieder,
Martin nimmt die Fernbedienung,
schaltet ein und heeee - heeee - Natuuur puuur!
Ich bin im Kino! Sehe die Welt mit neuen Augen!
Du lieber Himmel, dieses Teil geb ich nie mehr her!!

Krumme Zähne, krumme Zehen

Ich schrieb AUSSEHEN an die Tafel und wünschte von meinen
Zweitklässlern:
«Notiert in Stichwörtern, wie Eure Mutter aussieht.»
Jetzt bloss nicht helfen und fragen:
Wie sind die Haare, wie sind die Augen?
Dann bekäme man langweilige Antworten wie blond und blau.

So aber erhielt ich Aussagen wie:

Schöner Bauch, mit feiner Haut drüber.
Oder: *Delfinstirn und Märzentüpfli.*

Auch kleine Schönheitsfehler wurden notiert wie:
langer Busen
platte Nase
Gold im Mund
blaue Flecken an den Beinen

Diese Attribute wurden auf meinen Wunsch hin wieder ausradiert.
Auch der Satz *Sie ist dick* stiess nicht auf meine Zustimmung.
Emilio ersetzte dann das böse Wort durch *mollig*.
Und weshalb man *krumme Zehen* schreiben dürfe, aber nicht
krumme Zähne, wollte jemand wissen.
«Das soll ein Kompliment werden für Euer Mami zum Muttertag!
Nun notierte man voll Begeisterung:

Rosa Lippen, rote Zunge, gelbe Augen,
schönes Tatoo auf dem Bauch
Locken fast bis zum Fudi,
Stupsnase und Lachfalten

Die Beschreibungen zusammen mit dem gemalten Porträt würden
alle Mütter zum Lächeln bringen, da war ich mir sicher.

Eine Woche mit Inge und Salat

Ich holte eine Freundin vom Bahnhof ab. Sie würde ein paar Tage
bei mir wohnen. Aber nur, wenn sie ihre Essgewohnheiten
beibehalten könne. Sie sei am Abnehmen.
Sie wollte direkt zum Aldi. Dort beluden wir den Wagen mit 5 Bund
Radiesli, Eis-und Kopfsalaten, Gurken, Pilzen und Tomaten,
Broccolis und Peperonis, Schinken, Lachs, Käse und - ich erschrak -
5 Eimerchen Jogurt.
«Inge, welches Brot?»
Sie zog mich weiter.

Am Abend gab es, wie sie es nannte, ‹Frühlingsmix›.
Am nächsten Morgen machte ich mir zwei weiche Eier. Inge hatte
ein Eimerchen Jogurt vor sich und meinte bei jedem Löffel:
«Wunderbar.»
Zum Mittagessen zauberte sie eine ‹Vegetarische Fisch-Kreation›.
Dessert: Jogurt. Ich mit, Inge ohne Trauben.
Abendessen: ‹Käse-Dekoration›.

Am Morgen danach biss ich vor dem offiziellen Frühstück noch
schnell einem alten Biskuithasen den Kopf ab.

Zum Mittagessen gab es *Broccoli mit Lachs.*

So wurde unser Gemüse-Salatvorrat immer weniger und wir beide
immer schlanker, hm.

Als ich Inge wieder zum Bahnhof brachte, fiel mir auf dem Rückweg
ein Brauch ein, den ich ein Jahr zuvor ins Leben gerufen hatte:

Täglich ein Stück Erdbeerkuchen. Es ist total einfach
(Fertig-Biskuitboden, Schlagrahm aus der Dose, Früchte darauf),
gesund (Obst) und macht gute Laune.
Brauchtum soll man pflegen.

«Keine Ahnung, weshalb ich heute so fröhlich bin»

In einem fremden Coop an der Kasse. Die Frau hinter mir legt ihre Einkäufe auf das Band mit der Bemerkung:
«Was ich heute wieder Komisches gekauft habe, werden Sie denken. Aber diese tiefgefrorenen Zwetschgen sind sensationell! Blätterteig in die Kuchenform, mit Haselnüssen bestreuen, dann die Zwetschen, nicht aufgetaut, darauf verteilen, Zucker darüber und schon fertig.»

Da geb ich meine ebenso simple Erdbeerkuchenzubereitung durch, und als wir nebeneinander unsere Waren einpacken, vermute ich:
«Sie sind nicht von hier.»
Sie komme aus Stuttgart, und sie strecktmir einen Flyer hin:
Jungtierschau am 24. Mai in der Kleintieranlage Chalberweid beim Schützenhaus Adliswil.

Heidi aus dem Coop

Schlendere also durch die Kleintieranlage Chalberweid und suche meine neue Bekanntschaft aus dem Coop.

Oh, da sitzt sie am Tisch eines Holzhäuschens neben einer riesigen Voliere und verabschiedet gerade eine Familie, die ihr einen Papagei abgekauft hat.
Heidi fischt aus dem Zeigemäppchen Geldnoten, fünf Hunderter.
Gerade erhalten für eine Blaustirn-Amazone.
Sie sei froh, dass sie diese los sei, nämlich:
«Zwei Männli hatten wir für sie gekauft, jeweils für 700 Franken. Mein Mann ist ja Züchter. Und beide hat sie abgelehnt. Dann haben wir ein Männli ausgeborgt, auch das wollte sie nicht an sich heranlassen. Also haben wir sie nun verkauft, das hat sie jetzt davon.»

Und sie erzählt, dass Ara-Maracanas fast doppelt so teuer sind. Ein solches Papageien-Pärchen wohnte in Voliere drei, und es sei ausgebrochen - Kabel aufgepickt.

Ein Hausabwart, der in der Nähe wohne, habe aber deren Ruf gekannt, «weil er schon mal in Brasilien war. Mit einer Decke hat er das Männli einfangen können und dem Tierheim *Pfötli* in Kloten gebracht. Die haben uns verständigt. Das Wiibli aber war verschwunden. Dänn hämer wider eis poschte müesse.»

Da ruft uns Graupapagei Lucky. *Hallo* kann er sagen und *Hopp Hopp*. Seinen Namen ist er am Lernen, er pfeift wundersame Weisen, ist recht zutraulich. Ihm ist es halt zur Zeit langweilig. Seine Frau ist am Brüten im Inneren der Voliere. Ja, natürlich füttert er sie, soviel Fürsorge muss sein!

Rocky hockt etwas apathisch auf einem Ast. Er ist erschöpft vom vielen Füttern, denn auch seine Partnerin hockt auf Eiern.

Beinahtore

Zürcherisches Fussballturnier.

Jedes Mal hatte ich mit meiner Klasse daran teilgenommen, einmal sogar mit Drittklässlern das Turnier gewonnen.

Bei dieser Klasse jedoch sah ich null Erfolgchancen und wollte sie nicht anmelden. Eltern sahen das positiver und übernahmen Training plus Organisation.
Eine paar fussballbegeisterte Jungs hat man immer, aber hier keine sieben, also hiess es auffüllen. Zwei Buben winkten ab. No sports please. Der Dritte spielte in den Pausen nie mit, hätte aber mit seiner imposanten Erscheinung das halbe Tor ausfüllen können – bitte, Sämi, sag ja! Er sagte nein.

So mussten halt die Mädchen ran. Zwei, klein und zart, hatten sich ab und zu aufs Fussballfeld begeben, waren aber stets nur durch Zufall in Ballbesitz geraten.

Der Samstag kam. Goali war Cleo. Ihr war offensichtlich nicht bekannt, dass ein Goali die Hände nehmen durfte. Sie versuchte, die Schüsse mit dem Fuss abzuwehren, d.h. zurückzukicken.
O je, viernull für die andern, fünfnull, sechsnull, siebennull.

Zweites Spiel. «Diesmal müssen wir gewinnen, sonst kommen wir nicht ins Final!», riefen meine Optimisten und stürmten nach kurzem Penalty-Training und Schokoladenstärkung aufs Feld.
Es tat weh, zuzusehen, wie sie vor ihrem Tor dem Gegner im blauen Liibli zwar den Ball abnahmen, aber nunmehr ausgerechnet hier das Pass-Spielen übten, immer vor dem eigenen Tor hin und her!
Einsnull für die andern, zweinull, ha einseins, he zweizwei, weiter so, au dreizuzwei, Schlusspfiff. Die beiden Treffer wurden nun ausführlichst rekapituliert, ebenfalls etliche Beinahtore, und dass man ein paar Gegner durch hartes Eingreifen immerhin zum Brüele gebracht habe.
So gesehen hatte man den Final um Haaresbreite verpasst.

Nackter Mann

Nackter Mann beim Palmenwedeln kann dir deine Nacht veredeln!

Tja, ich bin in einem Hermann-Hesse-Schreibworkshop. Und dies ist der Zweizeiler von Iris. Der entstand beim Abschlussspiel.

Wir sind in Montagnola, wo Hesse gelebt, geliebt, geschrieben und gemalt hat. *Und jedem Anfang wohnt ein Zauber inne ...*

Wir sitzen im Hochzeitszimmer (3. Heirat) von Hermann Hesse. Schauen uns Fotos an, schreiben darüber, lassen uns auch von seinen Gedichten inspirieren, fabrizieren selber welche. Ich dichtete:

> Ab morgen will ich - weisst du was?
> mehr provozieren
> will fragen: Was soll denn das?
> Möcht' rufen

Das ist doof, da mach ich nicht mit
das ist zu eng, zu fad, zu streng, zu dick
Ab morgen sag ich NEIN zu Dingen
die mir keinen Spass mehr bringen!
Provozieren, rebellieren,
aggressiv und alternativ
Sei nicht überrascht, denke daran
Ich pass mich morgen nicht mehr an!

Am letzten Tag kommt Enkel Silver Hesse aus Zürich zu uns und
erzählt von seinem Nonno. Er ist Verwalter des Nachlasses von
Hermann Hesse. (Es gibt z.B. allein 1400 Komponisten, die seine
Gedichte vertonten.) Etwa ein Drittel seiner Zeit hatte Hesse mit
Malen, ein Drittel mit literarischem Schreiben und ein Drittel mit
Briefeschreiben verbracht.
Über 3000 Bilder sind entstanden, und er hat - unglaublich - etwa
35 000 Briefe geschrieben. 18 000 werden nun in einem
zehnbändigen Werk herausgegeben.

In meinem Regal steht nun ein grosses Farbfoto: Silver und Ich!

Zur Hochzeit nach Budapest

1. August in Budapest

Vorabend der Hochzeit meines Neffen mit einer Ungarin.

Ich sitze mit den Verwandten in einem Strassencafé in Budapest.
Und wer schlendert fröhlich daher? Vier junge Leute in rotem T-
Shirt mit riesigem weissen Kreuz auf der Brust.
Ich springe auf, beuge mich über die Balustrade:
«Hallo, ich bin auch Schweizerin! Was macht Ihr denn hier am
ersten August, an unserem Nationalfeiertag?»
«Zwischenstopp auf einer einmonatigen Europareise», erzählen die
beiden Mädchen, und die Jungs besuchen sie übers verlängerte

Wochenende. Wohnen würden sie normalerweise im Kanton Zürich, heute aber da vorne in der Jugendherberge.

Budapest ist wunderschön bei Nacht. Links und rechts fantastisch beleuchtete Brücken über die Donau, uns schräg gegenüber das riesige Parlamentsgebäude, ebenfalls beleuchtet, dann die tausend gelben Lichter entlang des Ufers. Auf dem Berg Kirche und Schloss, hell erstrahlt.

Ich hole mein Portemonnaie und gebe dem einen Mädchen hundert Euro. «Macht euch einen schönen Abend.»
«Darf ich Sie umarmen?»
Dann kommt auch die andere zu mir, umarmt mich.
Schliesslich werde ich noch von beiden Jungs umarmt.
Meine Verwandten am Tisch lachen.

2. August bei Budapest

Wir wollen ein Taxi nehmen zum Hochzeitsort auf dem Land.
Ich frage einen Taxifahrer nach dem Preis.
«Hundert Euro».
«Wie viele Kilometer sind es?»
«40 km.»
«Sorry, zu teuer, Taxi von Aeroport nach Budapest war 30 Euro für 20 km.» Ich laufe weg. Da hupt er und winkt. Ich geh zurück.
«60 Euro, okay?»

Ach, wir sind auf der Autobahn, und sein Navi findet unser Boutique Hotel nicht. Er wendet, fährt zurück. Ich sehe Schweiss auf seiner Stirn, immer wieder fummelt er an seinem Navi herum.
Dann hält er an einer Tankstelle und erkundigt sich.
Endlich findet er unsere Hochzeitslocation, tatsächlich extrem abseits. «Sorry.»
Er senkt beschämt den Kopf, darauf gefasst, dass er weniger Geld bekommt. Doch ich lache:
«Ich gebe 80 Euro. Wegen Stress.»
Er schaut verdutzt, ungläubig, dann ein Strahlen.
Und noch verdutzter bin ich: Denn auch er umarmt mich.

3. August in Budapest

Die Kirche in Budapest war voll, alle in Erwartung des Brautpaares
- der Sohn meines Bruders würde sogleich eine Ungarin ehelichen -
als der Priester in rotem Walle-Gewand in Richtung Orgel schritt,
und direkt neben mir an der Kirchenbank stehen blieb, hoch
schaute und laut dreimal in seine Hände patschte.
Das missverstand ich, denn ich fing ebenfalls an zu klatschen.
Falsch! Ganz falsch. Ausser mir klatschte niemand, und der Priester
schimpfte laut, man könnte sagen, überlaut mit mir.
Was er schimpfte, verstand ich nicht. Ich kann kein ungarisch.
später erfuhr ich:
Das Klatschen war das Startzeichen für den Organisten gewesen.

Endlich schritt das Brautpaar durch das Portal.

Das Gehirn des Vaters

An der Uni Zürich gab ich einen Workshop für
Mittelstufenlehrpersonen zum Thema «Schreiben mit Kindern».
Eine Sequenz ging um Redensarten und Wortschöpfungen.

Ich erzählte den Teilnehmern von einer Unterrichtsstunde.
Ich hatte an die Tafel das Sprichwort notiert:

»Der Apfel fällt nicht nicht weit vom Stamm».

Und die Kinder um eine Erklärung gebeten.

Eine Schülerin sagte, sie hätte gern das Gehirn ihres Vaters geerbt.
Eine andere meldete sich: «Ich auch. Mein Vater, wissen Sie, der hat
ein Gedächnis, ein so gutes, und alles auswendig!»
Ich schlug ihr vor
Sie begann: «Ich hätte, ich hätte, ich weiss nüme wiiter.»

Die Kinder riefen: « Sie häts ebe nöd g'erbt!»

Riesenfreude für 18 Nonnen

Sie habe ich in einem Kloster kennengelernt, das zu einem Volkshochschulheim umgerüstet worden ist. Ich machte dort ein Schreibseminar mit, Britta formte eine Steinskulptur.

Da sie aber in Berlin wohnt im dritten Stock und kein Auto hat, konnte sie ihren schweren Charakterkopf nicht mit nach Hause nehmen. Sie schenkte ihn mir, den ‚Kantonspolizisten‘, wie sie ihn nannte. Ich lud sie ein, mich und ihn zu besuchen.

Ausflug an den Zuger See: Britta und ich schlendern am Ufer entlang und beobachten Enten und Schwäne. Immer wieder denkt man, der Weg sei zu Ende, aber nein, noch durch dieses Tor, ein Weglein entlang, und wir landen im Strandbad beim Casino, setzen uns auf die Holzplanken, schauen den Schwimmern zu, den vom 3-Meter-Brett-Springern, den Surfbrett-Paddlern (offenbar eine neue Sportart), und da kommt der Strandbeizenbetreiber mit einem Tablett und verteilt uns allen Kokos-Drinks mit Schuss.

Britta entdeckt das Zuger Schloss, das Zuger Museum, das Zuger Kunsthaus, Zuger Türme und Stadtmauern.

Ich erinnere ich mich daran, wie ich vor vielen Jahren mal einen Lehrer-Gospel-Ferien-Kurs besucht hatte und wir anschliessend drei Tage im Zuger Kloster Station gemacht hatten.
Damals wurde ich beauftragt, ein Geschenk fürs Kloster zu beschaffen, ein Blumenarrangement, hiess es.
Ha, mir fiel was Besseres ein:
Ich liess in einem Blumengeschäft 18 Mini-Sträusschen binden!
Wir sangen den alten Nonnen unseren langsamsten Gospel vor, und dann nahmen nach meiner Regie unsere Sänger-Männer je ein Sträusschen, suchten sich eine Nonne aus und überreichten es ihr. Oh, wie die strahlten! Weil ich befürchtete, sie würden die Blumen dem Altar zur Verfügung stellen, rief ich:

«Die sind fürs Zimmer, ins Zahnputzglas!»

Früher, als man sich noch Briefe schrieb

Oh, beim Aufräumen finde ich alte Briefe von meinem Bruder, der mir nach Heidelberg geschrieben hatte, wo ich studierte.
«Danke, Ute, für deinen Brief. Wir haben ja wieder lachen müssen.»
Dann erzählt er von der Schule:

«Gestern hatten wir Gedichts-Betrachtung.

Ich habe über den Gegensatz von Leben und Tod geschrieben.
10 Minuten vor Abgabe erklärte Diplich, dass es sich um das Verhältnis Unterdrücker und Unterdrückte handelt.
Und was tat dein Bruder?
Er ersetzte Unterdrücker durch Tod und Unterdrückte durch Leben, las es durch und fand, es klang völlig normal.

Und noch so einiges:

- Der Schulball findet nicht statt. Die Achtklässler haben nämlich zwei fremde schlimme Jungs in die Chemiestunde eingeschleust.

- Wir haben das Zeugnis bekommen. Hier die Noten und in Klammern die vom letzten Jahr. Bleibt aber unter uns.

- Im Chemieunterricht wetteten acht Schüler, wer die meisten Papierkügelchen auf den Experimentiertisch wirft.

- Dein Ex Hansjörg machte ein lustiges Lehrerquiz.

- Noch immer suche ich oft beim Tischdecken versehentlich die zwei schönsten Dessertlöffel für uns beide heraus.

Zuerst hab ich gar nicht gewusst, was ich schreiben soll, aber nun sind es doch drei Seiten, viele Zeilen und sehr viele Buchstaben geworden.

Übrigens: Vergiss nicht, an meine Bierdeckelsammlung zu denken und nicht nur zu denken.

Dein Utz

Bin ich zu schlau?

Zur Zeit hab ich mich im Verdacht, dass ich zu schlau bin.
Und das nervt. Es ist nämlich so:

Abends mache ich öfters ein schwieriges Mahjongg auf dem
Computer. Das ist ein Spiel, bei dem man gleiche Paare wegklicken
muss. Aaaber halt: Mit einfach «klick klick» ist es nicht getan.
Man muss strategisch vorgehen. Es sind immer vier identische
komplizierte Zeichen, und die stehen mehrfach aufeinander.
Man kann aber nur die obersten und die äussersten wegklicken,
und schon langweile ich Euch, stimmt's?

Inzwischen habe ich immer mehr Routine in diesem Spiel und
komme oft bis zum Schluss.
Und weshalb das nervt?

Ich hab mir folgendes vorgenommen:
Sobald ich gewinne, also sämtliche Steine wegklicken konnte,
nehme ich eine kleine Auszeit von 15 Minuten vom Computer und
räume irgend etwas auf.

Ein bescheuerter Vorsatz, zwar auch ein sinnvoller, aber inzwischen
bin ich so weit, dass ich gar nicht mehr gewinnen will!
Und schon gar nicht zweimal hintereinander!
O Gott, schon wieder dieses riesengrosse CONGRATULATION auf
dem Bildschirm!

Widerwillig erhebe ich mich vom gemütlichen Schreibtischstuhl und
latsche in die Küche zum Geschirrspüler-Ausräumen.
Obwohl ich auch dabei ein schlechtes Gewissen habe, denn
eigentlich ist mein Vorsatz:
Ich räume etwas auf, das schon des längeren rumliegt, meist in
Form von Papier, also Hefte, Karten, Ordner, Rezepte . . .
Eigentlich kennt kein Mensch dieses Mahjongg mit seinen
asiatischen Schriftzeichen. Passt das überhaupt in unsere
Kulturwelt? Übrigens habe ich schon den Küchenwecker untersucht
- ob er überhaupt intakt ist - seine Viertelstunden dauern ewig!

Darf man das Wort KREBS sagen?

Meine Tochter ist sehr liebevoll zu mir, redet aber immer Klartext.
«Mami, das hast du schon dreimal gesagt.»
Oder:
«Deine Jacke ist nicht schön.»
«Ich habe jetzt keine Lust zu reden» usw.

Zu ihren Patienten ist sie aber weischwiä diplomatisch.
Sie sagt, es komme auf den ersten Satz an. Das habe sie nicht an
der Uni gelernt, sondern selber herausgefunden.

Zu Beginn ihrer Tätigkeit als Dermatologin sagte sie noch:
«Ich mache jetzt eine kleine Operation und schneide das Muttermal
heraus.»
Oh, wie erschraken da die Patienten! Die Wörter *Operation* und
schneiden waren zu heftig. Bald änderte sie ihre Wortwahl.
Nun erklärt sie:
«Da machen wir etwas ganz Einfaches - ich nehme es weg», und
schon entspannen sich die Gesichtszüge.

Oft muss sie ihren Patienten telefonisch Befunde mitteilen,
und das geht so: Erster Satz: «Ich habe gute Nachrichten.»
Hörbares Aufatmen. Das komme hundertmal besser an als:
«Der Befund ist negativ.»
Wenn der Befund aber Krebs bedeutet?
«Dann sage ich: Wir haben alles richtig gemacht. Wie gut, dass ich
das Muttermal rausgeschnitten habe - denn es war Krebs.
Aber keine Sorge, ich behalte Ihre Haut unter genauer
Beobachtung.»
«Isabelle, warum benutzt du nicht das Wort Tumor? Das tönt doch
weniger schlimm als Krebs.»
«Ja, ist aber nicht deutlich genug. Es gibt gutartige und bösartige
Tumore. Wenn ich erkläre, es sei ein bösartiger Tumor, überhören
manche das Wort bösartig. Aus Selbstschutz. Ich will und muss
aber Klartext reden.»
Sag ich doch.

Er stand im Garten, fiderallala

Eines Sonntagmorgens trat ich aus der Terrassentür und glaubte zu träumen. Da stand einer in meinem Garten, war am Picken und war wunderschön! Ein Wiedehopf! Mit seinem spitzen, langen Schnabel holte er Würmer aus der Wiese, und im Takt dazu wippten seine Federn auf dem Kopf. Und wie er davonflog, als ich mit dem Fotoapparat heranschlich, sah er aus wie ein grosser Schmetterling mit schwarz-weiss gestreiften Flügeln.

Mein Bruder, Ornithologe, dachte, ich würde mal wieder übertreiben und mutmasste am Telefon, es könne eventuell auch ein Grünspecht gewesen sein.

Aber hallo, hat ein Grünspecht einen Federbusch auf dem Kopf?!
Und ist gelb?!
Auch ein Wiedehopf sei nicht gelb, meinte mein Bruder. Dann stritten wir noch über die Farbe. Ich hätte gelb mit schwarz-weissen Flügeln gesagt, ein Wiedehopf sei aber orange mit schwarz-weiss-gestreifter Flügelbinde!
Es stellte sich heraus, dass bei mir Gelb und Orange nah beieinander und bei ihm sehr weit auseinander liegen.

Singend fuhr ich am Montagmorgen in die Schule.
«Der Wiedehopf, der Wiedehopf, der bringt der Braut den Blumentopf, fiderallala …»
Holte im Lehrerzimmer ein Vogelbuch. Leider war der Kerl hier ebenfalls orange. Ich wollte nun in der Klasse mein Vogelerlebnis anbringen, aber es ging nicht. Wegen eines Problems sozialer Art.

Claudio wollte wissen, ob das gerecht sei: Er habe zu Tanja nur «Tanja Naseböögg» gesagt, und sie habe ihm daraufhin fürchterlich auf den Kopf geschlagen.
Tanja rief, das sei ein Spass gewesen.
«Naseböögg» sei auch ein Spass gewesen.
Fiderallala.

Heisse Sache

Badeschlappen und Bikini, mit einem Kaffee in der Hand, suchte ich einen Tisch im Schatten. Da sah ich IHN.
Ich setzte mich zu ihm, und wir lachten einander an.

O Gregory!

Er braungebrannt, ich braungebrannt, er viel nackte Haut, ich viel nackte Haut. Bis jetzt wusste ich nichts über seinen Körper. Dabei kannte ich ihn seit Jahren. Aber er war nicht frei gewesen. Ich eigentlich auch nicht. Er mit seiner hässlich-haarigen Frau, ich mit meinem meist motzenden Mann.

So hatten wir uns immer wieder zu viert getroffen, und er hatte mir fast zu sehr gefallen, und heute sah ich, dass sein Körper schön war, und wir sassen so nah nebeneinander.
Ein paar Zentimeter näher, und wir hätten uns berührt, und ich wäre verloren gewesen.

«Weisst du, dass du mir immer gefallen hast? Sehr sogar. Zu sehr», lächelte er.
«Nein, hab nichts davon gemerkt.»
«Wollen wir am Sonntag miteinander fortgehen?»
«Gern, Gregory.»
«Zu viert?», fragte er.
(Wir waren inzwischen frei, hatten beide ein Kind.)
Und da musste ich passen. Wegen Thömeli.
Alles würde ich ertragen, nur keinen ganzen Sonntag mit seinem Thömeli.

Bitte haltet durch

Meinen schönsten Fenstersims machte ich frei für Feriengäste.

Und da kamen sie im Arm der Nachbarin:

Die hochgewachsene Schönheit *Weisse Orchidee*,
die vor Lebenlust strotzende *Rosé Hänger-Orchidee*
und die grosse, stolze *Orchideen-Dame in Pink*.

Alle drei blühten wie im Vollrausch!
Eine wahre Pracht für mein Fenster!
Wie würden die Leute staunen!

Meine Orchi-Gäste waren anspruchslos
- ein paar Centi-Literli Hahnenwasser und sonst nichts.

Doch obwohl ich sie morgens stets herzlich begrüsste
und ihnen abends eine Gute Nacht wünschte,
schien sich ein Gast nicht wohl zu fühlen.
Am dritten Tag lagen zwei weisse Blüten am Boden!

Die beiden anderen Orchideen aber standen munter da,
und ich lobte sie: «Nöd ufgäh, sie chunnt bald wider.»

Fast stündlich machte ich nun einen Kontrollbesuch. Der rosé
Hänger blühte, wie wenn nicht ringsum gestorben würde, denn auch
zwei pinke Blüten hatten den Umzugsschock nicht verkraftet.

Dann ging ich übers Wochenende an einen Kurs, und als ich danach
die Tür öffnete - O mein Gott! Die hohe weisse Dame war kahl!
Auch bei der pinken Lady krallten sich nur noch vier Blüten am Ast
fest!
Nur der rosé Hänger - aufgeplustert stand er da und sonnte sich.
«So geht's doch auch», sagte ich zu den Heimwehkranken.

Es war November, als Kennedy starb

Ich rief sie damals an mit dem Münztelefonapparat an der Tramendstation Heidelberg-Handschuhsheim.

«Du, Mami, ich kann in nächster Zeit nicht kommen. Muss üben. Stell dir vor, ich soll das Mozart C-Dur-Klavierkonzert spielen, zusammen mit dem Studentenorchester. Wer ist ermordet? Wer? Kennedy? Aha. Was - im Auto? Aber ich finde es extrem schwierig, obwohl es C-Dur ist. Die Einsätze, das Tempo, Mensch!

Jaja, schrecklich, wie bitte - die Jacky nicht verletzt? Was, du hast geweint? Komisch, als Rosa Meierhans angefahren wurde, hast du nicht geweint.

Das Konzert - Mami, stell dir vor - ist schon in zwei Monaten. Ich bin doch keine Pianistin! Ich glaube, ich sag ab.

Was? Ich bin ein Berliner? Aber Mami, das hat ihm sein Deutschland-Berater bestimmt auf einen Zettel geschrieben.

Sicher tut es mir leid, aber der Kennedy wird doch überschätzt. Ich meine, er ist überschätzt worden. Dass nun der Weltfrieden gefährdet ist, glaub ich nicht. Jeder ist ersetzbar, jeder Präsident, du und besonders ich.
Weisst du was? Ich trete zurück. Das Konzert soll jemand anderes spielen.

Ja, Mami, ich kauf mir eine Zeitung, jaja, ich weiss, Mozartmusik ist etwas Wunderbares, ja, wenn du meinst, dann hab ich Mozartfinger.

Du, ich muss Schluss machen, kein Kleingeld mehr.»

Pariser Love-Story

Ich blättere im Fernsehprogramm. Oh, heute kommt um 20.15 *Weltkulturerbe Kloster Maulbronn*. Das tönt nach Bildung, ich aber bin wie elektrisiert! Und zwar:

Eine Kollegin war für ein halbes Jahr nach Paris gezogen. Dort besuchte ich sie in einer Herbstferienwoche. Während sie morgens in der Sprachschule war, spazierte ich durchs Quartier und nahm in einem Bistro mein Frühstück ein. So auch an diesem letzten Tag. Die Bedienung brachte mir ein Croissant und Tee ohne Zucker und verschwand. Ich wandte mich an den jungen Mann am Nachbartisch und bat um seine Zuckerdose. So kamen wir ins Gespräch. Er hatte an meinem französischen Satz sofort meine Herkunft erkannt und reichte mir den Zucker mit: «Isch wünsche schöne Zeit iier in Pari.» «Je depart pour Züri demain matin.»

Nun wechselte mein Franzose zu mir an den Tisch, und wir plauderten und lachten zweisprachig zusammen. Weshalb sein Deutsch so gut sei, fragte ich ihn. Nun, der Vater besitze in Paris eine Pumpenfabrik und habe Verbindung mit einer Pumpenfabrik in - Achtung, jetzt kommt's: in Maulbronn. Dorthin habe er den Vater manchmal auf seiner Geschäftsreise begleitet.
«Tu connais Maulbronn?», wollte er von mir wissen.
«Maulbronn? Non.»
«Ist kleine Stadt in Süddeutschland.»

Irgendwann aber schaute mein charmanter Pariser auf die Uhr und erschrak. Er habe einen Arzttermin, würde mich aber sehr gerne zum Nachtessen einladen.
Das geht nicht, antwortete ich, ich müsse diesen letzten Tag mit meiner Freundin verbringen.

«Wirklisch nischt? Auch nischt zu dritt?»
Non, je regrette, meine Freundin habe sich irgendeine Überraschung ausgedacht.
«Isch gebe dir Adresse, wir telefonieren,» meinte er.

Und da sagte ich nein. «Isch versteh nischt. Warum nein?»
«Wir werden uns ja doch nicht wiedersehen», fügte ich als Erklärung
hinzu. Da stand er auf, gab mir einen Kuss auf die Wange und
verliess das Café. Ach, kaum war er weg, da dachte ich:
«Bitte nicht aus meinem Leben verschwinden! Ich will dich
wiedersehen! Uhuuu - uuunbedingt!»

Auf der Heimfahrt nach Zürich machte ich mir sehr viele Gedanken:
Warum bin ich so dumm und vermassle mir die tollsten ...
Eigentlich bin ich doch schlau oder ...

Wieder zuhause - es war noch in der Zeit ohne Internet - rief ich
sofort die Stadtverwaltung Maulbronn an - ob sie eine Pumpenfabrik
hätten und wie die heisse. Dann verlangte ich am Telefon den
Auslands-Sachbearbeiter der Pumpenfabrik und erklärte ihm, dass
ich den Sohn des Pariser Pumpenfabrikdirektors finden müsse - er
gab mir eine Nummer, und er muss wohl den Direktor vorbereitet
haben. Nur so kann ich mir erklären, dass ich direkt mit diesem
verbunden wurde, als ich eine Viertelstunde später in Paris anrief.
Le direkteur sprach dann nur französisch. Und ich halt dann auch.
Äh, möchte gerne mit seinem Sohn sprechen, äh, j'ai, äh, perdu son
numéro du telefone, oder so ähnlich.

Welchen seiner beiden Söhne ich meine, fragte er. Ach du lieber
Gott! «Le student avec des yeux verts», sagte ich und schon wusste
der Direktor Bescheid. Er bat mich, am Telefon zu warten - und bald
darauf hörte ich ein Lachen und ach, er war's!
Ein paar Tage später sein Brief! Ich schrieb zurück.
Dann seine Einladung zu Silvester nach Paris!
Und jetzt könnte die Love-Story   endlich so richtig beginnen, aber
sie hört schon wieder auf. Ich fuhr nicht nach Paris, meldete mich
nicht mehr. Ich wusste plötzlich:
Der Pariser Pumpensohn hatte sich getäuscht.
Ich war ja mindestens zehn, wenn nicht fünfzehn Jahre älter als er.
Irgendwann hätte er es gemerkt, mon dieu.

Lieber lieber Hervé, ich wünsche dir, dass du glücklich wirst!

Wintertyp

Am Morgen vor dem Kleiderschrank. Ich überlegte:
«Was ist das frischeste Stück, das ich habe?»
Ich hatte einen Vortrag organisiert, und zwar den einer
Image-Beraterin. Der trug den Titel:
‚Frisch und farbig – verbessern Sie Ihr Aussehen!'

Ich kannte diese Person, denn ich hatte meiner Tochter einmal eine
Farb-Beratung bei ihr geschenkt und – wenn schon, denn schon –
mir auch eine. Daher weiss ich, welche Farben mir stehen:
Die kalten! Und Weiss und Schwarz sind ein No-Go.

Ich vergesse – eigentlich pausenlos – mich nach diesen
Vorgaben zu richten. Deshalb sind noch weisse T-Shirts im
Schrank. Ich zog eines an, aber: das verbotene Weiss kombinierte
ich mit einer – aufgepasst – kalten Farbe, und zwar mit meinem
pinken Jäckli von Tschibo. Sah echt frisch aus.
Womit konnte man aber diese Frische noch toppen?
Mit Grün, sagte meine eine Hirnhälfte. Doch da erschrak die andere!
Pink und Grün!? Das war too much, oder? Ich legte versuchsweise
eine grüne Kette um den Hals und - frisch, total frisch.

Die Image-Beraterin stieg aus dem Zug – in einem pinken Blazer
mit grünem Halstuch. Wie abgemacht!
Viele Frauen sassen im Saal, und die Dias, die gezeigt wurden zum
Thema ‚Vorher / Nachher' waren beeindruckend.

Dann wurden die vier Farbtypen vorgestellt:
Frühling– Sommer– Herbst– und Wintertyp.
Je nachdem können Farben das Gesicht nämlich stumpf und dumpf
oder frisch und fröhlich machen.
ÜBRIGENS: Ich bin der Sommertyp.

Schliesssslich erzählte die Beraterin, sie sei der klassische Wintertyp.
Dabei waren wir farblich genau gleich angezogen: pink/grün!
Also: eine von uns hatte etwas falsch gemacht.

Rattenscharf

Wisst Ihr, was *rattenscharf* bedeutet? Nein?
Das ist dasselbe wie *affengeil*.
Und wird angewendet bei Frauen, die viel Lust auf Sex haben.
Ich nahm teil an einem Schreibworkshop. Wir Frauen sassen in der
Runde und machten ein Schreibspiel. Jede bekam fünf Zettelchen
und musste darauf ein Wort notieren.
Ich schrieb: *vergessen, verlassen, Traumberuf und
mucksmäuschenstill.* Nun fehlte noch ein Wort. Das sollte etwas
mehr Pep haben als die andern, und eventuell bin ich durch das
mucksmäuschenstill darauf gekommen - jedenfalls kritzelte ich
rattenscharf aufs Papier.

Die Zettelchen wurden in einen Hut geworfen. Jede zog fünf und
sollte dann einen kurzen Text schreiben, in dem diese Wörter
vorkommen. Anschliessend musste man zuerst seine Wörter
vorlesen, dann den Text. Und was soll ich sagen:
Die einzige Nonne, die mitmachte, hatte mein *rattenscharf* gezogen.
Alles lachte, als sie es aussprach und jemand rief:
«Ute, das ist sicher von dir!»
Nun warteten wir gespannt darauf, wie die Nonne wohl das
rattenscharf in ihren Text eingebettet hatte. So konzentriert haben
wir noch keiner Lesung gelauscht. Jetzt aber! Die Nonne las:
«Das Essen war rattenscharf.» Wir lachten schon wieder.

Später kam die Nonne zu mir. Ob ich ihr helfen könne, ihr einen Rat
wisse, sie habe ein Problem. Ach du liebe Zeit! «Ja, erzähl mal.»
Sie sagte: «Ich rede gerne. Und bin manchmal sehr ausführlich
dabei. Schweife ab, erzähle dies und noch jenes, und jetzt will ich
von dir wissen: Soll ich die Leute, wenn ich so am Erzählen bin,
direkt fragen, ob es sie langweilt oder nicht?»
Mit allem hatte ich gerechnet, nur nicht mit diesem Problem.
«Hm, nein, frag nicht, denn die sagen vielleicht aus Höflichkeit nicht
die Wahrheit. Mein Rat ist: Wenn du merkst, du hast schon eine
Zeitlang erzählt, dann hörst du einfach auf.»
«Danke.»

Mein Montagabend

Der Abend beginnt mit Günther und endet mit Joachim.
«Halloo», lacht mich Günther Jauch an, und ich mache munter mit
beim Quiz, in die Ecke meines roten Sofas gekuschelt.
An guten Tagen gibt's Chips oder ´nen Mohrenkopf.

Manchmal kommt eine Doppelfolge von *Wer wird Millionär*.
Nicht schlecht, aber punkt 22 Uhr wird zum Südwestkanal gezappt.
Da trete ich bei *Sag die Wahrheit* an. Drei Menschen behaupten,
dass sie einer besonderen Tätigkeit nachgehen. Zwei von ihnen
lügen, und man muss den echten herausfinden.
Meine Erfolgsquote ist hoch. Menschenkenntnis pur.

Jetzt ist es halb elf und ich gähne, bin ja sooo müde, quasi erschöpft
von der ganzen Denk-Arbeit. Doch halt! Bloss nicht diesem fiesen
Bettwunsch nachgeben. Mein Schlafbedarf beläuft sich nämlich auf
nur sechs Stunden, und ich will nicht schon um fünf Uhr morgens
aufstehen.
Also, was hält mich wach? Und putscht mich auf? Mahjongg!

Ich setze mich an den Compi und los geht's – das Spiel mit den
seltsamen japanischen Zeichen. Ich nehme nicht die Einsteiger-
Variante, sondern eine schwierige Version. Man muss zwar nur zwei
identische Steine finden und wegklicken, aber – es soll am Ende
aufgehen, und deshalb muss man taktisch klug spielen, damit am
Schluss kein Stein mehr auf dem andern bleibt und das Zeichen
Congratulation blinkt.

Ich spiele mehrere Runden. Noch eine und noch eine. Bin wieder fit,
so dass ich auch die Sänger im Radio leise unterstützen kann. Eine
Stunde später sage ich streng zu mir: «Fertig!» und gehorche, denn
mein Ton war dementsprechend.

Jetzt geht alles fix. Husch – ins Bad. Wie gut, dass die Zähne bereits
geputzt sind. Auf der Kloschüssel sitzend, werden die Socken
ausgezogen und zusammen mit Unterhose und BH in den
Wäschekorb geschmissen. Nachthemd, immer ärmellos, anziehen,

und jetzt? Soll man auf seinen Körper hören oder auf seine Tochter?
Die ist Dermatologin und empfiehlt abendliches Eincremen.
Meine rechte Hand ist aber zu müde dazu. Ich kann es plötzlich
kaum erwarten, ins Bett zu kommen, zu Joachim.

Der Joachim, den ich liebe, heisst mit Nachnamen Meyerhoff.

Ich lese in seinem Buch:
Wann wird es endlich wieder so, wie es nie war?»
und denke beim Lichtausknipsen:
«Wann wird es endlich bei mir so, wie es nie war?»

Verkanntes Genie

Familienessen. Austausch von Wichtig-und Unwichtigkeiten.
«Habt Ihr gestern ferngesehen?»
«Kurz eine Show, aber als Wencke Myrre kam, weggezappt.»

Meine Mutter erzählt:
«In den 80er-Jahren hat diese Wencke einen Schwaben geheiratet,
den Regisseur Michael Pfleghar.»
Wir bewundern ihr Gedächtnis, und weil sie immer behauptet, sie
sehe alles bildlich vor sich, setze ich einen drauf:
«Was siehst du, wenn du an ihn denkst?»
«Er liegt in der Badewanne.»

Grosses Gelächter.

Meine Mutter ergänzt: «Er erschiesst sich dort.»
«Jaja, und schon hast du ihn mit Uwe Barschel verwechselt, der sich
in der Wanne umgebracht hat.»
«Nein, der hat sich ja nicht erschossen.»
Meine Schwägerin googelt und berichtet: «Sie hat recht.»

Dann informiert uns mein Bruder, dass er nach Heidelberg fährt.
Meine Mutter:
«Dort hab ich mal eine interessante Schlossführung mitgemacht.»

«Wann?»

«Vor etwa dreissig Jahren. Leider wurde das Schloss unter der Herrschaft von Ludwig dem Vierzehnten abgebrannt von einem General namens ... jetzt ist mir doch prompt der Name entfallen!» Die Schwägerin gibt das Googeln auf; die Infoflut sei zu gross.

Meine Mutter überlegt und überlegt.
«Er fängt mit M an, aber äh, wie weiter?»
Nun gibt es Schwarzwälder Kirschtorte, und das Gespräch kommt in andere Bahnen.

Am nächsten Tag verkündet meine Mutter beim Frühstück:

«Der Name ist mir gerade beim Duschen eingefallen. Er heisst Mélac mit accent aigu.»
«Bist du sicher?»

Sie holt Meyers Lexikon, sucht ‚Mélac' und liest vor: «... ohne Kriegserklärung brachen die französischen Armeen unter dem Kommando des Generals Mélac .....»

«Bin beruhigt», seufzt meine Mutter, die früher unseren Tante-Emma-Laden geführt hatte, dann - ohne Ausbildung - in der Bank als Sachbearbeiterin (Wechsel, Werbung, Immobilien) tätig gewesen war und jetzt, am 22. Juni, 96 Jahre alt wird.

Ich staune. Wie kann das sein, dass jemand vor dreissig Jahren einen Namen ein einziges Mal gehört hat und sich daran erinnert?

Habe ich meine Mutter ein Leben lang unterschätzt?

Und hat man nun eine Ahnung davon, wie sie mich – letztendlich vergebens – zu bilden versuchte?

Jedenfalls: Glückwunsch, Mami!

Allein um den Türlersee? Nein.

An meinem Geburtstag erwachte ich früh, stand auf, und da kam
auch schon meine Mutter aus dem Gästezimmer, umarmte mich,
gratulierte mir und meinte:
«Ein wunderbarer Morgen. Ich hätte Lust auf eine Türlerseerunde.»

Zuerst erschrak ich ein wenig.

Gäste wurden erwartet. Um 12! Zum Mittagessen!

Aber dann:

«Gute Idee. Sollen wir auch Utz fragen?»
Mein jüngerer Bruder, dem sie diesen höchst seltsamen, aber zu mir
passenden Namen verabreicht hatte, («Ute und Utz, das klingt doch
toll», so meine Mutter) schlief noch selig mit seiner Frau in meinem
grossen Bett, wie ich bei einem Blick durch den Türspalt feststellen
konnte. Ich flüsterte hinein:
«Utz, wir gehen um den Türlersee. Willst du mit?»

Schnell sprang er aus den Federn, und wir drei umrundeten in
kurzen Hosen und T-Shirt diesen zauberhaften See, der so friedlich
in der Morgensonne dalag. Boote schaukelten schläfrig am Steg.

Wir redeten wenig, nur ab und zu ein:
«Lueg, wiä härzig» (Ich liebe Enten mit Anhang)
oder «Wer pfeift da?» (Meine Mutter fragte Utz, den Ornithologen.)

Allein bin ich noch nie um den Türlersee gelaufen.
Ich würde mich einsam fühlen.
Keiner da, den man auf Baumspiegelungen im Wasser aufmerksam
machen kann.

Alle haben Durst

Ein lauer Sommerabend. Ich, in kurzen Hosen mit Top darüber, stelle den Gartenschlauch an und wandere damit langsam an den seit Monaten unermüdlich blühenden Buschrosen entlang.
«Hallo, immer munter, immer zwäg? Heut gibt's Aqua normale.»

Dann zu den Hortensien, die, dem Lampen ihrer Blätter nach zu schliessen, bereits die Hoffnung auf kühlendes Nass aufgegeben haben.
«Jö, habt Ihr gemeint, ich komme heute nicht? Okay, gestern hab ich Euch vergessen, sorry.»

Weiter zu dem Teppich aus weissen und pinken Fleissigen Lieseli.
«Brav blühen, Ihr heisst nicht umsonst *Fleissige Lieseli*, ja, auch wenn der Dickmaulrüssler angreift.»

«Und jetzt kommst du dran, du herzige blaue Geburtstags-Malve. Wie bitte? Schönen Gruss an Jens? Ach so. Okay, sobald du getrunken hast und ein wenig frischer aussiehst, fotografier ich dich und schick dem Jens das Foto, damit er sieht:
Sein Geschenk lebt und gedeiht.»

Meine Runde endet beim Rosenbogen. Links und rechts hab ich zwei Lavinias eingepflanzt, eine englische Rosensorte mit Blüten von kühlem vornehmem Rosa.

«Ach, wenn Ihr nur wachsen würdet! Ihr seid doch Klet-ter-ro-sen! Ja, ich weiss, zu wenig Sonne, aber wenn Ihr mal da oben auf dem Bogen wärt, da wär es heller, kapiert das doch endlich!
Wie – Ihr hättet noch gerne eine Clematis dabei, eine violette? Das sähe gut aus zu Eurem Rosé? So, so.»
Eitel sind die, man glaubt es nicht! Ich laufe zurück, stell den Wasserhahn ab, rolle den Schlauch auf und denke:

Wär eventuell besser gewesen, ich hätte NUR eine Clematis an diesen Bogen gepflanzt, statt diese unsportlichen Lavinias.

Glücklich flog ich durch die Lüfte

Herbstmesse im Inselipark in Luzern. Ich blieb an einem besonderen
Stand stehen. Es war ein Handyschutzhüllenstand. Eine Unmenge
gab es zu bestaunen, für jeden Geschmack etwas, für Witzbolde und
Romantikerinnen, für Vornehme und Coole, für Kinder und Alte,
passend zu Samsungs, zu I-Phone 4, I-Phone 5 und I-Phone 6.
7000 Stück habe er, behauptete der Händler. Ich holte mein Natel
aus der Tasche. Ein Nokia. Betrachtete seine Hülle, das Geschenk
von Freundin Yvette. Selbstgemacht aus blauem Filz, beklebt mit
goldenen Sternli und bestickt mit meinem vollen Namen.
(Okay, er hat nur sechs Buchstaben.)
Ich steckte es wieder ein und ging weiter. Ob ich ins Riesenrad
steigen sollte? Luzern von oben? Ja!
Ich schaute nach unten, blickte aber gleichzeitig zurück in ein
Damals, als ich an der Chilbi das Kettenkarussell am aufregendsten
fand.

Man bestieg es allein und war doch nicht allein, denn in das
Sesselchen vor oder hinter mir platzierte sich totsicher einer der
Schulkollegen. Am besten einer aus einer anderen Klasse, mit dem
man eventuell schon Kontakt gehabt hatte. Dieser bestand nicht aus
tiefen Blicken, sondern aus Extra - Wegschauen, nicht aus
intensiven Diskussionen, sondern aus besonders patzigen
Antworten.

Und so lief damals das Spiel auf dem Karussell, das durch die
heutigen Sicherheitsmassnahmen bestimmt nicht mehr möglich
wäre: Mein Hintermann schwang sich zu mir und packte meinen
Sitz. «Lass mich sofort los!», schrie ich, ein Befehl, den er
selbstverständlich nicht befolgte. Nach ein, zwei Runden gelang es
mir, mich zu befreien, und ich schoss auf den Vordermann zu. Da
hielt mich auch dieser am Sitz fest.
Meine langen Haare wehten, mein weiter Rock flatterte, die heisse
Musik törnte mich an. Glücklich flog ich durch die Lüfte, weit
hinaus. Dieses sich Einfangen lassen, sich wieder lösen ...
Ich übte für später, schon klar.

Freiwillig über den Gotthardpass

Freiwillig über den Gotthardpass fahren? Über das windige, unwirtliche steinige Felsmassiv? Nichts als Kurven und Felsen, graue trostlose Welt. Warum machen das manche, wo wir doch diesen super Tunnel haben? 17 km, genau so viele Minuten schön gemütlich hinter dem Vordermann herfahren.
Neulich, kurz vor der Abzweigung zum Gotthardpass, als ich wieder mal den Kopf schüttelte über Autofahrer, die da abbogen - da blieb ich mit dem Auto stehen und alle Autos vor, neben und hinter mir ebenfalls. Nichts ging mehr. Ein Stau so kurz vor dem Tunnel kann nicht Verkehrsüberlastung sein, das bedeutet Tunnel-Problem, schloss ich messerscharf.
Ich wartete und wartete, alle Bremslichter um mich herum erloschen, weil die Fahrer die Handbremse angezogen hatten. Manche stiegen aus, vertraten sich die Beine.
Und da, da blinkte ich nach rechts, spurte aus und nahm die Strasse über den Pass.
Andere folgten mir, wie ich im Rückspiegel bemerkte.
Was für eine wundersame Steinwelt! Ich schaute und schaute, grandios! Und freute mich ein bisschen, als das Radio meldete: Gotthardtunnel gesperrt wegen Rauchentwicklung.

Bist du nervös?

Das fragte ich meine 96-jährige Mutter, als sie sich in der Rathuschüür von Baar an den Redner-Tisch setzte und ich den Beamer für Vincent van Goghs Bilder einstellte. «Nein, warum?»

«Mami, übertreib dann nicht, wenn du erzählst, wie sich Van Gogh beim Streit mit Paul Gaughin das halbe Ohr abgeschnitten hat.»
«Ja, ja, aber ich sag schon, dass er sein halbes Ohr einer Prostituierten gebracht hat.»

Beim Vortrag brachte meine Mutter sich selber mit ein. Viel gereist war sie in ihrem Leben. Zweimal schon sei sie in Amsterdam im *Van Gogh-Museum* gewesen und sowieso ein paarmal im *Kröger-Müller-Museum* in Otterlo. Das berühmte Bild «Moulin de la Galette» habe sie bewundern können, und sie kenne diese Mühle. Die stünde ja auf dem Montmartre in Paris. Sie habe auch die Lavendelfelder in der Provence, die Van Gogh so phantastisch gemalt habe, in Natura gesehen. Die seien wirklich so riesig.

Als sie dann erzählte, wie Paul Gaughin nach dem entsetzlichen Streit mit Van Gogh nach Tahiti abgereist sei, sagte ich dem Publikum, dort sei sie aber noch nicht gewesen.

«Nur mein Leben lang davon geträumt», gab meine Mutter zu.

Die Leute staunten über *Van Goghs* Bilder und seine Lebensgeschichte, lachten auch hin und wieder, und der anwesende Journalist erwähnte später in seinem Bericht, die alte Dame habe Witz und Charme gehabt.

Nach dem Vortrag wandte ich mich wie immer ans Publikum. Ob noch Fragen zu *Van Gogh* seien. Zum Maler nicht, aber zu meiner Mutter. Jemand erkundigte sich, ob sie auch selber male.

«Ja, auf Seide», antwortete sie, und sie habe auch schon einen *Van Gogh* kopiert, das Bild «Weizenfeld mit Zypresse».

Und dann halt noch diverse Sofakissen gemalt.

«Sag, wie viele», ermunterte ich sie.«Hundert.» Oh!

Und schon wieder hob eine Frau aus dem Publikum die Hand.

«Haben Sie den hübschen Schal auch selber gemacht?»

Meine Mutter, wie gesagt 96 Jahre alt, nahm ihr buntes Seidentuch ab und schämte sich: «Das sind ja nur Kleckse. Es ist eigentlich ein Musterstreifen, auf dem ich Farben ausprobiert habe.»

Auf dem Nachhauseweg ärgerte sie sich: «Hätte ich nur meinen schönsten Schal umgebunden statt diesen Probierlumpen.»

Ich schaute auf ihr farbenfroh leuchtendes, im Prinzip wunderschön komponiertes Tuch und beruhigte sie:

«Mir gefallen diese Kleckse besser als dein *Weizenfeld mit Zypresse*.»

Weshalb ich in Afrika eine Trauerfeier finanzierte

Meine Schwägerin erzählt von ihrer Cousine, die einen Mann aus Gambia geheiratet hat. Diese lebe mit ihm in Deutschland. Sie haben einen kleinen Sohn, und Modu, so heisst der Mann, macht im Moment da den Realschulabschluss. Zu Weihnachten schicken ihnen alle deutschen Verwandten etwas Geld.

Ich rufe diese Cousine an und sagte: «Ich schicke euch Geld.»

Nein, auf keinen Fall. Sie könne so etwas nicht gut annehmen. Sie habe schon Mühe damit, von den Eltern unterstützt zu werden. Jetzt hätten diese sogar einen Sparvertrag aufgelöst. Es sei ihr peinlich, von mir Geld zu bekommen.

Ich frage weiter und erfahre, dass sie inclusive Kindergeld 1265 Euro im Monat erhalten.

«Und davon müsst Ihr leben? Wieviel kostet die Wohnung?»

«Es geht schon, sie kostet nur 490 Euro, ist ganz, ganz klein. Und wir gehen nicht ins Restaurant und brauchen auch sonst nicht viel. Aber wenn du so fragst: Unser Konto ist mehr als leer.
Wir haben halt immer viel Verbandsmaterial und Medis nach Gambia geschickt wegen den Geschwüren, die Modus Mutter hat. Ja, und dann musste sie operiert werden. Wir haben ein Privatspital in Senegal gefunden und sie hintransportieren lassen. Das hat viel gekostet. Die haben dort nichts gemacht ohne Geld. So haben wir zwei Wochen lang jeden Tag 100 Euro ans Spital überweisen müssen. Jede Spritze, jedes Medikament, jede Pflegeleistung mussten wir extra bezahlen.»

«Und jetzt geht Ihr hin, um sie zu besuchen?»

«Nein, sie ist leider gestorben. In ein paar Tagen fliegen wir nach Gambia, um die Trauerfeier zu organisieren.» (Siehe Titel)

Sternengrüsse an Silvester

Wie immer verbringe ich Silvester im Schwarzwald bei meinen Cousinen und Cousins. Ihr Ferienhaus ist ein altes Bauernhaus, das mit viel Liebe eingerichtet wurde. Blumenvorhänge, Lämpchen überall, eine Bank am Kachelofen, Kerzen brennen am Weihnachtsbaum. Am grossen Esstisch lässt es sich prima erzählen und lachen.

Aber bald ist Mitternacht. Wir ziehen uns warm an und gehen hinaus mit Sektgläsern. Die Männer machen die Raketen parat. Tief unten im Tal die Lichter des Dörfchens Gütenbach.
Liebevolle Umarmungen:«Ein Gutes Neues Jahr!»

Dann lassen wir unser privates Feuerwerk los. Sterne steigen hoch, Blumenbouquets, die aufblühen und wieder verschwinden.
Auch der Himmel hat etwas zu bieten. Sämtliche Sterne scheint er zum Blinken aufgefordert zu haben, quasi als Konkurrenz zu dem Silvester-Spektakel auf der Erde. Wunderschön!

Schliesslich ist unser Raketenvorrat zu Ende. Aber dort hinter der Kuppe, da schiessen die Bewohner des benachbarten Bauernhauses immer noch. «Wollen wir hingehen?»
Es ist stockdunkel. Wir laufen den Weg entlang und stossen auf die grosse Familie, die ich aber nicht kenne und nur schemenhaft wahrnehme. Meine Verwandten begrüssen ihre Nachbarn. Alles lacht und plaudert. Und dann fällt mein Name.

«Ja, die Ute aus der Schweiz ist auch hier.»
Mein Cousin packt mich an der Hand:
«Heidrun möchte dir ein Gutes Neues Jahr wünschen.»
Heidrun? Welche Heidrun? Nun umarmt mich eine Frau.
«Weisst du noch? Valendasagoing!»
Was soll denn das sein? Sie sagt noch einmal «Valendasagoing.»
Damit kann ich nun wirklich nichts anfangen.
Doch schliesslich klärt sich die Sache auf.

Es war im Sommer zuvor. Da machte ich mit ein paar Leuten einen Ausflug, und wir kamen nach Valendas-Sagogn. Das ist kein Dorf, sondern nur eine winzige Bahnstation in der Rheinschlucht in Graubünden. Dort, im Bahnwärterhäuschen, warteten wir auf unseren Zug. Hier befand sich auch eine Bar. Ich wurde bedient von einer jungen Frau, deren Dialekt mir vertraut war.

«Wo kommen Sie her?», wollte ich wissen.

«Aus Deutschland.»

«Und - von wo genau?»

«Aus dem Schwarzwald.»

«Oh, aus welchem Gebiet?»

«Das kennen Sie nicht. Ein kleines Dorf namens Gütenbach.»

«Das kenne ich sehr gut. Oberhalb haben meine Verwandten ein Bauernhaus als Ferienhaus umgebaut und dort bin ich an jedem Silvester.»

«Mama!», schrie die junge Frau. «Da ist jemand vom Zimberhof!», und sie erklärte: «Meine Mutter wohnt dort, auf dem Bauernhof ganz in der Nähe vom Zimberhof. Sie ist gerade bei mir zu Besuch.

Sie solle, bat ich, wenn sie aus ihren Ferien zurück sei, meinen Zimberhof-Verwandten einen Gruss von der Ute in der Schweiz ausrichten. Ja, Auftrag angenommen. Und das in Valendas-Sagogn!

Unglaublich, oder? Und diese unwichtige Info, dass eine Ute aus der Schweiz jedes Jahr auf dem Zimberhof Silvester feiert, die hat Heidrun im Sommer 2012 gespeichert!!

Nun umarmt sie mich. Eine letzte Rakete. Ich schaue hoch zum Himmel und denke: Wie schön die vielen Sterne, und wie schön, dass das Leben immer wieder eine Überraschung für mich bereit hält.

Befreien aus dem Pflegeheim?

Schöne Weihnachtspost hab ich bekommen. Aus einem Couvert
aber zog ich eine seltsame Karte. Fetzen Glitzerpapier und vier bunte
Wollfäden waren darauf geklebt. Welches Kind hatte mir das
gebastelt? Auf der Rückseite las ich:
Dein Besuch war mein Highlight im vergangenen Jahr. Romy.
Letzten Sommer war ich zu ihr ins Heim gefahren.
«Endlich ist die alte Anna gestorben, und ich hab ihr
Terrassenzimmer geerbt; ich lebe jetzt quasi im Freien von Frühling
bis Herbst.» Romy öffnete die Tür und liess mich hinaustreten.
Überall Töpfe und Blumenkübel, hängend und auf Boden oder
Kisten stehend.
«Sonne von morgens bis abends! Hier geh ich nie mehr weg!»
Dabei hatte ich überlegt, wie ich Romy aus diesem Pflegeheim
befreien konnte.
Sie ist erst 70, munter, nie erkältet, obwohl sie immer barfuss läuft,
ist auf keinerlei Hilfe angewiesen. Romy ist kein Pflegefall, aber –
eventuell ein Messi. Ihr kleines Zimmer ist voll mit Schachteln
schöner Wolle, bunten Stoffresten, Garn und Knöpfen, mit
Styroporkugeln und anderem Bastelmaterial.
Romy fertigt Pullis für Alte und für Babys, Decken, Puppen, Mützen
und: «Die ganze Heimdekoration ist von mir. Hast du die
Papierblüten in der Cafeteria gesehen? Und die Papageien im Gang?»
Ihre Tochter ist eine Aussteigerin, schwarz gekleidet, Punkfrisur,
gepierct und tätowiert. Sie besucht ihre Mutter zweimal im Jahr –
habe ja kein Auto.«Romy, wieso bist du hier?» frage ich bei jedem
meiner Besuche. Dann erzählt sie von bösen Nachbarn, die sie und
ihren Wolfshund angezeigt hatten, «nur, weil er einen andern tot
gebissen hat, und weil er sein Geschäft in unserem Garten
verrichtete.» Jetzt sei sie halt im Heim, und ihr Wohnort müsse
monatlich 7500 Franken für sie aufbringen. «Selber schuld, das
Sozialamt, wenn die meinen, ich müsse versorgt werden!»

Ach, ich erinnere sie an früher, an ihr wunderschönes Haus am
Hang mit den vier Terrassen, Romy, die Geranienzüchterin, die

Christstollenbäckerin, die WC-Rollen-Verkleiderin, Romy, die alle Vorhänge selber genäht hatte, Romy, die immer lachte, wenn sie verlor beim Kartenspiel mit unseren inzwischen verstorbenen Männern.«Willst du weg hier? Ich helf dir dabei!»

«Nein, warum? Ich hab mich arrangiert. Ausserdem brauchen die mich bei Ausflügen zum Rollstuhlschieben und sowieso für die Deko.»

Letzte Abfahrt

Ingo war zu bedauern, wenn er mit mir skifahren musste. Schon auf dem Lift konnte er einem leid tun. Weil ich ihn manchmal abdrängte. Versehentlich. Aber wenn er dann den Wunsch äusserte, ich solle mich zusammenreissen, da musste ich es tun - oben beim Aussteigen dem Mann im Lifthäuschen eine Kusshand zuwerfen.
Einmal machten wir Skiferien in Vispertermern.
Doch was geschah am ersten Tag um 16 Uhr?
Ingo lag im Schnee. Ich sah das vom Sesseli aus, weil ich zu schlapp war für eine letzte Abfahrt auf Skiern. Da schwebte ich also über Ingo hinweg, der, fast möchte ich sagen, dekorativ dalag und nicht mehr aufstand. Ich rief «Hallo Ingo!» und renkte den Kopf nach hinten, bis er bzw. ich hinter einem Hügel verschwand. Ich sah gerade noch, wie Skifahrer bei ihm anhielten.

Er kam dann per Schlitten runter und der Arzt sagte:
«Ein komplizierter Oberschenkelbruch. Er will aber in Zürich operiert werden. Sie müssen ihn sofort hinbringen.»
«Nein», rief ich, «ich bin mit dem grossen Volvo noch nie gefahren! Übrigens seh ich nicht gut bei Nacht, ausserdem kann ich mich nie und nimmer in diesem Lötschbergtunnel verladen lassen! Keine Ahnung, wie das geht!» «Stell dich nicht so an», brummte Ingo.
So lud man ihn ins Auto hinten rein und ich musste es tun – ich machte Licht und drückte aufs Gas. Als ich in den Tunnel reinfuhr, hatte ich Ingo noch. (Kleiner Scherz.)

Irgendwann mal raus aus dem Tunnel und weiterfahren, als ob man den Volvo völlig im Griff hätte. Als ob man das Fernlicht nur aus Versehen anliesse. Ingo gab keinen Mucks mehr von sich.

Ich fuhr, manche waren von mir geblendet und blinkten. Ja-haaa, ich weiss: Abblenden! Aber ich finde den Hebel nicht!

Und dann fing ich an zu gähnen. Müüüde, soo müde. Stundenlang skigefahren und jetzt stundenlang Auto. Schliesslich war es auch bereits halb zwei in der Nacht.

Oh, was steht auf diesem Strassenschild?

Zürich nur noch zwanzig Kilometer! Notfallstation, wir kommen!

Es begann am Jahresrückblick

«Es ist wichtig, dass du kommst!» rief meine Mutter durchs Telefon. Sie würde vor 40 Dozentinnen und Dozenten der Seniorenvolkshochschule einen gereimten Jahresrückblick halten auf Kurse,   Vorträge und Reisen. Hier einer der 30 Verse:

> *Bei mir, mit sechsundneunzigeinhalb Jahren,*
> *ist längst die Blütezeit vorbei,*
> *und mein Platz wird langsam frei*
> *für andere, das zu bewahren.*

Am nächsten Morgen fuhr ich nach Deutschland zu meiner Mutter. Bereits während ihres Vortrags hustete ich ein paarmal, sorry, und da hätte ich sofort zurückfahren sollen! Doch ich blieb. Und steckte meine alte Mutter an! Sie hustete und rotzte, ass nicht mehr, sass auf der Küchenbank und stierte vor sich hin. Sie, die sonst den ganzen Morgen putzte, wusch und kochte, legte sich schon um zehn Uhr aufs Sofa und schlief. Mein eigener Husten war nach drei Tagen vorbei, aber der meiner Mutter wurde immer stärker.

«Ich bestelle die Ärztin.» «Nein!» (Meine 96-jährige Mutter hat in der Tat keine Medikamente zu Hause ausser Baby-Aspirin und Heil-und Venensalbe; auch nichts Homöopathisches.) Ihr Husten hörte sich an wie ein aus tiefster Brust heraufgewürgtes Grollen. Ich hielt mir

die Ohren zu und kochte ihr ein Reissüppchen. Nachts hörte ich in meinem Bett die furchterregenden Geräusche aus dem Zimmer nebenan. Und war jedesmal glücklich, wenn ich meine Mutter morgens aus ihrem Schlafzimmer kommen sah. Nach dem Duschen aber trank sie nur ein Schlückchen Tee und stierte wieder vor sich hin. Trotz Protest bestellte ich die Ärztin. Sie diagnostizierte eine schwere Bronchitis und verschrieb Antibiotika. Wenn sie stirbt, bin ich schuld, dachte ich. Jedenfalls wäre ich der Auslöser gewesen. Ohne mich hätte sie noch eine schöne Zeit vor sich, so fit, wie sie ist. So vergingen viele Tage. Der Husten war hartnäckig.
Irgendwann aber löste sich der Schleim. Kein schönes Geräusch und doch - ein gutes Zeichen. Ich hielt mir die Ohren zu und dann kurz die Daumen hoch. Du hast es geschafft, Mami!

Wäh und Bäh

Als meine Isabelle ein Säugling war, ging das so:
Aufwachen und ein paar Jammertönchen von sich geben, dann Schoppen trinken, Görpsli machen, ein bisschen in der Gegend herumschauen, Köpfli hin, Köpfli her, Achtung, Köpfli wackelt, erschöpft von der ganzen Saugerei, deshalb gerne zurück in den Stubenwagen. Augen zu, dreimal am Nuggi saugen und – die Kleine schläft wieder.

Nun ist Isabelle gross und hat eine Melissa geboren. Ob die das Temperament ihrer sizilianischen Vorfahren väterlicherseits geerbt hat? Aufwachen und krähen, was das Zeug hält.
Her mit dem Schoppen! Wäh, wäh, wird's bald! Ich halt es nicht länger aus, keine Sekunde länger!
Baby Melissa brüllt ohrenbetäubend. Was für eine starke Lunge sie hat! Wo gibt es eigentlich Dezibel-Mess-Geräte zu kaufen?
Irgendwann erreicht das Milchfläschchen ihren Mund. Sie schnappt danach, saugt mit Inbrunst. Mehr! Noch mehr! Milch ist mega!
Ja, aber irgendwann ist jede Flasche leer.
Wäh! Entsetzen macht sich breit. Ich verdurste! Ich verhungere!

Sind die Fenster geschlossen?
«Nein, Melissa, mehr gibt's nicht. Nachher schon, aber im Moment ist das alles, sorry. Deine Schenkeli und Wädli sind runde Würstli, unter deinem Kinn wächst bereits ein zweites.»
Ich nehme das verzweifelte rosarote Bündeli auf den Arm.
Bravo – ein Görpsli erster Güte, eigentlich ein Görps.

Der stets fröhliche und normalerweise auch relaxte Papa kommt nach Hause, schaut Fussball. AC Milano, sein geliebter Verein, der beste Verein in ganz Italien - nein, in ganz Europa! - der verliert, und Papa verliert die Nerven.
«Sono scioccato, il Miilan perde!!! No - o nooo!!!!!»
Was für ein Drama – che tragedia!

Ich sag's ja: Melissa, la piccola principessa siciliana!

Meine Trauerrede

Zum ersten Mal in meinem Leben bestieg ich eine Kanzel.
Eine sehr liebe Bekannte war gestorben, und ich hielt im Krematorium eine Trauerrede. Hier ein Auszug:

Lydia war in meinem Leben, vor allem in der Kindheit und Jugend, sehr präsent.
Vor einer Woche wollte ich sie im Pflegeheim besuchen. Sie lag in ihrem Bett, wie so oft in letzter Zeit mit geschlossenen Augen und die Hände über der Bettdecke gefaltet. Nur dass eine Plastikrose zwischen ihren Fingern steckte. Sie war tot!

Lydia hat schräg gegenüber meinem Elternhaus gewohnt. Mit vierzehn Jahren begann sie eine Lehre als Verkäuferin in unserem Lebensmittelladen. Ihre Eltern, Emma und Jakob Stockburger, arbeiteten ganztags in der Fabrik. Sie waren arm. Während des Krieges hielten sie in einem Verschlag neben dem Keller ein Schwein.
Mutter und Vater sind - wie Lydia - über 90 Jahre alt geworden, und

die hat ihre Eltern bis zuletzt zuhause gepflegt.

Sie war eine junge Frau, als ich auf die Welt kam.

Als kleines Kind wollte ich oft nicht essen.
Lydia brachte mich dann samt gefülltem Teller zu ihren Eltern quer über die Strasse.
Bei ihnen am Küchentisch schmeckte mir der Brei vorzüglich - wobei ich jeweils noch um ein „Gläschen Wein" bat, eine Bitte, die mir Jakob erfüllte.
Heute wird behauptet, es sei Apfelsaft gewesen.

Lydia war eine super Verkäuferin.
Hatte stets einen flotten Spruch auf Lager.
Sätze wie «Was wünschen Sie?» oder «Was darf es sein?» waren nicht in ihrem Repertoire.
Sie fragte schon mal:
«Junger Mann, womit kann ich Sie beglücken?»

Fleissig war sie, arbeitete schnell und geschickt.
Die Kunden liebten sie.
35 Jahre lang war sie unsere Verkäuferin.
Mit ihrem Mann, dem Karl, wohnte sie im Stockwerk über den Eltern. Kinder bekamen sie keine. Aber Lydia hatte ja mich!

Die Beiden haben mich auch später in der Schweiz besucht.
Dann dieser Sturz. Operation. Reha.
Schliesslich Pflegeheim, wo ich sie besuchte.
Beim Abschied sagte sie jeweils zu mir:
«Komm bald wieder, denn alle Menschen müssen sterben, vielleicht auch ich.»

Schwips vom Schnaps

«Kommst du mit zum Dia-Abend meiner Norwegenreise?»
fragte meine Mutter.
«Nein, das ist doch langweilig für jemanden, der nicht dabei war.»

Meine Mutter fand es betrüblich, dass ihr eigenes Kind ein so
interesseloser Mensch war.
Ich gab mir einen Ruck und begleitete sie.

Bei der Begrüssung überreichte der Reiseleiter jedem einen
Norwegerschnaps.
Eigentlich trinke ich nie Alkohol, diesmal aber machte ich eine
Ausnahme, kippte auch den Schnaps meiner Mutter und hatte
ziemlich schnell danach einen Energieschub besonderer Art.

Eigentlich flirte ich auch nie, doch diesmal machte ich ebenfalls eine
Ausnahme und flirtete mit dem Reiseleiter.

Das ging so weit, dass er mich bat, bei der Vorführung neben ihn zu
stehen und hin und wieder einen Kommentar zu seinen Dias
abzugeben.
Ha - nichts leichter als das!

Ich wusste zwar kaum etwas über Norwegen, und trotzdem war das
Kommentieren sowas von easy!

Wir waren ein tolles Team, so toll, dass der Reiseleiter glaubte,
unsere Zweierbeziehung am nächsten Tag fortsetzen zu können.

Aber sorry, da war ich ja wieder nüchtern.

St.- Jakob-Arena: Ich komme

Es war im März 2006 - ein Anruf.
«Was soll ich? Wo genau? Im St.-Jakob-Stadion in Basel??
Dort ein Referat halten an der Kantonalkonferenz der Baselbieter
Lehrpersonen??!
Vor dreitausendfünfhundert Lehrern?!? Und das Thema?»
Lehrerbild.
«Also wie Lehrer sind und sein sollten?», fragte ich.
Der Mann am Telefon lachte: «Genau!»

Dann kam ein Mail:

«Aufgrund Ihrer Monatlichen Kolumnen im Lehrermagazin «Bildung
Schweiz» denken wir, dass Sie zu diesem Thema einen gehaltvollen
Beitrag leisten können, der die Balance zwischen Witz, Seriosität
und Ermunterung problemlos hält.»

Na, irgendwann war mein Vortrag fertig. Mein Schluss hiess:

*«Solange wir unseren Job gut machen und ihn als Aufgabe ansehen
und eben nicht nur als Job, solange sollten sich unsere Kritiker
zurückhalten.*
Doch vielleicht ist unsere Gattung auch entwicklungsfähig.
*Der Mensch hat immer wieder in die Evolution eingegriffen, indem er
aus Wölfen Pudel machte, aus Dschungelvögeln Eierlegmaschinen aus
bitteren Beeren Speiseäpfel.*
*Vielleicht gelingt es ja eines Tages, aus dem mangelhaften
Besserwissermodell eine ganz und gar unfehlbare Lehrperson zu
züchten.»*

In der Arena war eiskalt.
Da sassen sie in den Rängen,
meine 3500 Kolleginnen und Kollegen.
Vorsichtig bewegte ich mich über die Eisfläche zum Mikrofon hin.

Ratschläge sind Schläge - stimmt das?

Ich weiss, dass man keine Tipps geben soll.
«Ratschläge sind Schläge», behauptet meine Tochter gern.
Aber man kann ja jemanden auf etwas aufmerksam machen oder?
Wie ich neulich: «Isabelle, hast du deinem Gottechind telefoniert?
Was - sie gibt auf dein SMS keine Antwort? Na, dann schreib halt
noch eins. Eine Zwölfjährige, die wegen Magersucht im Spital ist,
gibt nicht sofort Antwort, ruf die Eltern an. Eine Gotte kümmert
sich!»
«Und eine Mutter erst recht», entgegnet meine Tochter, und da fällt
mir meine eigene Mutter ein, die sich meiner Meinung nach zu
wenig um ihre Nachbarin kümmert, die dreimal wöchentlich zur
Dialyse muss.
«Hast du sie besucht?» frage ich am Telefon und sage:
«Natürlich freut sie sich, wenn du kommst! Und wie geht es Marie-
Lise? O je – ist nun im Pflegeheim? Wie – das beelendet dich zu sehr,
sie so zu sehen? Aber ... ja, ja, ich bring dir Müesli und Kaffee aus
der Schweiz mit. Also Mami, von dir hab ich meine soziale Ader
nicht geerbt.»
«Stimmt, die hast du von Opa. Wenn die Müllabfuhr kam, ist er vors
Haus gelaufen mit einer Schnapsflasche in der Hand!»

Das Schild störte mich

Das Schild störte mich. Es war ein Einbahnschild. Auf dem Weg
zum Schulhaus war es mir egal. Aber zurück! Ich hätte einen
riesigen Umweg fahren müssen! Hab ich natürlich nicht gemacht.
Aber jeden Tag die Einbahnstrasse verkehrt herum hochfahren -
nicht weit, ich schätze 200 m - und dabei immer wieder mal
jemandem begegnen, der einem den Vogel zeigt - das braucht
Nerven.

Lange Zeit ging das gut. Dann kam ein Polizist per Moped des
Weges. Mir entgegen. Im Einbahnbereich. Natürlich hielt er an. Ich

natürlich ebenfalls. Er lachte, weil er mich kannte, und dann erklärte er mir das Einbahnschild.
Nun musste ich handeln. Durfte ihm nicht mehr verkehrt begegnen. Ich schrieb ein Gesuch an die Zürcherische Verkehrskommission.

Und ein paar Wochen später war das Einbahnschild weg.
Es stand jetzt weiter unten, wo es meine Wege nicht mehr tangierte.
Ich kann zwar keine Berge versetzen, Strassenschilder schon.

PS: Diese Story ist wahr - wie alle meine Geschichten.

Wer wirklich wichtig ist

Meine Tochter und ich sassen vor dem Fernseher und zappten. Bei einem Film blieben wir hängen. Es schien ein klassisches Stück zu sein und plötzlich schrie ich:
«Das ist *Romeo und Julia auf dem Dorfe*!»
Isabelle: «Kenn ich nicht.»
«Das ist von Gottfried Keller, eine Liebesgeschichte, bei der das Paar wie in Shakespeares Drama nicht zusammenkommen kann, weil ihre Eltern zerstritten sind.» «Aha.»
Es war ein schöner Film, und ich hielt meistens den Mund. Aber dann, als Isabelle sagte:
«Hoffentlich hauen die endlich ab von Zuhause», da erklärte ich:
«Es geht schlecht aus. Hab ich doch gesagt. Früher durfte man die Eltern nicht im Stich lassen, sonst hätte man sich versündigt.»
«Gut, dass das heute nicht mehr so ist.»
«Ja, und jetzt – siehst du das Boot? Da steigen sie gleich ein und finden einen rauschhaften Liebestod.»
«Wie literarisch du dich plötzlich ausdrückst, Mami.»

«Ich hab darüber eine Facharbeit in der Schule geschrieben, und meine Formulierung *«Die Liebenden besteigen voll schmerzlicher Glückseligkeit ein mit Heu beladenes Schiff und finden einen rauschhaften Liebestod»* ist mir geblieben.» «Bravo, Mami.»

Heimfahrt

Eines Freitags fuhr ich mit meiner uralten Mutter von Lugano heimwärts ins Säuliamt. Wahrscheinlich kein Verkehr, dachte ich, denn wer will denn am Freitag aus dem Tessin in die Nordschweiz ausser uns?
In Bellinzona stand auf einer Tafel der Autobahn:
STAU - 75 min. Wartezeit.
Das war meiner uralten Mutter zu lange.

Na gut, fahren wir halt über den San Bernardino. Da war sie noch nie und ich schon lange nicht mehr. Bald aber meldete mein Auto Tankreserve. Nett von ihm und sehr dumm von mir. Es kam und kam keine Tankstelle. Dafür die mütterliche Frage:
«Hast du genug Benzin?»
«Ja, ja, reicht so.»
Kopfschütteln und der Kommentar:«Leichtsinn, dein Name ist Ute.»
Stopp beim Rastplatz. Marsch zum Kiosk.
«Grüezi, Entschuldigung, haben Sie auch Benzin?»
«Nei.» Barsch, ohne Lächeln.
Ich wandte mich einem wartenden Kunden zu:
«Und Sie haben auch nicht zufällig einen Ersatz-Benzinkanister im Auto?»
«Nei.» Barsch, ohne Lächeln.

Ich, die Pädagogin, hätte beinahe ein ganzes Sätzli verlangt. Marschierte zurück zum Auto, kehrte aber wieder um, ging nochmals zur Kioskfrau und fragte:
«Wissen Sie zufällig, ob es eine Tankstelle in der Nähe gibt?»
«Acht Kilometer weiter oben.»
«Danke vielmals,» antwortete ich, froh und wütend zugleich.

Nun fuhr ich acht beschwingte Kilometer und tankte dort voll.
O, o, mein Wagen war tatsächlich am Verdursten gewesen!

«Isch liäbä di»

Tutto giorno oder tutti giorni?
Mittwochs lernen wir italienisch, Greta und ich. Mit einem
Computerprogramm. Um halb zwei läute ich bei ihr. Sie öffnet die
Tür, und nächstes Mal nehm ich meinen Foto mit. Sie ist jedesmal
ein   Hingucker! Blonde Haare, und das Outfit todchic: Leggins
und flottes Oberteil. Greta präzisiert: *Skinny-Hosen mit Tunikabluse.*

Ich muss italienisch lernen, um meinen Quasi-Schwiegersohn zu
verstehen. Aber er wird auch ab und zu mit Schwyzerdütsch
konfrontiert.
Neulich, als er, wie es schien, etwas ziellos in der Wohnung
umherlief, fragte ich:
«Isch es dir langwiilig?» Er schaute verständnislos.
Meine Tochter übersetzte und bat ihn gleichzeitig, die Frage zu
wiederholen. «Isch - es - dir - lang - wii - lig?»
Gianni war überfordert und verkürzte auf «Isch es dir».
«Bene», lobte sie ihn, und nun sagte ich ihm den Satz noch einmal
ganz langsam vor, und er sprach ihn so-la-la nach.
Eine Stunde später der Test:
«Gianni, weisst du die Frage noch?»
Da brachte er nur ein «Sisch it wiilig» zustande.
Weil ihm aber doch eventuell langweilig war - auf seine Antwort
hatten wir nie gewartet - holte Isabelle das Uno-Spiel, teilte die
Karten aus und zwinkerte Gianni zu. Der bekannte, ohne dass es
ihm vorgesagt werden musste: «Isch liäbä di», und meine Tochter
strahlte.
Etwas später: «Gianni, du bisch draa mit Mischlä.»
«Cosa?»
«*Du - bisch - draa - mit - Misch - lä*, sag das mal.»
«Du isch mimi.»
«Denk an Mischelin-Reifen, probier es nochmal:
Du - bisch - draa - mit - Misch - lä.»
Ein deutscher Satz von Gianni,
und wir halten uns die Bäuche vor Lachen.

Ich war sein grösster Fan

Ich las alles von ihm, den Familienroman in zwei Bänden *Tadellöser und Wolff* und *Uns geht's ja noch gold,* (Beides wurde fürs TV verfilmt), dann das Buch *Der Block* über seine acht Jahre im KZ und - einfach alles. Auch das Büchlein, das er – Lehrer in Norddeutschland – zusammen mit seinen Schülern verfasst hatte. Mit meiner Zürcher Klasse schrieb ich analoge Texte und schickte ihm diese. Walter Kempowskis Antwort, wow: So etwas hätten schon etliche Lehrpersonen versucht, aber nur ich hätte gemerkt, worauf es ihm ankomme. Und ich solle ihn besuchen.

In der Nähe von Bremen wohnte er. Fantastisch sein Haus und wunderschön der Garten mit einer von Vogelbeerbäumen gesäumten Allee. Ich tat ihm, so fand er, einen riesengrossen Gefallen, indem ich anschliessend sein früheres Kindermädchen in der ehemaligen DDR aufsuchte und sie für sein Archiv fotografierte und interviewte.

Zweimal machte er in Zürich eine Lesung im Hechtplatz-Theater. Und jedes Mal schlug er die Einladung der Organisatoren aus und kam statt dessen zu mir zum Znacht.

Beim ersten Besuch musste mein damaliger Mann an den Herd, beim zweiten dessen Nachfolger.
Während des Essens holte Kempowski ab und zu einen Zettel aus seiner Brusttasche, um zu notieren, was ich soeben gesagt hatte. Er könne das in einem Buch verwenden. Das hab ich nicht nachprüfen können, weil es nie etwas Besonderes war.

Doch einmal entdeckte ich in dem Band Alkor, einer Art Tagebuch, auf Seite 478 meine Postkarte an ihn.

> Lieber Walter
> Ein Westwind, ein ganz kalter
> umweht so stürmisch meine Ohren
> auf dem Velo, das ich auserkoren
> für die Fahrt wohl um den See.

Das Fudi tut heut Abend weh.
Die Nase tropft, auch noch das!
Doch trotzdem macht die Tour mir Spass.
Sechs Tage bin ich unterwegs
mit Turnschuh, Freundin, Schokokeks.
Der Bodensee, gross für sein Alter
und ich, wir grüssen Dich, o Walter

Dazu seine Bemerkung, den Absender habe er nicht lesen können!!!!

Bäume, unerwünschte

«Der Ahorn muss weg», sagte die Baummörderin, und das war ich.
Eine Wohnung mit Garten hatte ich gekauft, sehr schön,
Mohnblumen blühten und Rosen. Doch ein riesiger Ahorn breitete
seine Äste aus und verwehrte allen Sonnenstrahlen das
Durchkommen. Ich war not amused. Der alte Koloss, der sich so
wichtig machte in meinem Garten, hatte es im November endgültig
bei mir verspielt, als er sich seines Gewandes entledigte. Zu
Tausenden segelten die fünf-fingrigen saft- und kraftlosen Blätter zu
Boden, und ich kam mit dem Rechen nicht mehr nach. Bauer Müller
erschien mit Traktor und Motorsäge . . Falls Sie Naturschützer sind,
bitte jetzt weghören: Er hat später auch zwei Eiben entfernt, die mir
zu finster waren, und ein paar Jahre danach, excüsi, einen
japanischen Kirschbaum. Ja, jaaaa, im Mai wunderschön geblüht,
aber dann elf Monate nur rumgestanden und dem grünen Rasen mit
mir darin so viel lebenswichtiges Licht verwehrt.
Falls Sie Naturschützer sind, jetzt wieder weiter lesen:
Ich liebe Bäume ausserhalb meines Gartens. Habe zwar bis jetzt
keine umarmt, vielleicht kommt das noch. Aber ich setze mich gern
auf eine Bank neben einer Trauerweide am Fluss, erzähl ihr meine
Sorgen und höre mir ihre an. Und sind nicht Birken wunderschön
mit ihrem weiss gesprenkelten Stamm und den zarten hellgrünen
Blättchen, die sich luftig leicht im Wind bewegen?
Ach übrigens: mein Name ist Ute Ruf, geborene Birkenstock.

Sommernächte sind zum Plaudern da

Kurswoche im herzigen Walliserdörfli Ernen. Mit einer mir völlig
unbekannten Kursleiterin. Vorab liess ich mir ein Buch von ihr als
Herausgeberin schicken. Huch – sie war Psychologin,
Psychotherapeutin und Psychoanalytikerin, eine mit gleich zwei
Professoren-und zwei Doktortiteln! Das Buch hat 460 Seiten, dazu
Literaturhinweise von 50 Seiten. «Das les ich später, wenn
überhaupt», dachte ich und ging zum Kurs.

Schon von der ersten Stunde an mochte ich sie. Sie sah nicht aus
wie auf dem Umschlag ihres Werkes mit braunen Haaren und
ernstem Blick, sondern war erblondet und fröhlich. Ich verstand
alles, was sie sagte, und fand es interessant.

Ernen ist ein Musikdorf, das seit 16 Jahren im Juli und August
täglich ein grossartiges Konzert anbietet.
Im Schreibseminar waren die Konzertbesuche inbegriffen.

Wunderbare Klänge erfüllten die barocke Kirche am ersten Abend,
und ich lauschte und ich lauschte.
Doch am zweiten Abend, als ein extrem talentierter Japaner den
Flügel bearbeitete, ging ich nach der Pause nicht zurück in meine
Kirchenbank. Mein Kopf konnte nicht noch mehr Töne aufnehmen.

Ich schlenderte durch die leeren Gassen, kam auf den Dorfplatz,
und wer sass da am Tisch und trank ein Bier?
Meine Kursleiterin, die ich zuvor noch im Konzert gesehen hatte.
Sie war in Begleitung eines Mannes. Ich schimpfte ein bisschen mit
ihr – einfach weggehen in der Pause, ob das anständig sei?

Die beiden baten mich an ihren Tisch. Er stellte sich als ihr
Ehemann vor, ein Psychiater, und was soll ich sagen - bei
Kerzenschein auf dem Dorfplatz zu sitzen und zu lachen, zu
plaudern und interessante und ungewöhnliche Antworten auf meine
Fragen zu bekommen, das hat mich happy gemacht.
Viel mehr als die verpassten vierundzwanzig Prélüdes von Chopin.

So teuer?

Sommerfest. Gartenzauber. Wein in Kühlbehältern. Lichter an
Bäumen. Kerzen auf den Tischen. Die Band – Brüder der
Gastgeberin mit ihren Gitarren – macht gerade Pause. Nun wird
erzählt.
Katrin berichtet von einem antiken Sessel, den sie neulich zu einem
Polsterer brachte zwecks Annähen eines abgefallenen Stoffknopfes.
Nach drei Wochen schrieb sie ihm ein Mail:
«Ich sehne ich mich nach meinem bequemen Stuhl.»
Die Antwort: «Ist fertig. Kostenpunkt 600 Euro.»
Katrin nervte sich
Beim Abholen des Sessels sagte sie:
«Herr Schönemann, ich muss Ihnen ehrlich sagen, ich finde es
schon brutal teuer. War es wirklich so eine Riesenarbeit, den Knopf
anzunähen?»
Herr Schönemann lachte: «Han e Spässle gmacht. Kostet 60 Euro.»

Da hatte auch ich eine Geschichte anzubieten.
In Zürich einen Korbsessel gekauft. Wie sich später herausstellte:
Schön, aber unbequem. Das Sitzpölsterchen war zu dünn.
So brachte ich es einem Polsterer und bat darum, ein gleich grosses,
aber dickeres Polster anzufertigen. Beim Besprechen des Bezuges
meinte ich, ja, Fell sei nicht schlecht und bitte in Grün.
Als ich es abholte, traf mich fast der Schlag. 500 Franken sollte
dieses Kissen kosten. Doppelt so viel wie der Sessel!
Dann lachte ich und meinte: «Ist ein Witz, oder?»
Nein, ich hätte halt ein besonderes Fell ausgesucht, es Schwiizer
Lammfell.
«Es Schwiizer Lammfell!», rief ich. «Das Pölsterli ist jetzt eins von den
teuersten Stücken in meinem Wohnzimmer!»

Aber ich geb´s zu, es ist kuschelig, was jedoch nicht heisst, dass ich
es nicht ab und zu böse anschaue.
Und noch nie habe ich mich darauf gesetzt, ohne zu denken:
Ich sitze auf 500 Franken.

Grenzenlose Dankbarkeit

Ich fahre in die Kartause Ittingen zu einem Seminar.
Am ersten Morgen betrete ich den Saal und - was ist denn hier los?

Kindergeschrei hallt mir entgegen. Babys sitzen auf Hochstühlchen
und werden mit Brei gefüttert, etwas Grössere hocken brav neben
ihren Eltern, besonders Forsche tapsen umher, ein paar Kinder
flitzen im Rollstuhl durch den Saal. Ich höre mehrere Sprachen.
Laut ist es. Fröhlich laut.

Ich frühstücke an einem kleinen Tisch und betrachte das bunte
Treiben. Was für ein Seminar soll denn das sein?
Ein junger Mann mit Kind auf dem Arm erzählt:
«Gestern war hier Fest, und wir haben übernachtet.»
Aha. Aber was für ein Fest? Eines für Babys und Kleinkinder?
Ein internationales? Seltsam.
Jetzt kommt seine Frau. Beide setzen sich zu mir, ein russisches
Ehepaar, das extra aus Berlin gekommen ist.
«Die Anreise muss selber bezahlen, alles andere ist Spende.»
Und ich erfahre Genaueres. «Das ist ein Fötalchirurgie-Familienfest.»

Verona berichtet von ihrer Schwangerschaft, in der sie bei einem
Ultraschall erfahren habe, dass ihr ungeborenes Baby einen offenen
Rücken hat, ein grosses Loch, und die Folgen davon wären
Gehbehinderungen, Querschnittslähmung oder Wasserkopf.
«Spina bifida» ist der Fachausdruck.
Und deshalb habe man ihr zu einer Abtreibung geraten.

«Dann wir haben von Schweizer Arzt gehört, wo operiert solche Fälle.
Doktor Meuli. Wir sind nach Zürich gekommen, und Doktor Meuli
hat mein Baby im Bauch operiert und jetzt ist gesund.»
Sie lacht und küsst den kleinen Daniel.
Später schau ich im Internet nach: Professor Meuli ist ein
aussergewöhnlicher Chirurg. 2007 hat er in Zürich siamesische
Zwillinge getrennt und 2010 als einer der ersten weltweit einen
Fötus am offenen Rücken operiert. Das erfordert filigranste

Feinmechanik. Er beschrieb es mal in einem Interview:
«Mami aufschneiden, Gebärmutter öffnen, Fötus in Position bringen,
Rücken zunähen, und das Ganze wieder rückwärts.»
Ja, wenn das alles so einfach wäre, da müsste man nicht aus
England, Frankreich, Deutschland und Russland zur Operation
anreisen! Und jetzt sind fast alle seine kleinen Patienten gekommen!
170 Personen haben gestern hier gefestet und dann übernachtet,
davon 47 Kinder. Ich sehe Babys auf Armen oder im Wägeli und
kleine Kinder an der Hand ihrer glücklichen Eltern

Feucht und kalt im Wald

Mit der Klasse ging ich in die Waldschule. In Windjacken stapften
wir über Wurzeln und durch nasses Herbstlaub und spielten
Eichhörnchen. Meine Zweitklässler versteckten je drei Walnüsse
und sollten sie nachher wieder finden. Die Suche wurde jedoch
gestört durch zwei Wildschweine in Form meiner Person und der
Waldschullehrerin, die diese Nüsse ebenfalls aufspürten.
Oh, ein Kobel, ein Eichhörnchennest! Ich blickte nach oben, verlor
den Halt, rutschte auf dem Laub aus und fiel hin. Fluchte und
schimpfte, aber ganz leise.

Die Kinder merkten gar nicht, dass es kein ideales Ausflugswetter
war. Singend standen sie am Mittag um die Feuerstelle und hielten
ihre Cervelats am Stecken über die Glut, die viel zu schwach zum
Braten war, denn es regnete immer stärker, der Himmel aschgrau
und tieftrüb, und die Kinder pflotschnass und höchst vergnügt.
Tropf tropf tropf. Wozu hat man eine Kapuze?
Jetzt rief die Waldlehrerin: «Macht nichts, denn wer von der
Waldschule sauber nach Hause geht, der hat etwas falsch gemacht!»
Das war der Aufruf zu einer unglaublichen Dreck-Orgie.
Die Kinder rannten den Hügel hoch und rutschten auf Schlamm
und Laub wieder herunter.
Am liebsten hätte ich den Kindern beim Abschied die
Telefonnummer der Waldschullehrerin mitgegeben - fürs Mami.

Ein ganz spezieller Tanz

Ich erinnere mich an einen ganz speziellen Tanz.
Von Eltern einer Schülerin wurde ich ins damalige In-Lokal «Black and White» in Kloten eingeladen. Es müsse aber noch vor dem 26. Oktober sein, so meine Bedingung.

Am Samstag, dem 20. Oktober, fuhren mein Mann und ich zusammen mit dem Ehepaar Pfister nach Kloten.
Chic war es da, coole Musik.
Und schon stand ein junger Mann vor mir und forderte mich auf. Triumphierend schaute ich meinen Gatten, den Tanzmuffel, an, der soeben noch verkündet hatte: «Mit Schwoofen ist heute nichts drin.»
Ich erhob mich so flott es ging, hatte ein Jeanshängerchen an, und mein schöner Tanzpartner erschrak ein bisschen.
Es war 6 Tage vor dem errechneten Geburtstermin!

Dann aber lächelte er, und wir tanzten einen langen Blues, yeah!
Erst morgens um vier fiel ich todmüde ins Bett, erwachte jedoch bereits drei Stunden später mit Bauchschmerzen. Wollte unsere Kleine womöglich jetzt schon auf die Welt kommen? Eine Woche zu früh?

Im Zürcher Unispital überlegte sie es sich aber anders und machte es sich wieder gemütlich in meinem Bauch.
Ich bekam aber doch hin und wieder Wehen.
«Sie dürfen nicht einschlafen», wurde ich ermahnt,«Sie müssen Kraft haben.»
Uah! Gähn!

«Ich war halt tanzen im *Black and White*», gab ich zu, doch die dachten, ich hätte einen Witz gemacht.

Kind kommt

Dann wurde mir ein Einlauf gemacht. Dass genau auf dem WC
meine Fruchtblase platzt, ist ein blöder Zufall. Noch blöder ist, dass
ich das nicht merke. Das Fruchtwasser habe ich als Urin
interpretiert.
«Muttermund erst vier Zentimeter geöffnet», sagt die Schwester.
Und wie offen soll der werden? Was?! Zehn Zentimeter?! Mein Gott,
schon wieder eine Wehe! Gasmaske, schnell! Und hecheln! Wie geht
nochmal die Beckenatmung? O verdammt! Scheisse!
Herrgottnochmal, das hält kein normaler Mensch aus. Himmel
Herrgott, mich zerreisst's!
Mein Mann bittet mich, nicht mehr zu fluchen und meint, seine
Hand auf meinem Haupt wirke Wunder. Ich kralle mich am Arm des
blonden Assistenzarztes fest. Bis der sich losreisst und mich an
einen Wehenbeschleunigungsapparat anschliesst. Ich sei irgendwie
erschöpft. Das sei kein Wunder, erklärte ich, ich hätte ja letzte
Nacht wegen der Wehen nicht geschlafen.
«Und Vorletzte auch nicht, war in der Disco», fügte ich hinzu, und er
runzelt die Stirn.

Dann Ärzteschichtwechsel. Bereits der zweite. Liege seit zwanzig
Stunden da rum. Schlage Kaiserschnitt vor und beziehe mich dabei
auf die Röntgenaufnahmen von letzter Woche. Es wird geforscht.
Leider kein Schlüssel zur Röntgenbilderschublade. Der Arzt meint:
«Probieren wir's so. Ich steche jetzt die Fruchtblase auf.»

Er stutzt.«Leer!», ruft er. Ja, da sind wir alle erstaunt. Jetzt wird der
Mediziner sauer. Kind liegt stundenlang im Trockenen, Muttermund
will sich nicht weiten, Röntgenbilder nicht da, Becken womöglich zu
eng. Oh, das nervt! Er schaltet den Apparat auf Hochtouren.
Nun jagt eine Wehe die andere. Krämpfe. Wahnsinn. Wehen
unsäglich. Wehen unerträglich. Dann ein Riesendruck aus meinem
Inneren. Sie sagen:
«Sie hat zu früh gepresst! Ist gerissen! Man muss schneiden!
Saugglocke! Das Kind kommt! Wo ist der Vater?»
«Im Restaurant», flüstere ich.

Advents-Deko? Diesmal nicht. Leider.

Selim Tolga heisst der junge schöne Mann, den ich im Internet
gefunden habe. Nein, nicht bei Paarship, sondern mit dem Google-
Stichwort: *Aufräumen*. Ich organisiere Vorträge in Baar und dachte:
Reduktion in der Wohnung wär mal ein nützliches Thema.
Unbewusst war der Auslöser dazu wahrscheinlich die - sagen wir
mal - Vielfalt in meiner eigenen Wohnung, insbesondere in dem
Zimmer, das ich mit Paperroom angeschrieben habe.
Es kommt vor, dass ich beim Blick auf die vielen Ordner, Hefte,
Bücher und Papierrollen ein wenig stöhnen muss: Ich wünschte, ich
wäre in der Wüste, nichts als Sand, höchstens ab und zu ein Kamel.

Nun - der junge schöne Selim hielt in Baar seinen Vortrag, und die
Leute waren begeistert. Aufräum-Coach nannte er sich, und ich
weiss seither: Weniger ist mehr!
«Weg mit Altem oder weg mit Allem, Selim?»
Also das, woran man hängt, dürfe man behalten. Oh. Ich biete ihm
an, seine Webseite durchzusehen. Freu mich, ihm beim Entsorgen
von Kommas und Buchstaben helfen zu können.

Und nun seine Bitte: Das Schweizer Fernsehen mache einen DOK-
Film mit ihm, und ob ich Personen kenne, bei denen eine Reduktion
in der Wohnung sinnvoll wäre. Ich durchforsche mein Adressbuch
und merke, dass all meine Bekannten eine, ähm, ruhigere Wohnung
haben als ich.
Selim kommt zu mir nach Hause, schaut sich um und meint:
«Ich möchte es mit dir machen.» Oh! O je!
Dann fragt er noch: «Wärst du bereit für eine starke Reduktion?»
Demonstrativ räumt er ein Regal aus und lässt nur die bunten
Geburtstagskerzen stehen. Ich schlucke - hm, eigentlich bin ich gar
nicht scharf darauf, als Fernseh-Messie zu fungieren, andererseits
täte meinen Regalen eine Entschlackung sehr gut.
«Okay», erwidere ich, und dann:
«Aber, Selim, Weihnachts-Deko darf schon sein?»
Selim sagt NEIN, denn der Film werde erst im Frühling ausgestrahlt.

Logisch denken, auch am 24. Dezember

Am Heiligabend - sehr viele Jahre ist es her - bekam ich kurz vor der Bescherung einen Anruf von der Polizei. Ich erschrak.
«Sie haben doch eine Wohnung in der Austrasse.»
«Äh, ja.» Minuten später wurde ich von zwei Polizisten abgeholt.

Damals besass ich eine kleine Zweizimmerwohnung in Deutschland und hatte sie an einen älteren Junggesellen vermietet, einen extrem ordentlichen, wie ich bei einer Einladung feststellen konnte.

An jenem 24.Dezember aber war dieser Mann nicht wie versprochen bei seiner Mutter an Weihnachten erschienen. Sie hatte dies der Polizei gemeldet und auch, dass ich (auf seinen Wunsch hin) einen Schlüssel zu seiner Wohnung besass.
Die Polizei holte mich also ab. (Huch, was denken die Nachbarn?)
Wir fuhren zu jener Wohnung, und ich schloss die Tür auf.
Die Polizisten gingen zuerst rein, dann ich.
Mein Mieter lag nicht tot auf dem Boden, wie seine Mutter befürchtet hatte. Gott sei Dank. Er war gar nicht da.
Nun wollten die Uniformierten wieder gehen, ich aber rief: «Stopp!»

Ich hatte etwas Seltsames bemerkt. In der Küche. Auf dem Herd lag ein Papier. Mein Mieter war aber ausserordentlich pingelig. Der würde doch normalerweise kein Papier auf eine - wenn auch kalte - Herdplatte legen!! Es war eine Liste mit Notrufnummern!!

«Der hat dem Notfall telefoniert», schlussfolgerte ich.
Aber der eine Polizist kannte mich und stöhnte:
«Typisch Lehrerin, die suchen permanent nach Zusammenhängen.»
«Ja, wir können nämlich zwei und zwei zusammenzählen!», rief ich.
«Haha, komm jetzt, der Christbaum wartet! Der Mann wird schon noch bei seiner Mutter auftauchen.»

Am nächsten Tag stellte ich, quasi als Privatdetektivin, Erkundigungen an und erfuhr, dass mein Mieter tatsächlich die Ambulanz gerufen und knapp einen Herzinfarkt überlebt hatte.

Der kleine feine Unterschied

Hallo Melissa,
wie hübsch du bist! So blaue Äugli und so schwarze Höörli und so
es herzigs Müüli! Und turnen kannst du auch toll! Hoch mit de
Beinli, nochmal, ja, mach die Kerze, prima!
Und jetzt – was redest du da? Was heisst «auaueieiii?»
Ist das deutsch oder italienisch?
Das wird noch was geben mit unserer Verständigung. Das Elefäntli
auf deinem Lätzli heisst *elefante*, so viel weiss ich schon.
He, was hör ich da? Häsch es Fürzli gmacht? Oh, jetzt lacht aber
unsere kleine Melissa. Ist das Wörtli so lustig? *Fürzli, Fürzli*, hahaha,
warte kurz, ich sag diim Mami, dass du lachen musst beim Wort
Fürzli. Du – diis Mami fragt, ob es auch bei Füchsli klappt.
Füchsli! Füchsli! Was, da musst du nicht lachen?
Nei, Melissa, nöd brüele und scho gar nöd schreie! *Fürzli! Fürzli!*

Wirklich ein Grund zum Weinen

Ich hab sie zufällig wieder getroffen, die Kindergartenlehrerin meiner
Tochter. Wir erzählen, lachen, sind nett zueinander. Ich erwähne
nicht, wie wütend ich einmal vor vielen Jahren auf sie war.
Und das kam so:

Eines Sonntags gingen wir spazieren, wir drei, Vater, Mutter, Kind.
Und trafen die Kindergärtnerin. Sie meinte:
«Ihre Tochter ist ein Sonnenschein. Da merkt man halt, dass
zuhause alles stimmt.»
Mein Mann und ich lächelten gequält. Es stimmte gar nichts. Er war
bereits vor Wochen ausgezogen, was unsere Kleine aber noch nicht
mitbekommen hatte, denn er kam zum Mittagessen nach Hause,
und auch den Sonntag verbrachten wir gemeinsam. Wir hatten dem
Kind gesagt, der Papi übernachte nun in der Nähe seiner Druckerei,
was im Prinzip ja stimmte.

Nach der Begegnung mit der Kindergärtnerin dachte ich, es sei nicht fair, sie im Unglauben zu lassen. Am Montag erzählte ich ihr von unserer Trennung.

Und jetzt kommt's:

Bereits am darauffolgenden Freitag verlangte sie ein Gespräch. Irgendetwas stimme nicht mehr mit Isabelle. Sie leide unter der Trennung, weine, sei todunglücklich. Wie? Was? Innerhalb weniger Tage war unser fröhliches Kind zu einem depressiven Jammerlappen mutiert?

Ich ging nach Hause und fragte Isabelle, ob sie im Kindergarten geweint habe.«Ja.» «Und weshalb?»

«Claudio und ich haben Schnecken gesammelt und ein Schneckenrennen veranstaltet. Und jedes Mal haben seine Schnecken gewonnen, Mami, jedes Mal!»

Konfettiregen

Fasnachtsstimmung im Büro des Klett und Balmer-Verlags in Zug. Für meine Newsletter-Kolumne wollte mich der Redakteur im Konfettiregen fotografieren. Ich hatte eine coole Kopfbedeckung mitgebracht. Auf dem Schreibtisch deponierte der Redakteur blaue, grüne, gelbe und rosa Konfetti-Tüten, die er nun in einem neuen Sack mischte. Dann griff er nach seinem grossen Fotoapparat. Ich setzte meinen blauen Tüllhut auf. «Jetzt wirf!», rief mir der Redakteur zu. Ich griff rein in den Sack. «Mit beiden Händen!» Okay, ich schmiss Unmengen Konfetti in die Luft, und mein Lachen war gar nicht gekünstelt, sondern so was von echt.

Ich dachte nämlich, dass das nur einem Mann einfallen kann: Konfetti freiwillig auf den Boden fallen lassen – in Massen!!

Alle Frauen, die das jetzt lesen, werden mir zustimmen. Bunte Konfetti auf braunem Spannteppich sind Horror!

Und der Kreative wollte natürlich ein noch besseres Foto.

Mit noch mehr Konfetti!

Ich warf und warf. Und lachte und lachte. Es lebe die Fasnacht!

Als Evi wütete

Die riesige Tanne unterhalb meines Gartens streckte ihre Äste weit
auf alle Seiten.
Dahinter wäre mein Dorf und jenseits ihrer oberen Äste wäre das
Nachbardörfchen auf dem langgezogenen Hügel.
Neulich kam Sturm Evi. Zuerst blies sie nur heftig, dann aber tobte
Evi - huiii, huiii!!!

Ich legte mein Buch zur Seite. Ein gewaltigeres Schauspiel als diese
Evi konnte keine Literatur mir bieten.
Die Büsche im Garten wogten hin und her, und plötzlich - was war
das? Die Tanne! Diese Riesennadelfrau neigte sich nach rechts,
immer mehr, immer mehr - und verschwand.
Ich erhob mich, ging auf die Terrasse trotz wahnsinnigem Wind und
lief nach vorne bis zum Zaun. Da sah ich sie liegen, weiter unten,
halb im Gras, halb auf dem Weg. Entwurzelt.

Ich schaute wieder nach vorne und erblickte zum ersten Mal
vom Garten aus mein Dorf mitsamt der Kirche und dahinter den
Hügelzug mit dem Dörfchen Islisberg. Wunderschön!

Pieps-Pieps-Pieps-Pieps

Sie   Du hast heute aber früh angefangen.

Er   Stimmt. Aber mir gefällt es hier auf diesem Baum, das ist
mein Revier, und das soll es bleiben. Ausserdem bist du in
der Nähe.

Sie   Na ja, Luftlinie geschätzte 40 Meter.

Er   Komm doch näher.

Sie   Okay, Moment. So, hier versteh ich dich auch besser. Hast
du eigentlich deine Erkennungsmelodie geändert?

Er   Hab `nen Triller mehr eingebaut.

Sie   Hat schon eine reagiert?

Er	Ein paar, aber ...
Sie	Was, aber?
Er	Wenn du's genau wissen willst: Die eine hatte zu wenig Drive im Flug, die andere ein zu plumpes Niederlassen, die dritte keinen schönen Pieps.
Sie	Oha, du bist aber anspruchsvoll. Da ist es ja gut, dass ich nicht zur Auswahl gehöre.
Er	Na hör mal, ich wäre nicht abgeneigt. Komm doch näher.
Sie	Nein, danke, ich warte auf Fly Willy. Der hat gesagt, er käme zu einem Duett vorbei.
Er	Aha, na, wenn du Lust hast, könnten wir beide auch mal eine Zwitscher-Session machen. Komm auf meinen Ast, dann besprechen wir das.
Sie	Keine Zeit. Fly Willy ist schon im Anflug. Hörst du ihn nicht?
Er	Mit Tonleiter!! Ein totaler Langweiler, wenn du mich fragst.

Wenn ich einen Vater gehabt hätte

Einer, der mich von jeder Party abgeholt hätte
Einer, der sich beim Autofahren nicht überholen liess
Einer, der mich neckte
Einer, der mir erklärte, wie das Licht in die Glühbirne kommt und die Musik aus dem Radio
Einer, der unsere Sachen geschleppt hätte
Einer, der Eindruck gemacht hätte bei meinen Lehrern,
Schulkollegen und Freundinnen
Einer, der mit mir eine Runde auf der Aschenbahn gerannt wäre
Einer, der den Nachbarn geholfen hätte
Einer, für den ich alles gewesen wäre

Fussballplatz mit Apfelbaum

«Der Baum muss weg!» Das hab ich mehr als einmal gesagt, damals, als meine Drittklässler den kleinen Pausenplatz zum Fussballplatz erkoren und hingebungsvoll tschuteten, in der 9 - Uhr, 10- Uhr und 11- Uhr-Pause. Nur etwas störte - ein Apfelbaum, zwar seitlich, aber noch auf dem Feld! Ich telefonierte dem Hochbau-Inspektorat und erfuhr: Nein, ein gesunder Baum werde nicht gefällt.

Dann schlug das Schicksal zu. Es organisierte einen Gewaltsturm, und der Apfelgreis ergab sich. Jubel pur.
Arbeiter entfernten den ungestürzten Baum - und ein problemloses Tschuten begann.
Bis ich einmal aus dem Schulzimmerfenster schaute und Arbeiter beim Ausheben einer Grube beobachtete. Ich rannte hinaus und fragte nach dem Grund. «Bis Mittag steht hier ein neuer Baum.»
«Nein, bitte nicht, das ist doch unser kleiner Fussballplatz.»
«Ist ein Gesetz. Jeder entfernte Baum muss ersetzt werden.»

Ich bat die Arbeiter, zu pausieren und telefonierte mit dem Hochbauinspektor. Argumentierte, wie wenn es um Leben und Tod ginge.

Schliesslich kam der Anruf für die Arbeiter. Die schütteten das Loch wieder zu. Und meine Schüler, die vom Fenster aus zugesehen hatten, rannten raus und umarmten mich.

Seltsame Ausrede

Ich wollte Peter ein Dankesmail für seinen selbstgebastelten Löwen schreiben, aber seine Einladung ausschlagen, denn . . .
Ich tippte in den Compi ein Dankeschön und eine Absage mit der Begründung, die Parkplätze in seiner Strasse seien ja immer besetzt. Click - abgeschickt.
Dann klingelte das Telefon. Es war Peter. Ob noch nie ein Parkplatz

vor seinem Haus frei gewesen sei?

«Doch, schon, aber weisst du, es ist eigentlich wegen deiner Exfrau.»

«Was ist wegen Ursula?»

«Sie würde das Vertrauen in mich verlieren, wenn sie wüsste, dass ich dich besuche.»

Peter sagte: «Das Essen ist heiss, es reicht für zwei, und ich hab mit meinem Velo den Parkplatz vorm Haus frei gehalten. Komm!»

Friede – Freude - Eierkuchen

Spontan hatte ich eine geniale Idee.

Ich sagte zu meinen Drittklässlerinnen und Drittklässlern:

«Morgen, am letzten Schultag, könntet Ihr etwas zum Essen machen und wisst Ihr, wo? Bei mir zu Hause.»

Der Jubel war gross, die Gruppen waren sofort gebildet.

Gruppenchefs waren jeweils die, die schon mal etwas Essbares gemacht

hatten und diese Idee nun ihren Leuten unterbreiteten.

Ich mischte mich nicht ein.

Die Fahrt zu mir verlief reibungslos, ausser dass Edis *Sauce Carbonara* aus der Tupperdose lief und auch sein Plastiksäckchen ein Loch hatte.

Bei mir zu Hause zuerst OH und AH und manche entdeckten im WC an der Wand ein Briefli von sich. Dann aber:

«Wir brauchen eine Schüssel!»

«Wir auch!»

Gut, dass ich einen grossen Garten habe.

So waren schon mal drei Gruppen an drei Tischen im Garten beschäftigt - die einen mit Fruchtsalat, die andern mit Gurken-Mais-Erbsli-Rüebli-Hüttenkäse-Salat, wieder andere mit dem Mixen von Erdbeer-und Bananenshake. Ich hatte nichts vorbereitet, gar nichts.

Drin am Esstisch war eine Gruppe mit dem Belegen von Toastbroten beschäftigt. Und in der Küche: Da standen sieben Leute, mit mir

116

acht! Oh, ein Ei auf dem Boden!

«Sie hat halt noch nie ein Ei aufgeschlagen.»

Bisschen viel Öl in der Pfanne, bisschen viel Teig, aber von Mal zu Mal wurden die Omeletten perfekter.

Anschliessend wurden sie mit Zucker und Zimt bestreut, aufgerollt, geteilt und auf einer Platte angerichtet.

Die andere Küchenmannschaft machte Albanisches Brot!

Ich sah vier Hände in der Schüssel Teig kneten. Dann wurden runde Bällchen geformt. Nun ausgewallt. Jetzt mit Öl bestrichen und gestapelt. Obenauf kam eine Schicht, bestehend aus Hüttenkäse, Rahm und Ei, darüber nochmals etwa zehn dünne runde Fladen. Schliesslich wurde alles längs und quer geschnitten und ab in den Ofen. Grandios. Und die Spagetti Carbonara! Viel Spagetti gab's mit wenig Sauce, aber fein!

Spagetti, Shakes und Omeletten wurden in Portionen eingeteilt; vom Fruchtsalat, Gurkensalat, Toastbrot und albanischem Brot konnte man nehmen, soviel man wollte.

Nach dem Essen: Einmal wurde das Geschrei im Garten gross, und ein paar Kinder baten um Badetücher. Sie hatten den Schlauch entdeckt und waren bereits pflotschnass. Barbara aber sass an meinem Klavier und spielte Chopin!! Und dann einen flotten Boogie. Ich wurde herangewinkt, um mitzutanzen.

Andere spielten Federball im Garten, wieder andere räumten den Geschirrspüler ein, während ich meiner Putzfrau telefonierte und um möglichst baldiges Erscheinen bat.

Inzwischen wurde der Schlauch zum Blumengiessen eingesetzt, auch der Rasenmäher wurde bedient, und es wurde mir die Idee präsentiert, mal in meinem Garten zu übernachten.

Auf der Heimfahrt im Postauto sangen sie noch einmal ihr zehnstrophiges Abschiedslied für mich. Zur Melodie ‚*Es Buurebüebli mag ich nöd'* sangen sie:

«Frau Ruf, mir händ dich sehr sehr gern....»,

und ich schluckte leer und schluckte.

Die Frau war WOW

Der Kursleiter schaute auf die Uhr, dann auf die Liste.
«Es fehlt jemand.» Dieser Jemand kam eine Stunde später zur Tür
herein. Lächelnd setzte sie sich an den freien Platz, schob die langen
blonden Haare zurück und rückte den beigen Pulli zurecht. Der war
zu weit und rutschte kurze Zeit später wieder über ihre linke
Schulter und liess einen roten BH-Träger frei. Wow!

Beim Mittagessen winkte sie mich an ihren Tisch. Strahlte mich an
mit ihren blauen Augen. Wir blieben nicht lange allein. Schon kam
unser Kursleiter und setzte sich an ihre andere Seite. Charmant
entfernte sie ein Blättchen aus seinen Haaren. Weitere
Kursteilnehmer setzten sich zu uns. Sie lachte sie alle an.

Am Abend sassen wir am Lagerfeuer. Leonie kam wie immer später,
mit einem Glas Rotwein in der Hand. Kein Platz mehr auf den
Bänken? Diverse Männer rückten zur Seite. Sie setzte sich neben
den schönsten. Den ganzen Abend redeten die beiden miteinander,
tranken und lachten. Am nächsten Tag lagen Rosen vor Leonies
Zellentür. Unser Kurs fand in einem ehemaligen Kloster statt.

Beim Mittagessen, als wir beide - noch - alleine waren, erzählte sie
von ihrem Suizidversuch. In der Badewanne die Pulsadern
aufgeschnitten. Oh – das rote Wasser!! Zur Sicherheit noch den
laufenden Föhn hineingeworfen. Doch der hatte sofort den Geist
aufgegeben.
Jetzt sass sie da und lächelte einen bis anhin fremden Mann an, der
auf unseren Tisch zustrebte. Sie zog ihr Angora-Jäckchen aus,
hängte es über den Stuhl neben sich und sagte zu ihm: «Setz dich
hierher, dann hast du's warm im Rücken.» Er erkundigte sich nach
ihrem Wohnort und meinte dann begeistert:«Gar nicht weit von mir!»
Beim allerletzten Morgenessen, als wir zu zweit da sassen, sagte ich:
«Leonie, Leonie, nicht mal in zehn Jahren könnte ich so vielen
Männern den Kopf verdrehen wie du in einer Woche.»
Da lachte sie, öffnete ihre Handtasche, holte alle Verehrer-
Visitenkarten heraus und warf sie in die Frühstücksabfalldose.

Einfach mal den Mund halten

Ich halte mich beim Käseregal auf. Ein junger Verkäufer grüsst. Ich kenne ihn. Er ist immer freundlich.
«Wie geht's?»
«Danke, gut. Und Ihnen?»
(Ich finde es nett, wenn man mit dem Personal plaudert. Bin in einem Tante-Emma-Laden aufgewachsen.)
Der junge Mann lacht: «Habe am Donnerstag die LAP (Lehr-Abschluss-Prüfung) bestanden.»
Ich gratuliere ihm und schenke ihm nachher an der Kasse zwanzig Franken. Für die bestandene Prüfung.
Er strahlt. «Nein, wirklich?»
Dann tippt er meine Sachen ein und sagt: «13.40.»
Ich:«Das kann nicht stimmen. So wenig?»
Er: «Schon gut, den Lachs spendiere ich Ihnen.»
Ich: «Auf gar keinen Fall!»

Ich lache den Kunden an, der hinter mir an der Kasse wartet, und kläre ihn auf: «Der junge Mann hat soeben die LAP bestanden.»

Keine Reaktion. Null. Nicht mal ein Lächeln. Und ich schwöre: Unser Gespräch war ganz kurz! Aber ich sollte das endlich kapieren: Man quatscht keine fremden Menschen an.

Alle Sterne in den grossen Wagen

Ein Aufräum-Coach (schon mal erwähnt) kannte meine Wohnung und wollte hier einen SF-DOK-Film machen.
Ich zeigte ihm mein «Paper-Zimmer». Sein Blick wanderte hin und her. Er erfasste Büechli, Heftli, Alben, Tagebücher, meine fünf selbstverfassten SJW-Hefte, Manuskripte jede Menge, Kurzgeschichten, Porträts, Satiren, Gedichte, Autobiografie, Kinderrománchen, Rechenprüfungen, Kinder-Schreibworkshop-Vorlagen, Lexika, Ordner in Hülle und Fülle, vor allem Fülle. Ein

Mensch habe im Durchschnitt 10 000 Dinge, ich hätte geschätzt 20 000, meinte Selim und sagte: «Mit dir will ich es machen!»

Zuerst kam das Fernsehen und filmte Regalwand links und Regalwand rechts mit allem Drum und Dran und vor allem Drin. Und ging dann ins Wohnzimmer. Wie? Weshalb?
Das sei auch voll. Hä?
Ja gut, nicht jeder hat zwei Schreibtische im Wohnzimmer. Aber ich bin schliesslich Autorin und blicke gern, wenn mir nichts einfällt, vom Schreibtisch aus in den Garten. Auch die roten, echt chicen Blechregale, die eine Freundin unerklärlicherweise nicht mehr haben wollte, bergen so manches. Ich zähle jetzt nur ein Holz-Kamel auf, das mir mal ein Hamburger Zahnarzt schickte, den wir auf Kreta kennen gelernt hatten. Dieses Kamel kam per Post im Spass als Anzahlung für meine Tochter.

Das Fernsehen filmte nun Selim und mich beim Aufräumen. Einen 110 Liter-Sack hatte er bereit gestellt und zusätzlich vier Kartons nebeneinander in meinem Gästezimmer, das vorübergehend als Abfallraum diente, auf dem Bett platziert, angeschrieben mit «Brocki, Verwandte, Freundinnen, Kolleginnen.» Darin kamen Dinge, die ich verschenken würde. Im Hintergrund hörte ich leises Lachen von den Fernsehleuten, wenn ich wieder mit einem hübschen Schälchen oder einem Wanderbuch ins Gästezimmer marschierte.

Selim bemängelte - nett lächelnd - auch das schwarze Tischchen, auf dem mein schwarzer Kopierer sass. «Mitten im Wohnzimmer!»
Er packte - auf mein Nicken hin - beide Teile, trug sie in mein Gästezimmer und bestellte auf meinem Computer einen hübschen weissen Laserdrucker. Auch war er der Meinung, dass ich nur einen Schreibtisch brauche. Die vielen Schriftstücke (Rechnungen, Briefe, Kolumnen), die in durchsichtigen Plastikschalen neben-und aufeinander ruhten, störten ebenfalls seinen Schönheitssinn.

Er käme allein in einer Woche wieder.
Bis dann bitte alles einordnen, versorgen und den Schreibtisch leer machen, wünschte er.

Nur der Zinnbecher dürfe bleiben mit einem, ja, Ute, nur einem
einzigen Kugelschreiber. Okay.

Der Paperroom wurde in vielen Tagen langsam zu einem
wunderbaren Raum. Nur schöne Ordner stehen stolz farblich
sortiert und anständig angeschrieben nebeneinander. Ein paar
Glasvasen schmücken ein Regal. Mein Bananenbaum breitet Blätter
über dem weissen Pültchen aus. Papierrollen lehnen brav im
Schirmständer, Heftchen präsentieren sich. Alles hat Platz und Luft.
Ja, nun gibt es sogar leere Flächen im Regal! Denn: Selim hat
inzwischen zwei schwarze 110-Liter-Säcke gefüllt. Darin sind Dinge,
die ich nicht mehr brauche. Habe sämtliche Zeugnisse und sonstige
Dokumente fortgeschmissen. Kann jetzt behaupten, ich hätte im
Maturazeugnis nur Sechsen gehabt. Keine Beurteilung mehr, nüüt.
Auch keine Liebesbriefe. Was soll's. Als ich ein bisschen ins Blättern
kam, riet mir Selim: «Lies nicht weiter.» Und die vielen Tagebücher?
Weg damit. Ich habe genug Neues zu berichten.Das Wichtigste wird
mein Gedächtnis gespeichert haben.
Ein selbstgemaltes Bild stand sicher drei Jahre lang auf dem Boden,
bis endlich dieser Selim kam und es über dem Regal an die Wand
nagelte. Dort sieht es aus, als habe Paul Klee es selber gemalt, wow.

Das Fernsehen kam wieder, um das Ergebnis zu filmen. Regisseurin
Andrea Pfalzgraf, Kameramann Kay und Tonmeister Torsten waren
begeistert. Eine echte Verwandlung. Und ich schwöre: Ohne diesen
tollen Selim Tolga, der so praktisch ist, hätte ich es nie im Leben
geschafft. Wie der aufräumt, das ist genial. Der könnte sogar den
Himmel aufräumen. «Alle Sterne in den grossen Wagen!»
Gegen Schluss aber hatte ich irgendwie keine Kraft mehr. Das
Holzschränkchen meines Grossvaters mit 9 Schubladen - voll mit
Papier - ganz kleine Couverts, quadratische Couverts, A6, A5, A4-
Couverts, Blöckli, Büechli, Hefte - das hab ich nur böse und
daraufhin Selim lieb angeschaut und geflüstert: «Bitte mach es ohne
mich.» Ein weiser Wunsch. Und soeben kam mir der Gedanke: Ich
könnte den tollen Selim auch mal zu einem Einsatz in meinem
Schlafzimmer engagieren. Nein, nicht, was Ihr schon wieder denkt!
Ausstrahlung: Dok-Film SRF 1 «Wngr st mhr, minimalistisch leben»

farad. faren. fer. bote

Ich liebte Erstklässler! Vor allem ihre Rechtschreibung. Diese finde
ich zwar enorm wichtig und übte das oft und gern in der Schule.
«Alle Verben schreibt man KLEIIIIN! Die Farben AAAUCH!! Und die
Zahlen SOWIESOOO!!»
Aber wenn Erstklässler geschrieben haben, konnte es mir gar nicht
falsch genug sein.
Sie erzählten von Hänsl, Gretäl und der HGS,
von pipilangschtrumph, vom Roäuberhozelploz
und von Schnewidchen und den siben Tschwergen.

«Schreib über das Land, in dem du geboren bist.»
 - inteiland lebenslangen

«Schreib etwas auf von deinen Eltern.»
- Si haben ä noisoF akauft.
- Mein Fater hat früner eine Pizza Ria kehapt.
- zumsmitak Mach Mami Ö bisgues

Wichtig die Pausenregeln, die Agalyan in den Computer eingab:
      Defman. icht. grop. sain. nur. lip. sain.
      farad. faren. fer. boten. nich. kemfen. nich. tfeseln.

Interessant die Tiergeschichten:
- Im Zoh wont der PV. Macht rad.
- Fische haben anxt vorm Hai.
- In Allaskh gits Isbärä.

Und eine Love-Story: Vroschvrau hat hungr. Mann fengt flige.

St. Moritz, Schnee und wir sieben

Eine Woche war ich nun zusammen mit sechs anderen PreisträgerInnen in St. Moritz am Schreiben. Jeder begann mit einem neuen Projekt. Meines hiess: *Was ich von meiner Mutter weiss.* Das schlug unser Coach mir vor. Zuerst sagte ich: «Auf keinen Fall», und dann ging es mir plötzlich leicht von der Hand.

Der schöne Coach wünschte weitere 200 Seiten. Na - mal sehn.
Wir waren eine seltsame Gruppe.
Eine Teilnehmerin, Lyrikerin, bat manchmal per Telefon ihren Mann um ein paar Wörter und verfasste dazu wundersame Gedichte. Eine andere war eine rothaarige Chaos-Queen, fand uns bei der Hinfahrt schon nicht am Kopf der Bahnsteigs und suchte permanent ihre Texte im Compi («In welchem Programm haben Sie es abgespeichert?», fragte der Coach. «Wie? Was?») Sie konnte aber geistreich formulieren und meldete sich sehr häufig mit Kommentaren und natürlich mit Fragen.
Eine weitere Teilnehmerin sah unglaublich gut aus mit ihren 84 Jahren, und sie wusste auch, weshalb. Ihre Eltern wurden zusammen 200 Jahre alt, die Mutter 99 einhalb, der Vater 100 einhalb. Über deren Tod und den ihres Mannes innerhalb von 8 Monaten schrieb sie sehr anrührend.
Die nächste konnte alles minutiös schildern. Sie war eine Einzelgängerin und wollte auf keinen Fall mit jemandem frühstücken, geschweige denn gemeinsam im Zug fahren.
Dass ich gleich zu Beginn rief: «Sagen wir doch alle Du», kam übrigens nicht gut an. Ich war die Einzige, die das bei jedem durchzog. Hatte aber Erfolg damit, dass ich im Hinblick auf Gemeinschaft in der hauseigenen Pizzeria für eine Woche einen grossen Tisch reservierte. Alle fanden sich ein zum Nachtessen. Die Einzelgängerin zwar erst am dritten Tag, der einzige Mann unter uns erst jeweils eine Stunde später nach einem Saunabesuch, und reden wollte er da nicht, nur essen.
Jeden Tag um 17 Uhr haben wir einander vorgelesen.

Der Satiriker in unserer Gruppe, der beehrte uns Frauen mit einem Sextext, und wir Frauen sassen da mit gesenktem Blick, bis ihn unser Coach unterbrach: «Ich glaube, es reicht. Hat jemand eine Frage?» Ich meldete mich:
«In welche Kategorie gehört dieser Text? Autobiografie oder Gebrauchsanweisung?»
Die Antwort des Mannes:
«Protokoll. Ich bin Sexualtherapeut für Strafgefangene.»

Und die letzte Schreiberin - die kam aus meiner deutschen Heimatstadt Schwenningen. Sowas!
Von 180 Wettbewerbs-Teilnehmern hatte es 7 Gewinner gegeben und zufällig zwei davon aus Schwenningen?!
(50 km nördlich von Schaffhausen).

Diese Frau schrieb darüber, wie sie erfahren hat, dass ihr Vater, der Pfarrer unserer Stadtkirche, 1947 von den Russen gehängt worden war.

Stress hoch 2

Wer wartet beim Zubettgehen auf mich im Schlafzimmer?
Direkt neben dem Bett hockt eine RIESENSPINNE!

Die acht Beine frech von sich gestreckt. Sie ist gross. Sie ist schwarz. Sie ist sowas von eklig! Weg! Weg! Aber wie? Ein dickes Buch auf sie plumpsen lassen, den Loriot zum Beispiel?
Und danach? Wäh, nein!
Ich schau auf die Uhr - es ist 22.15 - und hole den Staubsauger. Bürste entfernen und Rohr in Richtung Feind. Flutsch. Reingerutscht. Und nun? Ich lasse den Sauger noch etwa zwei Minuten laufen und dann:
Am nächsten Morgen ein Wohnungsspaziergang mit Blick auf den Boden. Sind Frau und Kinder der Spinne unterwegs?
Und vor der Tür befindet sich ja noch der Spinnenmann. Im Rohr oder im Beutel oder wieder unterwegs, keine Ahnung.

Ich hole einen Abfallsack und stopfe den Staubsaugerbeutel hinein. Schnell, schnell und dreimal zubinden.
Mein Wohnungsnachbar erscheint und wundert sich. Ich kläre ihn auf über den Horrorbesuch in meinem Schlafzimmer gestern Nacht. Ob er behaart gewesen sei, fragt Jürg.

Schneefrau wird entführt

Ich brachte weisse Tücher, Watte und Vlies in die Schule, und meine Schülerinnen und Schüler bauten damit eine Schneelandschaft auf dem langen, breiten Fensterbrett. Dann malten sie Kartoffeln mit Deckweiss an. Mit Stecknadeln liessen sich Mützen daran befestigen. Nun setzten sie diese Kerle auf Glacé-Spachtel – das waren Skis – und liessen sie Berge hinabfahren.
Das Schneeparadies auf der Fensterbank war sensationell.
Jetzt eine Schneegeschichte erfinden!
Der Anfang war irre spannend: Eine Schneefrau wird entführt von einem Afrikaner, der sie seinen Kindern in Afrika mitbringen will. Dann aber scheiterte die Fortsetzung an der Hitze Afrikas und dem Mangel an Kühlboxen, Gefriertruhen und Eisblöcken. Wir kamen nicht weiter, weil die Schneefrau bereits am Schmelzen war!
Es läutete.
Nach der Pause schauten mich die Kinder erwartungsvoll an.
Ich sagte: «Erfindet bitte zusammen, aber ohne mich, eine andere Geschichte. Ich muss noch etwas machen im Lehrerzimmer.»
Zwanzig Minuten später öffnete ich die Tür.
Die kleine Zoe von den Philippinen stand auf einem Stuhl vor der Tafel. Sie hatte dort aufgeschrieben, was ihr die Kinder diktiert hatten. Ich las: *Ein Häschen fiel ins Fuchsloch. Eine Amsel hatte es gesehen und wollte das Häschen retten.*
«Toll!!», rief ich, «aber eigentlich wollten wir eine Story für unser Schneeheft.» Da machte die clevere Zoe aus dem Hasen einen Schneehasen, und wie die Amsel das Schneehäschen schliesslich rettete, das stand später in jedem Schneeheft.

Viel reden, wenig reden, gar nicht reden

Blauer Himmel, Sonne und die Bäume weiss gezuckert.

Isabelle und ich gehen spazieren. Wir reden und reden. Heute darüber, ob man den richtigen Beruf gewählt habe.
Also sie sei zufrieden, meint meine Tochter, gutes Arbeitsklima und immer in Bewegung, mal sitzen, mal stehen, mal gehen, mal mit den Händen arbeiten, mal mit dem Kopf, Kontakt mit vielen verschiedenen Menschen, stets wohlwollend, ausserdem angenehme Arbeitszeiten. Um halb fünf geht sie nach Hause. Freitags hat sie frei.
Auch gefällt ihr, dass sie immer wieder in einer anderen Sprache reden muss, mit einer Angestellten, der Doris, schwyzerdütsch, sonst natürlich italienisch, aber sicher einmal am Tag auch französisch oder englisch.
(Isabelle ist Dermatologin und hat eine Praxis bei Lugano)

Am Abend würde sie nicht mehr gerne reden, nein, auch nicht am Telefon, weil sie ja den ganzen Tag pausenlos geredet hat, jede Viertelstunde mit jemand anderem.
Abschalten will sie und kann sie, kein einziges dermatologisches Problem nimmt sie mit nach Hause.
Am Abend will sie nur eines: tanzen.

Das war vor zwei Jahren. Inzwischen ist Melissa da.
Ein Wirbelwind mit dunklen Haaren und forschen Augen.
Sie ruft und rennt, brüllt und lacht, beisst und küsst.

Isabelle geht nur noch von halb 9 bis 4 Uhr in die Praxis.
Nach der Arbeit muss sie nun ebenfalls reden. Mit dem Wirbelwind.
Und zwar meistens schwyzerdütsch.

Es reicht, wenn der sizilianische Papi und die Tagesmutter mit der Kleinen italienisch reden.

Konfetti

«Grüezi, schöne Tänzerin!»
«Hello, Sheriff!»
«Olala, Sie sind also Miss Schweiz?»

Ich konnte noch drei Hexen begrüssen,ein Indianer-Paar,
den Chinesischen Kaiser, Pippi Langstrumpf und eine WC-Rollen-
Prinzessin. Auch ein Gepard reichte mir brav seine Pfote.
Es war Fasnacht.

Ich teilte in Gruppen ein:
Hexen zusammen mit dem Vampir, dann Sheriffs, Indianer plus
Gepard, Bauchtänzerin mit Flamencotänzerin usw.
Diese Gruppen sollten sich eine Szene überlegen und vorspielen.
«Nein, Frau Ruf! Gleiches mit Gleichem, das ist doch langweilig!»
Die Kinder wollten selber Gruppen bilden, und ja, das war natürlich
tausendmal besser.

Die Polizisten nahmen den Geparden an die Leine und verfolgten
Pippi Langstrumpf. Der Chinesische Kaiser lehrte der Piratin
chinesisch, und die WC-Rollen-Prinzessin tanzte mit Miss Schweiz.

In der Pause mischten sich meine Zweitklässler mit den anderen
Klassen auf dem Schulhof. Die grösste Bewunderung und am
meisten Konfetti erhielt Patrick mit blonder Perücke und
Riesenbrüsten.

Hirschgulasch

Etwa einmal im Monat fahre ich nach Schwenningen, 50 km
nördlich von Schaffhausen, um meine 98jährige Mutter zu
besuchen.
Diesmal aber, um zu servieren. In der Kirche. Dort bin ich getauft
und konfirmiert worden. Nur eine lange Treppe trennt diese von
meinem ehemaligen Elternhaus.

Heutzutage gehe allerdings nur im Februar in die Kirche.
In die Vesperkirche.

Unter diesem Namen führen viele Kirchengemeinden in Deutschland
soziale Projekte durch zugunsten von Bedürftigen.
Man bekommt ein feines Mittagessen für 1 Euro und kann
anschliessend hoch zur Orgel steigen. Dort gibt es Kaffee und
Kuchen.
Einen Monat lang wird dies angeboten, und viele Arbeitslose
kommen täglich. Es ist ein Treffpunkt. Zwei bis drei Stunden lang
wird gegessen und geredet - Stärkung für Körper und Seele.

Ich bin eine von 40 Helfern. Ich bekam einen Zehnertisch
zugewiesen und redete viel mit meinen Gästen.
Übrigens kommen auch Menschen, die genug Geld besitzen.
Die bezahlen fünf Euro und geben meistens etwas mehr.

Für die Tageszeitung sollte ich einen Bericht verfassen.
Am Sonntagabend war ich fertig mit meiner Reportage.
Fand aber keinen guten Titel. «Essen mit Herz?»
Nein, was Besseres! In der Nacht wachte ich auf und hatte ihn!
Genau! Das war's!
«*Hirschgulasch und jede Menge Gespräche*».

Am Montag schickte ich der Redaktion den langen Text.
Hier ein Auszug:

«Es gibt heute Panierten Fisch mit Kartoffelsalat und
Remouladensauce! Das Vegi-Menu will an meinem Tisch niemand,
den ganzen Morgen nicht. Viele Male laufe ich hin und her.
Schliesslich gehören noch Suppe und Salat dazu.
Am Ende des Tages wurden 283 Portionen gegessen. Übrig waren
nur vier Portionen Tortellini und ein halber Fisch!

Aber noch bin ich am Bedienen. Zwischendurch spaziere ich zum
Getränketischchen für die Mitarbeiter und putsche mich auf mit
einem süssen Multivitamindrink.
Gerade ist was passiert. Ein Helfer, der ehemalige Dozent von der
Polizeihochschule, der mit anderen die schweren Essensbehälter

vom Franziskusheim in unsere Kirche transportiert, erzählt mir, dass er soeben etwas ganz anderes transportiert hat, nämlich eine Frau in die Notaufnahme des Klinikums. Sie hatte plötzlich rasende Schmerzen bekommen, eventuell eine Kolik.

Zwei Männer sitzen nun da, bestellen sogar zweimal Nachschlag. Der eine winkt mir immer mal wieder, wenn ich unterwegs bin mit gebrauchtem Geschirr oder so. Er managt unseren Tisch:
«Es fehlen frische Gläser.»
«Da ist ein neuer Gast gekommen.»
Und einmal, jesses, da meint er:
«Ute, (ich habe ein Namenstäfelchen an der Schürze) du hast meinem Tischnachbarn zwar das Menu gebracht, aber die Suppe vergessen. Kannst sie hinterher bringen, es macht ihm nichts aus.»

Und der Kompagnon dieses Managers meint:
«Ute, du bist wunderbar».
Er zeigt mir ein Foto seines Sohnes. Mit 54 noch gezeugt, alle meinen, er sei der Opa, aber das ist ihm egal.

Und nun kommt etwas Peinliches!

Mein Bericht erschien in der Zeitung - übrigens eine ganze Seite. Aber der Titel!!

Der Chefredaktor hatte mein *«Hirschgulasch und jede Menge Gespräche»* nicht genommen!
Hatte eine andere Überschrift gemacht! Und wie hiess die?
Riesengross stand da als Titel:
«Ute, du bist wunderbar!»

Johannes, ja!

Schon länger hat mich kein Mann mehr interessiert. Meinen Freundinnen gönne ich ihre Gatten von Herzen. Jetzt aber Johannes.

Ich mache ein paar Tage bei der Vesperkirche in meiner Heimatstadt mit. Da wird für Bedürftige feinstes Mittagessen für 1 Euro angeboten. Mitten im Kirchenraum. Ich lasse mich im Service einteilen.

Johannes schleppt zusammen mit anderen Helfern das Essen herbei. Also Punkt 1: Er ist stark.

Zu Beginn sitze ich neben ihm im Stuhlkreis. 40 Leute werden eingeteilt. Bei einer Jugendgruppe klappt es nicht.

«Die würde ich nicht mehr nehmen», flüstere ich Johannes zu.

«Ich auch nicht.» Punkt 2.

Ein paar Stunden später raunt er mir zu, dass er soeben einen beinah kollabierten Gast in die Notaufnahme des Klinikums gebracht hat. Punkt 3.

Dann lachen wir über dasselbe: Bedienung verschüttet Suppe. Punkt 4.

Ich bitte zwei Frauen, ein Foto von mir zu machen für meinen Presse-Bericht. Das wird umständlich. Johannes nimmt sein Handy. Punkt 5.

«Was bist du eigentlich von Beruf?»

«Ich war Dozent an der Polizeihochschule.»

Sehr interessant! Punkt 6.

Er fährt fort: «Jetzt bin ich pensioniert. Das ist toll Wir sind letzten Sommer mit meinem Motorrad ans Nordkap gefahren.»

Oh, Punkt 7, 8, 9!

«Wer, wir, Johannes?»

«Na - ich und meine Frau.» Ach so.

Zufall 1, 2, 3

Zufall eins
Anlässlich eines deutsch-österreichisch-schweizerischen
Schreibwettbewerbes gab es sieben Gewinner. Darunter zwei
ehemalige Schwenningerinnen: Margarete Schultze, die nun bei
Stuttgart wohnt und ich, die jetzt in der Schweiz lebt. Juhu, wir
verstanden uns auf Anhieb prima und redeten eine Woche lang in
St. Moritz (der Aufenthalt war unser Preis) über unsere Jugendjahre
in Schwenningen.

Zufall zwei
In der Schwenninger Zeitung *Neckarquelle* wurde darüber berichtet,
auch wurden unsere Wettbewerbstexte zum Thema «Blau» dort
veröffentlicht. Wow, ich freute mich.
Eine ganze Seite von mir erschien, oben mit einem blauen Band
Veilchen geschmückt, weil mein Text «Veilchenblau» hiess.
Dies alles las zufällig ein Professor in Düsseldorf!! Und das war ein
ehemaliger Schwenninger. Er schrieb Margarete und mir, fragte sie
nach ihren Brüdern, mit denen er zur Schule gegangen war und
korrespondierte mit mir über den Neckarstadtteil, in dem ich
aufwuchs. Er schickte uns Beiden seine spannende Autobiographie
«Deckname Schwabe».

Zufall drei
Neulich machte jener Düsseldorfer Prof. Dr. Walter Wangler Ferien
in Mallorca. Und wen traf er dort zufällig? Schwenninger! Denen
erzählte er von uns: von Margarete, der Pfarrerstochter, und von
mir.
Jene Leute konnten ihm Genaueres über mein Elternhaus
berichten. Kannten auch meinen Grossvater, der einen
Lebensmittelgrosshandel betrieben hatte.
In Mallorca wurde dies rekapituliert.

Wo, verflixt nochmal, wo ist das Geld?

Melissa heisst sie, ist zweieinhalb Jahre alt und spricht nur italienisch. Gut, sie wohnt in Lugano, die Tagesmutter redet italienisch und ihr sizilianischer Papi ebenfalls. Aber das Mami, meine Tochter, spricht ausschliesslich züridütsch mit ihr. Seltsam, kein deutsches Wort kommt aus dem Mund der Kleinen. Und es kommen sehr viele Wörter!!! Aber wenigstens versteht sie deutsch. Ich besuche sie. Wir spielen miteinander, und auf einmal hat sie meinen Geldbeutel geschnappt, sich etwas Taschengeld herausgeholt und in ihre Werkzeugschachtel geworfen - ich höre es klimpern - und was seh ich da: Einen Fünfräppler in ihrem Mund!
«Nei, gib den her, los! Non puoi mangiare. Melissaaaa!!!!»
Sie lacht. «Mach's Müüli uuf!» Im Mund ist er nicht. Ich suche den Boden um uns herum ab. Nirgends eine golden glänzende Münze. Am Abend kommt diese wieder zum Vorschein. Mitten im braunen Kackhaufen in der Windel. Melissa muss sie verschluckt haben!!
Meine Tochter meint: «Ganz praktisch, so ein Gold-Eseli.»

Am nächsten Tag wollen wir zum Spielplatz. Nach hundert Metern will Melissa nicht weiterlaufen. Den Kinderwagen hab ich nicht mitgenommen. Da hilft nur eines: Handy rausnehmen!
Und schon ruft sie: «Faccio un video!»
«Si si, aber erst auf dem Spielplatz.» (Nun muss man wissen, dass die Kleine noch nie in ihrem Leben ein Video gemacht hat, und dass sie täglich nur zweimal 5 Minuten ein Kinderfilmli anschauen darf.)
Auf dem Spielplatz wird mein Versprechen eingefordert. O Gott, was werden die anderen Mütter denken, wenn meine Zweijährige auf der Bank sitzt mit dem Handy! Aber schliesslich - «Melissa, finito video!» - setzen wir uns beide in den Sandkasten. Kuchen backen im Förmli, kippen und mit der Schaufel wieder zerstören. Macht Spass.
Am Abend umarmt mich die Kleine und sagt etwas.Ich bemerke zu meiner Tochter: «Ich glaub fast, sie hat gesagt: So gern.»
«Kann wohl nicht sein, sie kann ja kein Deutsch.»
Am nächsten Morgen streichelt mich Melissa und sagt: «So gern.»

Wenn Flüsse staunen

Salome las im Unterricht: «Wenn Biber bauen und Flüsse staunen.» «Das letzte Wort, Salome.» «Stau – stau – stauen.»

Nun erinnerte ich mich ein ganz spezielles Erlebnis:
Es war im Tessin, und Lukas und ich waren von einem Berg ins Tal gestiegen und lagerten nun an einem Bach.

«Ich wünschte, das wär ein See, und wir könnten darin schwimmen», meinte ich, worauf Lukas, mein neuer Freund, sein T-Shirt auszog und begann, Steine zu schleppen, was sag ich, es waren Felsbrocken. Er baute und baute, staute und staute, und ich staunte und staunte. Am meisten da, als er sich auch noch der Hose entledigte und von einem hohen Stein kopfvoran in seinen eigenen See sprang.

Post für den Wellensittich

Marianne Birkenstock heisst meine Mutter.
Ihr Wellensittich hiess Fritzli.
Eines Tages telefonierte mir meine Mutter aufgeregt:
«Ob du's glaubst oder nicht: Fritzli hat heute Post bekommen, eine Karte mit der Anschrift:

Fritzli Birkenstöckli   plus meiner Adresse. Darauf stand:

Hallo Fritzli!
Wir haben dich zum Fressen gern
Mia und Mauz
Und auf der Rückseite ist ein Foto mit zwei Katzen! Komisch!!»
Ich rief meinen Freund Lukas an.
Ob er Mia und Mauz kenne.
«Ja.»

Glückwunsch

Quizduell mit Jürg Pilawa. Schwierige Fragen, die man nicht mal im Ansatz beantworten kann, z. B. diese:
«Welches Material wurde beim Bau des Kölner Doms eingesetzt?»
A - Trachyt vom Drachenfels
B - Granit aus Wolfsburg
C - Sandstein aus der Löwengrube
D - Tropfstein aus der Bärenhöhle

Meine Mutter bei mir auf dem Sofa tippt auf Trachyt vom Drachenfels. «Wieso?»
«Weil ich das vor hundert Jahren gelesen habe.»
«Übertreib mal nicht. Du wirst am 22. Juni erst 99.»
«Okay, vor etwa zwanzig Jahren.»
Nun sagt Pilawa:
«Ihr habt alle falsch geraten. Es ist der Trachyt.»

Ein perfektes Paar

Die Beiden hätte ich gerne verkuppelt, Inge und Gerold.
Wir Drei waren die einzigen Junglehrer an jener Dorfschule in Baden-Württemberg. Über Mittag gingen wir in den Löwen und assen dort das Tagesmenu, das immer aus Paniertem Schnitzel, Hausmacher Spätzle und Salat für 3 DM 20 bestand. Hunderte dieser vorzüglichen Menus hab ich gegessen in jenen vier Jahren.

Nach meiner Heirat und Umsiedlung nach Zürich lud ich Inge und Gerold für ein Wochenende ein. Sie hatten ausser dem Essen noch andere gemeinsame Aktivitäten entwickelt wie Skifahren und Wandern. Passen gut zusammen, fand ich.

Als ich die Beiden ein Jahr später wieder einlud, meinte Inge, sie käme allein, denn nachdem sie einmal Gerold abgesagt habe, habe er ihr am Tag darauf von seiner Anmeldung bei einer Partneragentur berichtet.

Er fand dann die nette Lehrerin Elisabeth und reiste mit ihr nach Afghanistan an eine deutsche Schule.

Sechs Jahre später kamen sie mit ihren zwei Kindern zurück.

Inge hatte inzwischen einen Gemeindepräsidenten geheiratet und drei Kinder bekommen. Ich aber hatte mich scheiden lassen.

Fast gleichzeitig verloren Inge und Gerold ihre jeweiligen Partner wegen eines Krebsleidens.

Wieder dachte ich, dass sie sich als Paar ergänzen würden!

Wir trafen uns einige Male in Gerolds Haus. Inge brachte feines Essen mit und lobte die Einrichtung. Ja, sie würde perfekt da reinpassen! Wie war ich enttäuscht, als Gerold MICH fragte, was ich an Silvester mache.

Jetzt stehen wir beide an ihrem Grab.

Ich lasse Blütenblätter auf den Sarg segeln, Gerold wirft Sand hinab.

Ach Inge, wie liebte ich deine scharfsinnigen Kommentare!

Nie krank und plötzlich liegst du tot im Bett!

Ich stellte keinen Giessplan auf

Es war im Mai - vor etlichen Jahren - als mich eine Kollegin fragte:

«Wann fängst du eigentlich an?»

«Womit?»

«Na, mit Säen und Setzen.»

O Gott, ich war ja dran mit dem Schülergarten!

Also zuerst ging ich mit meinen Zweitklässlern auf den Markt.

Ich liess sie die Setzlinge selber aussuchen, bis uns immer mehr Hausfrauen zur Seite drängten. An einem Stand schliesslich blieben wir stehen und deuteten auf verschiedene Gemüse-Pflänzchen:

«Zwei von denen, drei von diesen, vier von hier und davon fünf.»

Eifrig wurden sie am Nachmittag in den Boden gedrückt, angegossen und täglich beim Wachsen beobachtet. Keine Ahnung, was es war. Das Kraut wuchs jedenfalls prächtig.

Irgendwann bekam jede Pflanze ihre Identität, und schliesslich trieb ich im Hort den grössten Kochtopf auf. Die Kinder brachten Brett und Messer mit. 24 schnippelten nun um die Wette.
Auf zur Gemüsesuppe! Und der Segen nahm kein Ende. Weitere Kohlräbli wurden geerntet, Cherry-Tomaten in jeder Pause eingeworfen, und auf dem Lehrerpult stand immer ein Strauss Ringelblumen.

Die Sommerferien kamen, und ich stellten keinen Giessplan auf. Der Garten hatte seine Schuldigkeit getan.
Doch am ersten Tag nach den Ferien schrieen die Kinder:
«Der Garten! Der Garten!»
Fenchel-Riesen hatten sich erhoben und Stangenbohnen! Dicke Zucchettis lagerten im Schatten! Unzählige kleine Tomaten leuchteten, und Blumen waren da, die wir weder gesät noch gesetzt hatten.

Wie stolz waren wir alle!
Wie glücklich!
Und wie hungrig!

Aqua! Aqua!

«Aqua! Aqua!», ruft Melissa, und wenn es nicht subito Aqua gibt, verdurstet sie. Wie laut muss man eigentlich schreien, bis endlich reagiert wird?? Da - sie schnappt das Fläschchen «Grazie tanto!» aus Mutters Hand. Diese bindet ihr die Haare auf dem Kopf zu einem lustigen Wisch zusammen und zieht ihr das pinke Röckli an.
«Oh, ballare?», strahlt die Kleine.
«No.» Was no? Als sie das letzte Mal dieses Kleid anhatte, war Tanz. Und zwar bei Edos Geburtstag. Da hat sie gerockt bis zum Umfallen. Tat ein bisschen weh, aber Nuggi rein und weitergetanzt.

Meine Tochter sagt: «Sie ist wie du, Mami.»

Sie schaut zu ihrem Partner, der gerade zur Türe hereinkommt, und meint: «Welcher Mann hat gern eine Tochter, die ist wie seine Schwiegermutter?»

Ich wehre mich: «Sie ist so wild wegen ihrem sizilianischen Papa, auch wenn der gerade nur sanft lächelt.»

Jetzt gebe ich der Kleinen einen Kuss. Sie küsst zurück, sagt aber gleichzeitig «basta» und windet sich aus meinem Arm.

«Sag mir noch schnell, wie alt du bist.»

«Due, tre, quattro!», ruft sie und schwingt ihr Äffli im Kreis.

Die Neue heisst Mopsl

Eigentlich wollte ich nur meine Büechli „Da musste ich lachen" im Copy-Shop abholen, aber da sah ich dort ein nettes Kätzchenposter, und die Chefin erzählte mir die ganze Wahrheit darüber:

Dieser Schnüggl heisst Mopsl und ist das Silberhochzeitsgeschenk ihres Mannes. Bei der Übergabe passte es in eine Hand, so süss. Und reinrassig: Ein norwegisches Waldkatzenbaby.

Ihre andern vier Katzen waren zunächst not amused über den Neueingang. Betraten aus Protest zwei Wochen lang das Wohnzimmer nicht. Schnurrten und miauten. Hatten es so nett zusammen bisher. Aber die Chefin war jetzt nervig. Hat prompt ein Tellerchen mehr hingestellt. Wenigstens frisst ihnen dieses Baby nichts weg. Schnuppert nur dran und schleicht sich. Jasmin, die Oma der Truppe, bekommt Nierenfutter, Püppi Blasenfutter und Lola Langhaarkatzenfutter. Finnia frisst normale Delikatesse wie Mopsl auch.

Und geschlafen wird wo? Im Schlafzimmer, logisch

Der Katzentrupp spaziert stets zusammen mit der Chefin und ihrem Mann rein. Dann machen es sich die Sieben gemütlich bis zum nächsten Morgen.

Totensonntag

Meine erste Tote war die zwölfjährige Hannelore, die der Blitz auf dem Feld erschlagen hatte. Und ich, ihre Lehrerin, musste mit der Klasse dem Trauerzug folgen. Dauernd war ich am Zischen:
«Hört auf!» «Seid still!» «Bleibt in der Reihe
Doch meine Buben lachten immer mehr.

Dann starb Oma, ach, die mit uns gewohnt hat, die ich immer umarmt hatte beim Gute-Nacht-Sagen!

Nun eine seltsame Beerdigung. Die Tote hatte ich nie gekannt, aber ihre Stelle an der Schule übernommen. Sie hatte sich unter den Zug geworfen, und dieses Bild, wie die Mutter beim Verlassen des Krematoriums sich noch einmal umdrehte und dem Sarg mit den aufgefundenen Körperteilen zuwinkte . .
Ein paar Jahre später starb mein Kollege an Aids. Er hatte verschwiegen, dass er homosexuell war. Deshalb war ich sehr überrascht, als ich mal ins Lehrerzimmer trat und er gerade unseren Samichlaus, der sich dort umziehen wollte, küsste.
Zwei Jahre nach dem Kuss traurige Besuche im Lighthouse.

Liebe Martha, so gebildet und so bescheiden. Hab wahnsinnig gern mit dir über Bücher geredet. Wenn wir nur nicht immer von deinem Mann unterbrochen worden wären, der mich fürs Forellenfangen begeistern wollte. Wir standen dann um deinen Baum herum, die Urne wurde versenkt, und da sagte unvermittelt eine Kollegin von dir: «Die Ute hat Martha am längsten gekannt. Erzähl.» Ach Martha!

Vor zwei Jahren dann Lydia, die lustige Verkäuferin in unserem Tante- Emma-Laden. Sie hat mich quasi mit aufgezogen.
Sie wollte ich nun im Pflegeheim besuchen. Ich öffnete die Tür zu ihrem Zimmer und - sehr seltsam - sie hatte eine Plastikrose in den über der Bettdecke gefalteten Händen.
Trotzdem wollte ich sie aufwecken. «Lydia! Lydia!»
Für dich stieg ich sogar auf die Kanzel und hielt eine Trauerrede.

Da musste ich lachen

Schulgeschichten:

Beispiel 1
Ich frage: «Was wünscht Ihr Euch zu Weihnachten?»
«Dass du DJ Bobo heiratest und zum Adventssingen mitbringst.»

Beispiel 2
Edoardo meldet sich: «Jetzt haben Sie zweimal das Wörtli *nicht* an
die Tafel geschrieben. Möchten Sie es betonen oder haben Sie sich
nur einen Moment lang nicht konzentriert?»

Beispiel 3
Ich komme nach der Pause ins Klassenzimmer.
Die Kinder sitzen am Boden. «Was macht Ihr?»
«Wir malen ein Plakat mit deinem Lieblingsspruch.»
Zwei Tage später sind sie fertig und präsentieren mir
NUR SCHWÄCHLINGE MÜSSEN LÜGEN
«Wir hängen es da auf, wo du, Frau Ruf, es am besten sehen kannst:
An die hintere Wand, gegenüber vom Pult.»
So hatten die Kinder die Moral im Rücken.

Beispiel 4
Ein Zeltli fliegt mitten im Unterricht auf mein Pult.
«Was soll das?»
«Weil du so tolle Häkli machst nach jedem Stöckli.»

Beispiel 5
Boris: «Soll ich dir was Interessantes sagen?»
«Ja, gern.»
«Meine Hand bleibt auf dem Heft kleben!»

Beispiel 6
«Haben alle die Hausaufgaben gemacht?»
«Natüüüürlich!»
«Aber du, Jill, keinen einzigen Einser geschrieben?»
«Dafür dem Hündli auf dem Bild eine Dächlikappe gemalt.»

Die Weihnachtsferien haben es verhindert

Meine Mutter - sie ist bald 100 - trägt am oberen Gaumen ein
Gebiss. «Ich brauch mal keines, hat mir mein Zahnarzt versichert!»,
rufe ich grossspurig. Eigentlich hätte sie auch keines, erwidert
meine Mutter, aber:
Sie wollte sich mal Implantate machen lassen - im Januar
neunzehnhundertkeineAhnung. Sie hatte dies bereits mit dem
Zahnarzt (neue Methode damals und er der einzige Spezialist im Ort)
besprochen. Der Termin stand fest. Doch ihr «Implanteur» ging mit
seinem Sohn in die Schweizer Berge zum Skifahren. Die Beiden
kamen   unter eine Lawine. Der Sohn hatte Glück. Seine Hand
ragteaus dem Schnee heraus. So wurde er schneller gefunden als
der Vater.

Mit Schokolade abgenommen

Ich habe einen tollen Plan:
Abnehmen im Februar!
Was bedeutet: Vom ersten Tag des Monats an nichts mehr Süsses
kaufen.
Das Süsse, was sich bereits in Kühlschrank oder Schränkli befindet
(nicht wenig) darf aber noch gegessen werden.

Der erste Februar nahte erschreckend schnell.
Am Abend des 31. Januars sah ich rein zufällig im Fach der
Kühlschranktüre drei Tafeln Nussknacker-Schokolade.

O je, mit diesen Kalorienbomben nimmt man natürlich nicht ab!
Einen Teil heute schnell noch vertilgen - so meine Idee.

Ich brach das erste Reiheli ab und - ja, schmeckte super, das zweite
nicht minder gut, beim dritten bemerkte ich erleichtert, dass es ja
fast nur aus Nüssen bestand. Klar, die haben auch Fett, aber
gesundes, oder? Also noch ein viertes Reiheli reinschieben, dann ist

aber endgültig Schluss mit Naschen, befahl ich mir. Um 21 Uhr
pulte ich die Nüsse aus dem letzten Reiheli.
Die paar Schokoreste liess ich tapfer liegen.
Belam aber plötzlich Bauchweh.

Noch nie im Leben hatte ich eine ganze Tafel auf einmal gefuttert.
Waren die Nüsse schuld?
Jedenfalls tat mir der Bauch nach jedem Bissen noch mehr weh.
So musste ich mich mit Zwiebacken begnügen.
Und was soll ich sagen:
Am 2. Februar sagte die Waage: Abgenommen!

Kleiner Spass

Der Türke Ismet ist untröstlich. Die haben ihm gekündigt. Fristlos.
Dabei hat er jede Lastwagenfahrt korrekt durchgeführt, keine
Ablieferung vergessen, nichts!
Nur neulich einen kleinen Spass gemacht.
Den haben seine Chefs leider nicht verstanden.
Kein Humor, die Schweizer.

«Was war das für ein Spass, Ismet?»

Nun, er hat im Lastwagen auf den Disponenten gewartet,
der ihm ein paar Unterlagen bringen wollte.
Der Disponent lief auf ihn, bzw. auf den Lastwagen zu.
Da gab Ismet Gas.
Und machte erst kurz vor dem Disponenten eine Vollbremsung.
Das war alles.

EIN SCHERZ!
Wurde irgendwie falsch verstanden.

7 minus 5 minus 1

Aufsatz von Melanie:

Ich ha 7 Bräneslä Raupä gsamlät.
5 sind tot und 1 hanich nümä gfunde.
Und 1 läbt.
Ich ha diä vom Tessin bis Zürich mit gno.
Ich pfläg sie und sie isch chli und härzig.

So sollte man schreiben können:
Kurz, prägnant,
in fünf Sätzen ein Drama mit glücklichem Ausgang.

«Was gibt's zum Zmittag?»

«Heute mach ich Rosenkohl-Pfannenkuchen», sagte ich meiner
knapp hundertjährigen Mutter, die zu Besuch bei mir war.
Sie runzelte die Stirn. «Noch nie gehört.»
«Will ein Rezept ausprobieren.» Ich schnitt Rosenköhlchen in
Scheibchen, briet sie acht Minuten an und goss Pfannkuchenteig
darüber. Meine Mutter schob nach dem ersten Bissen den Teller
weg. «Schmeckt nicht.» Ich vertilgte meine Portion, aber ... äh ...

Gestern war Wähentag. Wo der Salat sei, fragte meine Mutter.
Den gebe es zum Znacht, antwortete ich.
«Und morgen mache ich deine geliebte Kalbsbratwurst, dazu
gemischten Salat und Salzkartoffeln», fügte ich hinzu.
«Welches Gemüse?» «Keines.»
«Salat u n d Gemüse gehören zu jedem Essen, sonst wirst du nicht
alt», belehrte mich meine Mutter, die in vier Monaten hundert ist.

Nach dem Mittagsschlaf verkündete meine Mutter:
«Jetzt gehen wir Gemüse einkaufen, und ab morgen koche ich.»

Der sorgenvolle Pulli spricht:

«Ich hatte es gemütlich in jenem Regal. Über mir der rote 100 %
Kaschmir, unter mir der weisse 100% Kaschmir. Leute, das war
kuschlig! Ich selber bin nur ein 30%iger Pulli. Dafür bin ich zu
100 % gestreift. Und die Verkäuferin sagte zu Ute:
«Nein, diese Streifen machen nicht dick, obwohl sie quer sind!»

Daraufhin kaufte mich die Ute. Und zieht immer ein T-Shirt unter
mich an, damit sie mich nicht oft waschen muss.
Gottseidank, denn jedesmal, wenn sie mich in die Trommel wirft
und dann die Maschine anstellt, hab ich Todesangst.
Ute weiss zwar, dass ich nur kaltes Wasser ertrage, sonst geh ich
ein, aber vielleicht denkt sie mal nicht dran! Und vorher hat sie laut
mit mir geschimpft. Zu viele Fussel, und sie würde einen Roller
kaufen.
He, Stress pur, jetzt darf ich nicht mal mehr fusseln!
Ach, wie schön war es doch im Regal zwischen den Kaschmiren!»

Haus mit Seesicht und jeder Menge Tulpen

Mit zwei vollen Plastiktaschen steige ich 70 Steinstufen hinab.
Fantastischer Blick auf den Luganersee, rechts ein Pool plus
Schweizerfahne, vor mir eine schlanke Palme. Da will ich hin.
Zu dieser Palme, auf diese Terrasse, in dieses Haus. Es gehört zur
Hälfte meiner Tochter und zur anderen ihrem Exfreund, dem Luigi.
Der jetzige heisst übrigens Gianni.
Wenn ich weiter laufen würde, den Hang hinab, knappe zehn
Minuten, wär ich in dem Dorf, das 2016 zum schönsten Ort der
Schweiz gewählt wurde, Morcote.
Gianni, äh, ich meine natürlich Luigi, hatte die Idee, das von beiden
wegen der Trennung seit ein paar Jahren verlassene Haus als
Ferienwohnung einzurichten und zu vermieten.
Für Luigi, richtig, für Luigi wäre dies unmöglich zu bewerkstelligen,
denn er wohnt jetzt in Ibiza, übrigens - das hab ich auch nicht

erfunden - zusammen mit der russischen Putzfrau, die die beiden angestellt hatten, damals.

Aber Luigi hat eine Frau engagiert, die das Nötigste, d.h. die Möbel für das inzwischen leerstehende Haus besorgt hat.

Meine Tochter und ich haben zwei Tage zuvor Lampen, Lämpchen und Spiegel erstanden. Und um dem Ganzen Leben einzuhauchen, habe ich Dekos mitgebracht, u. a. eine Art Hundertwasserbild.

Und unechte Tulpen. Das tönt jetzt nicht gut. Ich will es mal anders sagen: Ich hab ein Bouquet wundervoller rosé Deko-Tulpen dabei.

Denn in einer Ferienwohnung haben echte Blumen keinen Sinn.

Jetzt schöne Fotos machen für die Werbung als Ferienwohnung!

Ich decke schnell noch den Tisch mit Sets, Tellern und schönen Gläsern. Isabelle öffnet die Tür zur Terrasse.

Man sieht Oleander, Palmen, Pool und den See!

«Mach ein Foto für Gianni!», rufe ich, «äh, für Luigi!»

Im Hochsicherheitstrakt

Nach drei Stunden schlimmer Beklemmungen (meine Diagnose: Herzinfarkt), fuhr mich Hossi in die Notfall-Station. Zuerst Blutdruckmessung, EKG, Infusion. Dann wurde ich auf dem Bett (Rollstuhl wär mir lieber gewesen, aber ich hing an zu vielen Schläuchen) auf Station gefahren.

Wohin? In einen Saal?! Als einzige Patientin! Was soll das?

Dies sei ein Überwachungsraum hiess es.

Permanent würde ich, bzw. Herz und Blutdruck, beobachtet werden, erklärte mir der Pfleger.

Und ich muss sagen: Er und ich, wir hatten eine gute Nacht zusammen. Um drei schob er einen Notdurft-Stuhl in meine Nähe, bedeckte die Schüssel mit einem Brett und setzte sich darauf.

Er gab mir wertvolle Tipps.

Nicht in Punkto Gesundheit sondern in Punkto Vortrag.

Ich organisiere nämlich monatlich einen Vortrag in der Rathuschüür Baar. Und meinen Beruf als Pädagogin kann ich nicht verleugnen.

Gab ich ihm doch eine Hausaufgabe vor dem Wegdösen:
«Notieren Sie bitte Namen, Thema und Mail guter Referenten.»

Beim Abschied morgens um sieben bekam ich von ihm einen Zettel
mit drei Adressen, darunter seiner eigenen. Er kommt natürlich als
Erster dran, verspreche ich ihm. «*Humor im Alter*», prima!
Um elf Uhr wurde ich entlassen, weil ich um halb 12 zufälligerweise
einen Termin beim Herzarzt hatte. Nach dem Ultraschall meinte
jener, mein Herz sei gut. Ich lachte und fuhr nach Hause.

Ruhig bleiben!

Im Triemli wurde ein MRI bei mir gemacht. Obwohl zwanzig Minuten
mit dem Kopf in einer Röhre inmitten von Geratter und Gepiepse -
ich war ruhig und dachte: Es geht vorbei.

Jetzt für genauere Abklärung noch ein MRI im Unispital.
«Danke. Ich brauche kein Beruhigungsmittel. Bin nämlich mit dem
Auto da.»
Ohrenstöpsel plus aufgeblasene Ohrenschützer gegen den Lärm und
eine Pumpe in die Hand. Wenn ich sie drücke, würde ein Alarm
ertönen, und ich würde befreit. Dauer: vierzig Minuten. So lang??
Nun - ich liege in der Röhre, Glasdeckel über meinen Kopf.
Und werde plötzlich nervös. Vierzig Minuten hier drin? Eingesperrt!
An was Schönes denken?

Da fällt mir im Moment aber nichts ein.
Keine fünf Minuten sind vergangen, da pumpe ich schon.
Werde herausgefahren. «Was ist?»
«Könnte ich bitte ein Beruhigungsmittel haben?»
Ich bekomme je drei Tropfen ins linke und ins rechte Nasenloch und
dann zurück in den Apparat. Fühle mich weder schläfrig, noch
belämmert, bin aber ruhiger.

Nach langen Stunden, pardon, Minuten werde ich mit der Schiene
herausgeschoben. «Gott sei Dank!»

«Nein, es geht weiter. Ich spritze Ihnen jetzt ein Kontrastmittel, dann geht's nochmal rein, es sind aber nur noch zwölf Minuten.»
Zwölf sehr lange Minuten.

Endlich fertig! Aber jetzt? Mit Beruhigungsmittel darf man nicht Auto fahren. Mein Wagen ist aber auf einem Parkplatz. Ich lasse ihn quasi links liegen und marschiere zur Tramstation.
Irgendwann bin ich zuhause. Und rufe am Abend Hossi an.
«Du, mein Auto steht in Zürich in der Nähe vom Unispital.»
Er fährt dann mit seiner Frau hin und übernimmt meinen Wagen.

Eine wahre und eine erfundene Vogel-Geschichte

Hossi, der Iraner, der mir oft hilft bei diversen Arbeiten, hat einen Schrebergarten.
Er wollte sein Dach reparieren und fand ein Vogelnest mit Eiern.
Ein paar Tage später waren zwei Junge drin!
«Mach ein Video!»
Als Hossi mit seinem Handy dort ankam, meinten dieVogelbabys, es gebe was zu fressen und sperrten ihre kleinen Schnäbel sperrangelweit auf.
Herzig!!!

Da erfand ich folgende Geschichte:

Vogelmami pfeift:

«Hallo, Piepsi und Zwitschgi, ich muss Euch was sagen:
Es hat geregnet, der Boden da unten ist feucht und voll mit feinen Würmchen! Und jetzt kommt's: Piepsi und Zwitschgi, Ihr müsst sie ab heute selber holen. Eure Mama ist ein wenig flügellahm geworden von der unentwegten Futtersuche.

Ihr sollt endlich alleine los. Was unentwegt heisst, erklär ich dir später, Piepsi. Jetzt ein bisschen Mut, nochmal tief einatmen und sich dann fallen lassen. Eure Flügel werden sich von selber

bewegen.
Das erste Mal flieg ich Euch noch vor. Achtung, eins, zwei, drei, los!»

Sie landet auf dem Boden und schimpft:
«Ach, diese Angsthasen! Schauen aus dem Nest!
Piepsi! Zwitschgi!
Eins, zwei, drei, looooos!!!»

Camping-Feeling

Früher, ja, früher waren die Sonntage auch Sonnentage!
Man fuhr hinaus ins Grüne zum Picknick. Belud den grauen VW mit
Liegestuhl und Kühltasche. Auch Illustrierte wurden eingepackt und
- nein, Oma nicht, die blieb zu Hause.
Ein Ruf zu den Nachbarn: «Seid Ihr parat?»
Die würden mit ihrem eigenen Auto fahren.
Kurz vor Triberg ging's links rein in ein Strässchen, das zu den
Lägerfelsen führte.
Unsere Nachbarn waren Camping-erprobt. Sie hatten Kartoffelsalat
dabei, panierte Koteletts und sassen auf Campingstühlen an
Campingtischen, während wir auf einer Decke lagerten und belegte
Brote verspeisten. Zwischendurch kletterten wir, der Nachbarjunge
Werner, mein Bruder, und ich an Felsen herum und stauten den
Bach.

Jahre später:

Eine Freundin besucht mich in Zürich.
Ich belade einen Korb mit Esswaren.
«Wir picknicken drüben im Rieterpark.»
«Warum essen wir nicht hier auf deinem Balkon?»
«Ach so, äh, weiss auch nicht.»

Pudel macht Pirouetten und Purzelbäume

Attraktion im Klassenzimmer.
Ich habe einen Zirkuspudel bestellt!
Ein Mann kommt und führt mit seinem Hündchen tolle Kunststücke
vor. Es kann Purzelbäume und Pirouetten machen!
Was mir selber gefällt: Die Kinder lernen am lebenden Beispiel, dass
Hunde sehr gut riechen können, denn immer wieder werden
Hundeguetzli versteckt und jedes Mal von unserem
schwarzgelockten Artisten auf Anhieb gefunden!

Am nächsten Tag schrieb eine Schülerin folgenden Brief:
Lieber Hundevater
Die Schou war sensasunel.
Ich hofe sie sind immer gesunt und der Pudel.
Frontliche Grüse Chantal

Salat kann toll sein

Von meiner Freundin Yvette wünsch ich mir die Einladung zu einem
Salat. Leute, Ihr würdet staunen!
Das sind nicht nur grüne Lappen gemischt mit einem Sprutz Essig
und ein paar Zentimetern Mayo und Senf. Nein! Das ist eine
Creassiong von Farben und Formen mit Hilfe natürlichster
Feldprodukte, besprenkelt mit Sauce Yvette, basierend auf
Balsamico, Olivenoleo, Peper und Sale, dazu Chrütli usem Gärtli,
angerichtet auf einem Glasteller von etwa einem halben Meter
Durchmesser! Und wem das zu gesund und salatig tönt, wer jetzt
meint, er oder sie sei doch kein Hase, Meerschweinchen oder
Wiederkäuer, dem sei gesagt: Yvette legt immer noch einen drauf, sei
es ein Stückchen Lachs, ein paar feinste Crevetten, eine Scheibe
französischen Käse oder zwei Rölleli Parmaschinken. Dazu reicht sie
warme, von Hand gedrüllete und in Fleur de Sel gewälzte
Blätterteigstangen.
Unglaublich!

Badewetter

Es war heiss, und wir waren im Freibad, meine Freundin Gretl und ich, beide 15 Jahre alt. Heute wollte ich ihn wagen, den Sprung vom Drei-Meter-Brett. Ich kletterte die Eisenleiter nach oben und blieb dort erstmal ans Geländer gelehnt stehen. Immer wieder lief einer auf den schmalen Planken an mir vorbei und sprang unbekümmert hinab. Platsch. Platsch. Platsch.
Gretl sass im weissen Bikini unten auf der Bank am Bassin, umlagert von Jungs, denn sie war schön und braungebrannt. Nur schwimmen konnte sie nicht. Doch das war egal. Im Freibad konnte man auch so seinen Spass haben.

Ich da oben auf dem Sprungturm hatte keinen Spass sondern Schiss. Sollte ich wirklich in die Tiefe springen?
Langsam lief ich nach vorne, oh, es war so hoch oben, und das Wasser da unten glitzerte gefährlich.
Ein Junge rief von hinten: «Spring endlich!» und so tat ich ihn, den Schritt ins Leere. Der Fall dauerte ewig, und nach dem harten Aufprall aufs Wasser sank ich weit hinab in die Tiefe.
Ob ich je wieder an die Oberfläche kommen würde?

12 Jahre später
Ich unterrichtete im Zürcher Limmatschulhaus Sechstklässler.
Als ich mit ihnen ins Freibad ging und vom Drei-Meter-Brett sprang, brachte mir das mehr Pluspunkte ein als eine super Lektion.

Muttermal

Sommerabend in einem Tessiner Restaurant unter Platanen.
Wir bestellen: *Insalata mista e una Pizza Hawaii.*

Der Kellner kommt immer mal wieder am Tisch vorbei, fragt, ob alles in Ordnung sei und klatscht mit beiden Händen eine Wespe tot.
Da erscheint ein zweiter Kellner, begrüsst meine Tochter mit

«Buona sera, dottoressa» und wendet sich wieder seinen Gästen an anderen Tischen zu.

«Gehst du hier oft essen, dass dich alle so gut kennen?» frage ich Isabelle.

«Nein, aber diesem habe ich das Leben gerettet.»

«Erzähl!»

«Ich hab halt gesehen, dass er ein krebsartiges Muttermal am Hals hat und hab es ihm gesagt. Da ist er in meine Praxis gekommen, und ich hab es rausgeschnitten und eingeschickt. Es war höchste Zeit. Man musste anschliessend noch viel mehr wegschneiden.»

Als wir gehen, winkt uns der Kellner.

Danke für den Kuchen

Meine inzwischen vierjährige Enkelin lebt in Lugano und spricht italienisch, versteht aber deutsch. Nun gab's ein Fest.

Die Uroma wurde hundert, und die Kleine war bei ihr in Süddeutschland zu Besuch.

Eine Nachbarin hatte einen Kuchen gestiftet, und am Tag darauf wollten wir beide die leere Platte zurückbringen.

«Hör mal, Melissa, ich sage zu der Frau: Der Kuchen war -
- und du sagst dann *wunderbar*, okay?»

Melissa nickte. Das übten wir nun.

Ich: *Der Kuchen war …*

Melissa: *wunderbar!*

Vor der Tür eine letzte Übungseinheit.

Ich: *Der Kuchen war …*

Sie: *wunderbar!*

Perfekt!!

Melissa durfte klingeln. Frau Hägele öffnete.

Bevor ich meinen Satzanteil rauslassen konnte, rief die Kleine:

«La torta war guet!»

Himmelfahrtskommando

Ich muss zum Kloster Bigorio fahren zu einem Kurs. Es liegt weit
oben auf einem Berg. Vom Dörfchen windet sich eine sehr schmale
Strasse zwei Kilometer hoch. Mein Auto hat knapp Platz darauf.
Jesses, da hilft nur beten, dass mir keines entgegen kommt.
Und schon kommt eines! Rückwärtsfahren liegt aber nicht drin bei
diesem seitlichen Abgrund!
Der Fahrer im anderen Auto setzt zurück bis zu einer Ausbuchtung.
Ich winke ihm dankend zu und kurve weiter.
In diesen zwei Kilometern haben wahnsinnig viele Kurven Platz.
Endlich, endlich bin ich da, hurra! Doch eines ist klar:
Runter mach ich dieses Drama nicht mit!
Nach einer schönen Woche setzt sich Kursteilnehmer Benno auf
meinen Fahrersitz. Ich hocke neben ihm und will die Hebel erklären,
doch er winkt ab. «Finde ich dann schon.»

Unbekümmert fährt er los, und - o Gott - da kommt uns ein
Lieferwagen entgegen! Benno fragt, wo die Handbremse sei.
«Da!» Doch, wie nett, das andere Auto setzt zurück.
Unten im Dörfchen verabschiedet sich Benno.

Fröhlich, obwohl er den ganzen Berg wieder hochlaufen muss zu
seinem eigenen Wagen!!

Wohin mit Schlappohr

Meine Tochter drückte mir einen Stoffhund in die Hand.
«Gib ihn weiter. Melissa will ihn nicht.»
Ich nahm ihn mit, parkte vor meiner Wohnung, holte aus dem
Kofferraum Reisetasche und auch das Stofftier.
Ich schwenkte es am Arm.
Da sah ich eine Frau mit einem kleinen Kind.
«Wau wau!», bellte Schlappohr, «ich will zu dir!»
Der Bub nahm das Hündchen liebevoll in den Arm und strahlte.

Was mir gut tun wird im Neuen Jahr

A   Abendsonne und gute Augenblicke
B   Blockudoku und Blütenduft
C   Cousinen und Cosmea
D   Dramen im TV und Drachen in der Luft
E   Enten und E-Mails
F   Flieder und Freundinnen
G   Gärten und nette Gäste
H   Himbeeren und Helfen
I   Isabelle und Iris
J   Jive und Jasmin
K   Kabarett und Kakadu
L   Loben und laue Lüfte
M   Marienkäfer und Menschen mit Mut
N   Neues lernen und Narzissen
O   Ordnung und Oleander
P   Palmen und Poesie
Q   Quarkauflauf und Quaker im Teich
R   Reden und Rosen
S   Seen und Schreiben
T   Tanzen und Trauerweiden
U   Uhus und Uebermut
V   Vorfreude und Vergissmeinnicht
W   Warmer Wind und Weise Worte

Bildung

Meine hundertjährige Mutter, die seit Weihnachten bei mir zu Besuch ist, erzählt dies und jenes. Der Tisch fürs Nachtessen ist gedeckt. Ich hole noch Gürkli aus dem Kühlschrank. Meine Mutter sieht, dass die von der Firma Kühne sind und berichtet:

«Der Kurt (ihr Bruder) hat mal (früher, sehr viel früher!) einen grossen Senftopf von der Firma Kühne gekauft. Auf dem Etikett hab ich gelesen *Charles le Téméraire*. Ich hab kombiniert, dass sich das auf den Burgunderkönig *Karl den Kühnen* bezieht. Aber ich wusste, dass kühn *audacieux* heisst. Das hat mich irritiert. Ich ging damals jeden Dienstagabend ins Französisch und hab die Lehrerin danach gefragt. Sie hat mir erklärt, dass *téméraire* nicht kühn sondern tollkühn bedeutet.»

«Ist schon lange her», sage ich zu meiner Mutter.
«Ja, etwa 50 Jahre.»
Und wie oft hast du seither diese beiden Wörter *kühn* und *tollkühn* auf französisch benutzt?
Meine Mutter lacht: «Nie mehr. Bis heute.»
«Endlich hast du dieses Wissen an den Mann bzw. an die Frau bringen können.»
«Karl der Kühne hat seine blutjunge Tochter mit Kaiser Maximilian von Österreich verheiratet. Leider ist sie bei einem Reiterausflug vom Pferd gestürzt und gestorben. Der Maximilian hat dann ...»

So verlief das Abendessen mit meiner Mutter, das übrigens sie zubereitet hatte, während ich gemütlich am Compi gesessen bin.

Und am Schluss sagte sie:

«Weisst du was, ich gehe nicht mehr zurück in meine Wohnung. Ich bleibe hier bei dir.»
Ich musste lachen und umarmte sie.

Leider kein Spatz

Meine 100-jährige Mutter berichtet:

«Vor Weihnachten habe ich bei mir zuhause in alten Papieren geblättert, und was finde ich? Das Morse-Alphabeth!
Dein Vater hatte eine Funkerausbildung gemacht und mir damals - ich war zwanzig, also vor achtzig Jahren - das Morsen beigebracht. Natürlich hab ich alles vergessen. Fast alles, denn urplötzlich kam mir eine Zeichenfolge in den Sinn:

DA DI DA - DI DI DA - DI DA DI - DA.

Das hatte ich auswendig gelernt. Und wusste: Das bedeutet etwas. Ich dachte: Wahrscheinlich heisst es Spatz - so hat mich dein Vater manchmal genannt.

Ich schaute also auf der Morsealphabet-Tabelle nach:
Das erste Zeichen, also DA DI DA war ein K, seltsam,
und das zweite, also DI DI DA ein U.
Jetzt war ich enttäuscht, das gab keinen Spatz!

Nun sagte ich die ganze Folge nochmal schnell vor mich hin - DA DI DA - DI DI DA - DI DA DI - DA, und schaute nach, was der dritte Buchstabe, also DI DA DI bedeutet. Nur ein R! Machte alles keinen Sinn: das K, das U und das R. Jetzt noch den letzten Buchstaben, das DA - es war ein T. Komisch.

Doch plötzlich merkte ich: das ergab KURT!
Ja, so hiess dein Vater!»

Im SL-Büro

Als Schulleiterin in Zürich hatte ich - ausser Unterrichten - Diverses zu tun. Hier eine Woche aus meinem Wochenplan:

- 4 Seiten Suchtprävention- Infos durchgeschaut
- mit dem Schulpolizisten einen Termin vereinbart
- beim Schuldepartement eine Globalkredit-CD bestellt
- eine Partizipations-CD bestellt
- Anfrage bei Kreisprojektleiterin wegen Budget
- Besprechung mit Hauswartin wegen Wasserschaden
- den Schulfotografen bestellt
- Besprechung mit Kollegium wegen Autoren-Lesung
- drei Urlaubsgesuche bewilligt
- Infos zum Personalveranstaltungskredit verteilt
- 7 Seiten Handout zu SAV= Schulen ans Verwaltungsnetz ausgedruckt
- Lehrerverein-Agenda durchgelesen
- 60 Seiten Berufsleitbild, Standesregeln erhalten
- Gesuch wegen Dispens montagnachmittags bewilligt
- mit Moderator unseren Standortbestimmungstag besprochen
- Einladung plus Traktandenliste verfasst zur Schulkonferenz
- alte Couverts zurückgeschickt, neue bestellt
- Gespräch mit den Hortnerinnen
- Anfrage vom Kindergarten beantwortet wegen
  a) MAB und b) Gesuch zur Sanierung der Aussenanlage
- Kurs für Migrantinnen mit Interesse an schulischem Geschehen ausgedruckt
- Q- Bericht fertiggestellt
- Mail vom Gesundheitsdienst wegen Zeckenimpfung verteilt
- Logopädie-Infos und Anmeldung dazu an die 4 Kindergärten
- Beurteilung der Hauswartin mit Beurteilungsformular
- Gespräch mit dem Kollegen, der Disziplin-Schwierigkeiten hat

Wow bzw. Wau

Ich machte einen Besuch und wurde von Grossmutter, Mutter und Kind extrem stürmisch empfangen. Alle drei waren völlig aus dem Häuschen, freuten sich wahnsinnig, mich zu sehen, bellten wie verrückt.

Ich deutete ihre Aufgeregtheit zuerst falsch und wagte mich nicht zu ihnen hin. Nach etwa fünf Minuten schwächte ihre Exstase etwas ab, und ich stieg über das niedrige Gitter.
Oh, wie vergnügt sprangen alle drei an mir hoch!
Willkommen! Herzlich willkommen!

Meine Kollegin züchtet Malteser.
Drei Babys hat sie verkauft, jetzt ist nur noch der kleine Süsse übrig, drei Monate alt, wuschlig weiss und verschmust, gibt gerne Zungenküsse - ich nahm ihn deshalb nicht auf den Arm, meine Kollegin schon. Sie herzt und streichelt dieses lebende Kuscheltierchen immer wieder. Ich schlage vor, es zu behalten - aller guten Dinge sind schliesslich drei.
Aber nein, geht nicht, der Kleine würde bei Geschlechtsreife sofort versuchen, die Oma und die Mutter zu decken!! Also verkaufen.

Für wieviel, will ich wissen, obwohl ich als Käuferin nicht in Betracht komme. Bevor ich nun den Betrag bekanntgebe, muss man wissen: Sein Vater ist Vize-Weltmeister!
Jetzt also der Preis. Meine Kollegin sagte: «Zwei acht.»

Uromi wird nass

Die kleine Melissa kippt ein Saftglas um, ausgerechnet über den Schoss der neben ihr sitzenden Urgrossmutter. Die geht dann in ihr Zimmer, um sich der nassen Kleider zu erledigen.
Ich sage zu der Kleinen:

«Die arme Uromi muss sich jetzt umziehen!»
«Ich ha jo Entschuldigung gsait.»

Wenig später beginnt sie, die ja italienisch und züridütsch redet, zu tanzen und singt dazu den Song: *Il tuo corpo si muove con il mio.*
(Dein Körper bewegt sich mit meinem.)

Um zehn Uhr nimmt sie meine alte Mutter, die inzwischen zu mir gezogen ist, an die Hand.
Ich frage: «Was machst du?
«Ich bring d'Uromi is Bett».

Geheim

Durch Zufall bin ich, inzwischen pensioniert, zu einem speziellen Job gekommen. Abwechselnd mit einer anderen Frau organisiere ich monatlich einen interessanten Vortrag in der Rathusschüür in Baar.

Diesmal hatte ich etwas ganz Besonderes vor, nämlich
das Thema *Tierschutz und Tierquälerei.*
Mein Bruder hatte mir den Referenten, einen Kantons-Polizisten, empfohlen.
So hatte ich ihn engagiert, und er hatte mir für unseren Programm-Flyer eine Vortragsbeschreibung plus Foto geschickt.

Ich sandte beides an mehrere Zeitungen und schickte dem Referenten eine Kopie. Dieser reagierte sofort:

Auf keinen Fall solle ich ein Foto von ihm veröffentlichen!
Er sei schliesslich *Verdeckter Ermittler gegen Tierquälerei!*

Sorry! Schnell rief ich einen Fotostopp in den Medien aus, aber etwas konnte ich nicht verhindern:

Es hingen bereits 50 Plakate zu diesem Vortrag in Baar und Umgebung! Mit Inhalts-Beschreibung und grossem Porträt des Verdeckten Ermittlers!

Armbändeli

Melissa wurde neulich fünf Jahre alt.
Übrigens:
Sie war ein Kaiserschnitt-Baby, und der Eingriff war für den 13.10.
geplant.
Da musste ich mich einmischen! Mit einem Tipp für meine Tochter.
«Nimm doch den 10.10!»

Melissa kam also am 10.10. auf die Welt und feierte, wie gesagt,
neulich ihren fünften Geburtstag.

Ich machte einen schönen Geburtstagsbrief parat.
Schön bedeutet für die Kleine:
Das Wort MELISSA möglichst gross, also möglichst ganz gross aufs
Couvert schreiben.
Gemacht!

Ich hatte eine Glitzerarmbändeli-Bastel-Schachtel gekauft.
Den Inhalt entnahm ich nun und steckte alles in den Umschlag:
Schnüre, Perlen plus Anleitung.
Erst dann sah ich die Zahl: 8+.

Nun - auch mit fünf wird man wohl Perlen auf eine Schnur fädeln
können, dachte ich und schickte es fort.

Gestern sandte mir meine Tochter ein WhatsApp.

«Wir haben heute mit dem Armbändeli-Basteln angefangen.
Zum Glück hab ich studiert.»

Männer in Uniform

Ich war mit meiner 101-jährigen Mutter fünf Tage in ihrer Heimat, einer Kleinstadt in Süddeutschland. Auf der Rückfahrt - sie wohnte ja jetzt bei mir in der Schweiz - mussten wir zuerst durch den Deutschen Zoll. Büro dunkel, es war geschlossen.

Bei der Weiterfahrt zum Schweizer Zoll (kurz vor Schaffhausen) erzählte ich meiner Mutter, dass ich seit längerem keinen Zollbeamten weder an dieser deutschen noch an dieser Schweizer Grenze   gesehen hätte.
Kaum war ich mit meiner Geschichte fertig, sah ich unten - huch - eine ganze Kompanie auf uns warten.
«Stopp!» winkte einer. Okay, es waren nur vier, aber wenn vier Uniformierte dich kritisch beäugen, da erschrickt man.
Ob ich Waren dabei hätte. Nun, der Kofferraum war prallvoll mit Dingen, die meine Mutter zu mir mitnehmen wollte, wichtige Bücher, wichtige . . .
«Zwei Kilo Fleisch», sagte ich auf gut Glück, weil ein Kilo pro Person erlaubt sind. Wobei - keine Ahnung. Ich nehme immer Fleisch, Speck und Bierwurstkugeln mit zum Verschenken und zum Selber-Essen. Da ich keinen Zoll erwartete, hatte ich nicht auf das Gesamtgewicht geachtet. Ach, es waren sicher mehr als zwei Kilo!
Und: Wenn ich jetzt den Kofferraum öffnen muss, o Gott!
Doch der junge Zöllner wollte nur wissen, was das für ein Paket auf dem Rücksitz sei.
«Das hatte meine Tochter per Internet zu meinem Bruder nach Deutschland bestellt, und ich muss es ihr mitbringen.»
«Der Preis?»
«Keine Ahnung. Es sind nur Sachen vom DM, also vom Drogerie-Markt, sicher billig.»
«Es ist nicht erlaubt, Pakete für andere mitzunehmen.»
Die andern drei Zöllner schwiegen. Da sagte der junge Mann:
«Sie können weiterfahren.»

Was?! Ohne Kofferraumkontrolle? Mit unerlaubtem Paket?
Ich lächelte und gab Gas.

Welch ein Glück

Kinder-Wettbewerb von Radio DRS:
> *Ein achtzeiliges Gedicht verfassen zum Thema Glück.*

Da machen wir mit!
Bald steht ein Mädchen am Pult mit:
In Kosovo hat es unsere Häuser nöt verbrennt.
«Sofia, in jede Zeile kommen bei einem Gedicht nur wenige Wörter.
Wie viele Häuser hat deine Familie?» «Drei.»
«Fang an mit *Drei Häuser* und geh dann gleich in die nächste Zeile.»
Sie steht am Pult mit:
> *Drei Häuser*
> *in Kosovo hat es nöt verbrennt*

Ich ändere in
> *Drei Häuser in Kosovo*
> *nicht verbrannt*

«Sofia, wem gehören die Häuser?» «Der Oma und den Verwandten.»
«Okay, jetzt schieben wir die Oma dazwischen
> *Drei Häuser in Kosovo*
> *meiner Oma ihr Haus*
> *und allen, die mit uns ver - verwa - ?»*
> *«Verwandt?»*
> *«Richtig, Sofia!»*
> *nicht ver - verbr a- ?*
> *«verbrannt?»*

«Sehr gut, schon sind es sechs Zeilen! Du brauchst nur noch zwei.»
Sofia latscht an ihren Platz, nimmt den Kopf zwischen die Hände
und macht sich dann wieder auf den Weg zu mir. «Es chunnt nüüt.»
«Wenn einem nichts einfällt, schreibt man den Titel ab.»
«Also das Wort Glück?» «Ja, Sofia, schreib halt: *Welch ein Glück.»*
Herrje, gleich darauf will sie noch die letzte Zeile wissen
Tut mir leid, aber meine fast übermenschliche Geduld ist zu Ende.
«Wenn man gar nichts mehr weiss, wiederholt man etwas.»
Jedenfalls: Die Redaktorin von Radio DRS begründete den ERSTEN
PREIS mit: «Das Gedicht hat uns sehr beeindruckt. Besonders der
bewegende Schluss: *Welch ein Glück - Welch ein Glück!*»

Im Spar

Ich bin zu Fuss gekommen und kaufe deshalb nicht viel ein, nur Gipfeli, Guetsli und Milch. «Sechs Franken zehn», sagt die Verkäuferin an der Kasse. Ich habe kein Portemonnaie dabei, hole meine EC-Karte aus der Jackentasche - huch . . . nicht da. «Entschuldigung, ich, ich, äh, ich hab kein Geld dabei, äh ...»

Dem jungen Mann hinter mir pressiert's anscheinend. Er verlangt eine Packung Zigaretten, bezahlt, geht, und ich frage jetzt die Verkäuferin: «Kann ich morgen das Geld bringen?»
Sie lacht: «Nicht nötig! Er hat für Sie bezahlt.»

Sie deutet mit dem Kopf auf den jungen Mann, der gerade den Laden verlässt.
Wie? Was? Ich versteh nicht.
Die Verkäuferin wiederholt ihren Satz. Ich haste aus der Tür und sehe ihn gerade in ein Auto steigen. Laufe zu ihm hin. Er lässt das Fenster runter.
«Danke!!»

Der junge Mann sieht unverschämt gut aus. Schildmütze, darunter blonde Locken, schöne Zähne im lachenden Mund.
«Was machst du beruflich?», will ich wissen.
«Ich mach die Matur.»
«Du bist doch älter.»
«Ja, das erste Mal hat's nicht geklappt.»
«Und weshalb nicht?»
«Hab andere Sachen nebenher gemacht, Kleider-Kollektion und so.»
«Was machst du nach der Matur?»
«Studier ich Architektur.»
Da fällt mir spontan die Elbphilharmonie in Hamburg ein,
aber die wird ihn kaum interessieren.
«Nochmals danke, gell!»
«Scho guet.»

Im Notfall

Besuch ist angesagt:
Meine Cousine mit Mann wird zum Zmittag kommen zusammen mit
der anderen Cousine, die in Berlin wohnt.
Mein Essensplan: Gulasch.

Mit vier Einkaufstaschen laufe ich los, aaaber: ich stolpere vor dem
Haus und «Ahhhh!» falle direkt aufs Gesicht. Bleibe liegen und lasse
das Blut aus beiden Nasenlöchern tropfen, nein: rinnen. (Ich nehme
täglich eine Blutverdünner-Tablette, deshalb mehr Blut als normal.)
Stehe schliesslich auf, damit noch Blut im Körper bleibt.
Tropfend zurück in die Wohnung.

Als erstes Gaby anrufen und ihren Besuch absagen. Dann aufs Sofa
liegen und meiner Tochter ein Selfie nach Lugano schicken.
Sie (Ärztin) meint, ich solle ein CT machen lassen.

Hossi fährt mich ins Spital und fragt, ob er im Auto warten solle.
«Nei.» Im Notfall-Wartezimmer sitzen sechs Personen.

Irgendwann kommt eine Pflegerin und fragt, ob jemand Neues
hinzugekommen sei.
Ich melde mich und zieh meinen Mundschutz nach unten,
damit sie mein Bluterguss-Gesicht sehen kann.
Sie erschrickt, geht, erscheint gleich wieder und winkt mir.
«Iiiich? Jetzt schon?»

«Ja, Sie.»

Zögernd steh ich auf, laufe zur Tür und rufe zurück:
«Entschuldigung!»

Da rufen alle: «Gute Besserung!»

Lioba

Wer meint, ich erzähle schon wieder was von meiner uralten Mutter,
der hat sich getäuscht.
Im Juni wird sie 102, da kommt sie sicher dran . . .

Nein, ich erinnere mich an eine tolle Frau und an den wunderbaren
Abschied von ihr.

Es handelt sich um die Schwiegermutter meines Bruders, um Lioba.
Sie ist in einem Schwarzwalddorf aufgewachsen, hat dort den
Schreiner und späteren Möbelhändler Helmut geheiratet und sieben
Kinder bekommen: vier Töchter, drei Söhne.
Helmut war starker Raucher und starb früh an Lungenkrebs.

Die Kinder waren inzwischen in die Welt gezogen, nach Australien,
nach Norddeutschland, an den Bodensee, nach Freiburg.
Doch die vier Töchter wohnten später wieder im Heimatdorf
und trafen ihre Mutter regelmässig;
auch die Söhne kamen oft zu Besuch.

Lioba hatte eine wunderschöne Sopranstimme.
Ein paar Jahre lang trat sie im Berg-Restaurant einer Tochter auf,
spielte Zither und sang dazu.

Sie war fröhlich, schlank, gut gekleidet und führte begeistert den
Kunstgewerbe-Laden ihres Mannes weiter.

Die letzten fünf Monate verbrachte sie in einem Pflegeheim,
wo sie oft Besuch bekam von Kindern, Enkeln, Urenkeln.
Mit 90 Jahren starb sie.

Aufgebahrt lag Lioba in der Kapelle des Heimes.

Ihre sieben Kinder standen um sie herum
und sangen mehrstimmig Mutters Lieblingslieder.

Miis Mami

Gestorben ist sie. Nach ein paar Stunden Spitalaufenthalt.

Beinah wäre sie 102 Jahre alt geworden. Nur 4 Tage haben gefehlt.
Vor eineinhalb Jahren verliess sie ihre Wohnung in Süddeutschland
und zog zu mir ins Säuliamt. Wir lebten gut zusammen.

Meine Mutter hatte früher viele Bildungsreisen unternommen.
Sie erzählte von Norwegen und von Frankreich. Sie hat ausserdem
unzählige Seidenbilder gemalt und jahrzehntelang im Bach-Chor
gesungen. Neulich erst notierte sie: »Die Krönungsmesse von Bach
ist relativ kurz, deshalb sangen wir anschliessend das *Magnificat*.»

Gearbeitet hatte sie in der Bank. Zum Schluss in der geliebten
Immobilienabteilung. Wie sie da zwei Herren vom Lidl (oder war's
Aldi?) einen Bauplatz gezeigt hat . . .
Jetzt räume ich ihr Zimmer auf. Sehe das Buch, das sie gerade
ausgelesen hat, «Mut und Menschlichkeit - als Arzt weltweit ....»,
finde eine Geburtstagskarte «Zum Hundertsten» von Steven
Schneider. Erinnere mich, dass ich neulich ein Kreuzworträtsel zu
lösen versuchte, aber: Was hiess Leuchtturm auf französisch? Sie
half mir: «Le phare.» In letzter Zeit aber bekam sie Probleme mit
dem Herz, hatte immer weniger Appetit.
Aber bis vier Tage vor dem Tod hat sie täglich geduscht. Und bis vor
kurzem folgende Hausarbeiten übernommen: Geschirrspülmaschine
ausgeräumt, Altpapier gebündelt, Salat gerüstet.

Eines ihrer Lieblingsgedichte -sie konnte etwa dreissig
auswendigwar von Ina Seidel.
Das sag ich leise zum Abschied für dich, liebs Mami.

Fussballfans - olé olé

Ich will nach Lugano fahren, steige in Arth Goldau um in einen sehr vollen Zug und setze mich neben einen jungen Mann in Fahrtrichtung. Gleich darauf setzen sich zwei junge Männer uns gegenüber. Sie plaudern mit dem Typen neben mir und auch mit denjenigen auf der anderen Seite des Ganges - en francais. Dann beteiligen sich noch welche hinter uns am Gespräch. Jetzt ist klar: Ich bin in einer Gruppe gelandet. Sitze zwischendrin. O pardon! Ich nehme mein Buch zur Hand. Lesen geht aber kaum, die Jungs sind total aufgedreht. Einer entschuldigt sich bei mir für ein Riesengelächter. Ich will wissen, was für eine Gruppe sie sind. Aha, Fussballer!
Auf dem Weg zu einem Spiel in Lugano? frage ich auf französisch. Nein, sie besuchen Fans in Lugano und werden mit ihnen zusammen morgen ann ein Match weiterfahren. Fröhlich erklären sie mir die Situation: Sie leben in Genf, sind Fans vom Genfer Fussballverein *Servette* und gleichzeitig auch Fans vom Luganer Fussballverein.
Sie unterstützen einander bei jedem wichtigen Match.
Man zeigt mir im Handy Stimmungsbilder, Stadionfeuerwerke und so. Ob ich in Lugano einen Fussballfan kenne?

«Ja, den Partner meiner Tochter», erzähle ich, «ein normaler Mann, bis er im Fernsehen Fussball schaut. Dann geht's los:
Er springt auf, gibt Tipps, ruft «no no!!» oder «perfetto!»

Irgendwann sind wir in Lugano.
Meine Tochter erwartet mich am Bahnsteig.
Die Fans steigen aus und dann ich.
Meine Tochter wundert sich sehr,
dass mir etliche junge Männer zum Abschied winken.

Die Abdankung

Wir sassen in der Abdankungshalle, mein Bruder mit Frau, deren Tochter mit Mann und Kindern, ich, Isabelle und - nein, Melissa sollte nicht dabei sein. Sie hatte doch noch zwei Wochen zuvor neben ihrer Omi gesessen, mit ihr geredet und sie umarmt.

Wir hörten ein Musikstück und liefen danach mit den abgegebenen Kränzen zu unserem grossen Familiengrab.

Mein Bruder schüttete mit einer kleinen Schaufel etwas Erde hinab zur Urne und streute eine Handvoll Rosenblätter hinterher.
Das hielt ich nicht aus!

Ich drehte mich um und ging. Lief zu einem Bänkchen. Nach ein paar Minuten setzte sich jemand neben mich, der Mann meiner Nichte. Wir redeten über meine Mutter, dann über Urnen und so.

Ich, der Hamburger und die Affolterin

Habe Lust auf einen Hamburger, also auf einen zum Essen.
Steige auf dem Heimweg ins Säuliamt am Zürcher Hauptbahnhof aus einem Bus, um dort in die S-Bahn zu wechseln. Muss die Rolltreppe runter und an vielen Läden vorbei in Richtung Gleis 43/44.

Oh, da ist eine Bäckerei mit einem Hamburger-Angebot! Wärmen dauert eine Minute, dann mit Zwiebeln, Tomaten und Salat belegen lassen, fertig ist das Wunschgericht. Wird gekauft.

Dann aber schnell weiter.
Du lieber Gott, die S-Bahn will gerade los. Alle Türen schliessen sich. Ich winke, und eine Schwarze, nein, eine nette Frau, die gerade ausgestiegen ist, rennt zur Tür zurück und drückt den Knopf.
«Danke!», rufe ich.

Setze mich auf den freien Platz gegenüber einer Frau und reiss mich zusammen. Das edle Hamburger-Teil in der Tasche muss warten.

Wir kommen ins Gespräch.
Ob sie den Affoltener Anzeiger lese, frage ich.
«Nur den ZWISCHEN-RUF.»
«Den schreibe ich.»
«Oh», meint sie, «es tut mir leid, dass Ihre Mutter gestorben ist. Ich habe alles darüber gelesen, und das Gedicht von Ihrer Mutter, das hab ich ausgeschnitten und hier, lueget Sie, im Portemonnaie.»

Edles Glas zum halben Preis

Ines raufte sich die Haare.
«Nächsten Monat muss ich hier raus!»
Sie war Glasdesignerin und stand in ihrem Lager zwischen Hunderten von Schüsseln und Schalen.
Bald sei Weihnachten, ob ich keine Vasen bräuchte.

Da nahm ich einen Karton und füllte ihn mit blauem Glas.
Noch einen mit rosa Glas und einen weiteren mit grünem.
Diese Ware deponierte ich in meinem Büro im Schulhaus.

Und alle kamen und kauften.
Lehrerinnen erstanden zum halben Preis fantastische Obstschalen,
Kindergärtnerinnen schleppten hübsche Schüsseln davon,
Hortnerinnen streichelten formschöne Vasen.

Ich hatte plötzlich Fieber bekommen, Glasfieber.

Später 22 Elterngespräche
Diesmal in meinem Büro statt im Klassenzimmer!
Eine Glaskatze kostete 35 Franken.

Das fremde Paar

Bin wie jeden Sommer in einer Schreibwoche in Mannenbach am Bodensee. Heute mach ich mit einer anderen Teilnehmerin eine Schifffahrt nach Stein am Rhein.

Auf der Rückfahrt setzen wir uns oben auf Deck an einen Tisch und nehmen uns vor, den Text für die anschliessende Lesung zu schreiben. Franziska hat den Titel *Ein einfaches Leben* auswählt, was mir zu einfach schien. Ich habe den Titel *Das Verschwinden der Sterne* genommen, und jetzt bin ich überfordert. Mir fällt nichts ein. Die Kollegin aber schreibt und schreibt.

Da bitte ich spontan das fremde hochdeutsch sprechende Paar an unserem Tisch um Rat.
«Wissen Sie, was passiert, wenn die Sterne verschwinden?»
«Dann wäre es Tag», lacht die Frau.
«Nein, Nacht», widerspricht der Mann.
«Wenn man die Sterne nicht sieht, ist es doch Tag», meint die Frau.
«Wenn die Sterne verschwunden sind, ist das All schwarz», erklärt der Mann.
Ob sie schon lange verheiratet seien, will ich nun wissen. «43 Jahre.»
Ich gratuliere und frage, weshalb die Ehe gut gegangen sei.
Eventuell durch Akzeptanz negativer Eigenschaften des Partners?
«Ja», meint die Frau.
«Und - welche Eigenschaft war das?», forsche ich nach.
Lachend berichtet sie: «Er hat nie zugehört, und seit neuestem hört er wirklich schlecht.» Der Mann nickt und grinst.
Nun erkundige ich mich nach ihren Berufen.
Das Paar ist in Rente. Die Frau hatte als Chemikerin in der Medikamentenforschung gearbeitet.«
Und Sie?», frage ich den Mann. «Ich war Redakteur.»
Da fällt mir meine Aufgabe wieder ein: Einen Text verfassen zum Thema «*Das Verschwinden der Sterne*». Da könne er mir sicher helfen. Doch er steht auf. Auch sie erhebt sich.«Wir müssen leider aussteigen!» Und ich? Ohne Text!

Wochenend im Kloster Kappel

Ich nehme teil an einem Schreibwochenende im Kloster Kappel.
Man hört verschiedene Texte, lacht oder staunt und ist für diese Zeit
eine einander herzlich zugewandte Gemeinschaft. Wir sind zu zwölft
und erhalten von der netten Leiterin Schreib-Aufgaben; immer ganz
kurze, damit beim Schreiben und Zuhören keine Langeweile
entsteht. Zu Beginn soll man notieren, was einem gerade in diesem
Moment in den Sinn kommt. Wie gut, dass da ein Vogel pfeift. Dass
er mir pfeift! Ich schreibe, es sei eine Mönchsgrasmücke, denn
Mönch passt zum Kloster!

Es zwitschert die Mönchsgrasmücke

Halli hallo, schön ist die Welt! Wer Lust hat, kann herfliegen. Zu mir!
Also ich sitze auf der Birke - das ist der Baum mit der weissen Rinde -
zweitoberster Ast, und das Gezwitscher zwischen den Blättern, das
kommt von mir persönlich. Wer hat Mut? Welches
Mönchsgrasmücklein ist noch ohne Partner? Komm schon, flieg her! -
Oha, gleich zwei!
Halli hallo, lasst uns vö . . . äh, ich meine, hört mal, wie schön die
Gebetsglocken tönen! Lieber Gott, danke für die Birken und Weiden
und für Euch beide schnusige Mönchsgrasmückenmännli, Amen.
He - was ist los? Pieps o pieps, wollt Ihr schon weiter? Also die haben
was verpasst, ich schwör's, zwitscher zwitscher zwitschgizwitsch.

Jetzt sollen wir Schreibenden uns umsehen im Klostergarten. Ich
setze mich auf eine Bank und lächle, denn mir gefällt, was ich sehe.

Schöne Beete

Beet um Beet voll Blumen und Gemüse, und alles will wachsen, will
gedeihen und streckt sich hoch zum Himmel. Der schickt ihnen
tausend warme Sonnenstrahlen. Und hinten warten ein paar Wolken,
um sie nachher mit Wasser zu besprengen. Vögel zwitschern einander
wichtige, pardon, wichtigste Dinge zu. Und ich: Soll ich singen? Zum
Beispiel: Es grünt so grün, wenn Klosters Blüten blühen?
Nein, einfach nur schauen. Und leise danke sagen.

Als ich 3, 13, 23, 33, 43, 53, 63 war

Ich bin 3
Immer unterwegs. Durch die Wohnung und auch gerne durch Lager,
Büro oder Laden (Lebensmittelgross-und Kleinhandel).

Ich bin 13
Husch die Hausaufgaben gemacht, dann raus auf die Strasse. Mit
dem Velo Kunststücke üben oder Karten spielen mit Nachbarbuben
auf der breiten Treppe vor unserm Haus. Manchmal auch zum
Fussballspiel auf den Hasenbuckel.
Abends TV mit Oma, Mutter und Bruder Utz.
Samstags kommen die Nachbarn zum Fernsehen, weil sie noch
keinen Apparat haben. Gelächter.

Ich bin 23
Lehrerin in einem Dorf. Ich lüge nicht, ich übertreibe nicht:
Ich habe 63 Schüler.

Ich bin 33
Verheiratet mit dem Bruder einer Freundin, ziehe nach Zürich, weil
mein Mann dort beim Onkel in der Druckerei arbeitet. Wohnung mit
Blick runter zum Nachbarn, der einen Geparden in einem grossen
Käfig hält. Aufregend. Was noch aufregender ist: Mein kleines Kind!

Ich bin 43
Inzwischen geschieden und mit neuem Partner. Ein Basler, der in
einem Tessiner Dorf oben, weit oben, zu weit oben lebt.

Ich bin 53
Die Tochter macht ein Medizinstudium und ich:
Unterrichte, unterrichte, unterrichte, unterrichte - viele Klassen

Ich bin 63
Schulleiterausbildung gemacht, aber bereits seit zwanzig Jahren
Hausvorstand in einer Zürcher Schule. Seit 40 Jahren Kinder,
Klassen und Kollegen. Adresse nicht mehr Zürich sondern ein Dorf,
nicht mehr Steinhaldenstrasse sondern Sunnehaldestrasse.

Wo ist das Paradies?

Selten betrete ich das Zimmer meiner im Juni verstorbenen Mutter.
Jetzt stiess auf dieses Gedicht. Das Datum: 1993. Da war sie 79.
Sie beschrieb den Garten ihres Sohnes. Jeden Sommer ist sie mit
dem Zug zu ihm nach Norddeutschland gefahren.

Wo im Frühjahr wilde Hasen
auf dem grünen Rasen grasen
und vertilgen all die bunten
Blumen, die so trefflich munden
- Dort ist das kleine Paradies

Wo im Teich der Tang sich wiegt
und die Seerose erblüht
wo gelbe Lilien sich zeigen
am Haus Glyzinien sich neigen
- Dort ist das kleine Paradies

Wo der Flieder Duft versprüht
der Zaunkönig vorüberfliegt
um im Nest, das gut gelungen
flink zu füttern seine Jungen
- Dort ist das kleine Paradies

Wo die Bank im Grünen steht
ein Salbeihauch hinüberweht
wo leuchtet hell das Fleiss`ge Lieschen
und Fingerhüte freundlich grüssen
- Dort ist das kleine Paradies

Wo hinterm Garten auf der Wiese
zwei Pferde grasen - Hans und Liese
wo vom nahem Fluss die Enten
quakend ihre Lieder senden
- Dort ist das kleine Paradies

Zwischenstunden

Eine Szene aus meiner Schulzeit mit der Bitte um Mitleid!

Mittwochmorgens hatte ich zwei Zwischenstunden (Chemie abgewählt). Die Reichen - Gaby, Inge, Wolfgang und Detlef - gingen lachend in die Eisdiele. Ich lief mit meiner Tasche in die Beethovenstrasse 13. Dort befand sich der Nähsaal.

Trudl, die Leiterin mit mindestens sechs Stecknadeln im Mund, zischelte: «Hallo, was willst du heute nähen?»
«Einen Minirock.»
«Aha.»
Sie mass meine Taille und die Länge bis zum Knie.
«Trudl, ich hab gesagt MINIROCK!!»
«Wird doch noch gesäumt.»
Ich gab ihr den grauen Stoff, ein aufgetrenntes Stück aus einem alten Kleid meiner Mutter. Trudl nahm einen breiten hölzernen Massstab und markierte - husch, husch - mit Kreide vier Linien und schnitt mit einer langen scharfen Schere ein grosses Rechteck aus.
«Ute, hasst du den Reissverschluss dabei?»
«Zu schwierig. Ich nehm ein Gummiband.»

Trudl runzelte die Stirn, nahm drei Nadeln aus dem Mund, steckte damit einen Teil des zusammengefalteten Rechtecks zusammen und zischelte:
«Fertigstecken, heften, nähen. Falls du mit dem Einfädeln der Nähmaschine wieder nicht zurechtkommst, frag Frau Meier. Das ist die Geduldigste von uns, stimmt's?»

Die anderen Frauen lachten.
Ich schnappte den Stoff und begab mich an meinen Platz.
Schaute hin und wieder auf die Wanduhr.

Bei einem Eisbecher hätte ich Nuss, Mokka und Erdbeere bestellt.

Silberketteli und ein wenig Love

Wir sieben haben mit unserem Text eine tolle Schreibwoche in einem Hotel in St. Moritz gewonnen. (Über 300 Leute hatten mitgemacht.) Ich habe vorher schon mal davon berichtet.
Jetzt fällt mir noch folgendes ein:

Ich war am zweiten Abend zu früh im Restaurant.
Der Martin (ein Mitschreiber) setzte sich mir gegenüber.

Wir erzählten einander aus unserem Leben, und urplötzlich riss meine Halskette. Sämtliche silbrigen Kügeli rieselten vom Hals meinen Körper entlang und purzelten auf den Boden. Martin, Kavalier der alten Schule, und ich landeten auf den Knien unterm Tisch und grabschten ein silbriges Bölleli nach dem andern.
Dann setzten wir uns wieder, und Martin streckte seine Hand mit vielen Kügeli über den Tisch.
Ich schüttete nun seine und meine in mein pinkes Täschli.
Wir lachten - er hat zwar den Gebissreiniger erwähnt, den er vergessen habe - aber er hat weisse Zähne und schöne blaue Augen hinter der Brille und meinte, meine Kette sei nur geplatzt wegen seines magischen Blicks in mein Dekolletée.

Am Abend, als ich mich im Hotelzimmer auszog, purzelten nochmal eine ganze Menge Silberkügeli aus meinem BH.

Wenn das der Martin gesehen hätte! Der hätte sich grad wieder gebückt zum Auflesen und ich mich auch, diesmal ohne BH, huch - ich glaub, ich hab mich verliebt.

Achtung: Die Geschichte ist genau so passiert. Aaaaber:
Den letzten Abschnitt hab ich erfunden!
Mein Schreibcoach hatte sich etwas Love im Text gewünscht.
Fiel mir jedoch schwer.
Martin ist glücklich verheiratet.

Der Heiligabend beginnt spät

Am 24. noch schnell nachmittags etwas einkaufen. Beim Adieu-Sagen frage ich die junge Verkäuferin, wann sie Feierabend habe.
«Um acht.»
«Erst um acht? Und womöglich müssen Sie noch heimfahren?»
«Ja. Zwei Stunden mit dreimal umsteigen.»
Ich erschrecke: Dann ist sie am Heiligabend erst um 22 Uhr zu Hause! Deshalb strecke ich ihr 50 Franken entgegen.
«Zu Weihnachten.»
«Ehrlich?»
Ich nicke.
«Kein Spass?» Ich schüttle den Kopf.
Jetzt kommt eine zweite Verkäuferin herbei und lacht: «So nett.»
Da bekommt auch diese Weihnachtsgeld, und zufrieden verlasse ich den Laden.

Boogie

In die Klavierstunde gelatscht, zum Blumenweg sieben, wo Fräulein Schlenker unterrichtete. Es war weit, und Bach war langweilig und Etüden spielen ebenfalls.

Boogie-Woogie aber wollte und konnte Fräulein Schlenker mit dem Dutt auf dem Kopf nicht spielen. Dann halt Bach, ach! Mozart kam auch vor, Seite 17 das Mozart-Menuett, jaja, ganz nett.

Boogie-Platten hatten wir keine zuhause, nur zum Beispiel den Song *Heisser Sand, und ein verlorenes Land und ein Leben in Gefahr.*
Das konnte man prima mitsingen.
Meiner Oma legte ich, wenn sie vor einem Tischspiegel in der Stube ihre grauen Zöpfe flocht, *Die verkaufte Braut von Smetana auf.*

Dummerweise heiratete ich einen Mann, der nicht tanzen konnte, also war nix mit Boogie.

Nach der Scheidung (Tanzunfähigkeit war nicht der Grund)
besuchte ich mal einen Kollegen in seinem Tessiner Ferienhaus,
dessen Dach gerade geflickt wurde.
Mit dem Dachdecker habe ich an jenem Abend auf einer Restaurant-
Terrasse unter Palmen und roten Lämpchen Boogie getanzt.

Das brauchte eine Fortsetzung!
Wie schon erzählt: Ein paar Jahre Love mit Lukas.

Aufregende 60 Minuten

Sitze im Wartezimmer des Augenarztes und bin nervös wegen der
bevorstehenden Behandlung und deshalb irgendwie aufgedreht.
Ich beginne, mit den dasitzenden Frauen zu reden, dies und das
und plötzlich Hochinteressantes! Weil ich gegenüber der offenen
Tür sitze, sehe ich hinaus auf den Gang und flüstere:
«Da kommen zwei Polizisten mit einem Verbrecher! Der ist an
Händen und Füssen gefesselt! Kann nur ganz kurze Schritte
machen! Das ist nicht bloss ein Dieb!»
Eine der Frauen meint, dies sei ein hartes Urteil, eigentlich ein
Vorurteil. Doch ich widerspreche: «Einen Dieb würde man nicht so
extrem fesseln und auch nur von einem Polizisten begleiten lassen.»

Dann holt mich der Arzt ab, und ich frage:
«Gell, der Patient vor mir war nicht nur ein Dieb?»
Er komme aus einem Hochsicherheitsgefängnis, war die Antwort.
Huch!

Nach der Behandlung frage ich den Arzt, mit dem ich nie etwas
Persönliches rede und medizinisch auch nur das Allernötigste,
was er am Tag zuvor im Fernsehen geschaut hat.
Ich schwöre, das hab ich keinen Doktor jemals gefragt. Und - nicht
zu glauben, dieser hatte tatsächlich das gleiche Interview gesehen
wie ich, und wir unterhalten uns darüber.
Nach einer Stunde verlasse ich die Praxis und denke:
«Oha, viel erlebt!»

Die beiden Mäuse

Da kommen sie lachend zur Tür herein, Putz-Maus und Leoparden-Maus, inzwischen 36 Jahre alt, ehemalige Schülerinnen, und erzählen vom Mäuse-Theater, das ich damals mit ihnen erfunden hatte.
Sie sind immer noch Freundinnen, obwohl man unterschiedlicher nicht sein kann.
Die eine gross, mit Locken, aufgeklebten Wimpern und bemalten Fingernägeln.
Die andere ist auch hübsch, aber klein, glatthaarig, ungeschminkt.
Sie erzählt von ihren vielen Männern, den Arbeitskollegen. Sie ist Bau-Ingenieurin und fragt, was sie machen solle, damit auch die Männer mal im Büro aufräumen.

Auf Wunsch der Beiden ist meine Tochter auch hier. Als Jugendliche kam sie hin und wieder mal mit ihrer Gitarre in meine Klasse.

Beide Mäuse sind noch ungebunden. Die Putz-Maus hat einen Sportwagen gekauft, die Leoparden-Maus ein Haus mit Seesicht. Wie denn das??
Nun, als Bau-Ingenieurin habe sie mit Häuser-Projekten zu tun und sehe da als Erste, was entsteht. So habe sie mal sehr schnell reagiert. Übrigens - ihre Stelle beim Gleisbau sei ebenfalls interessant gewesen.

Irgendwann meint die chice Putz-Maus, ich hätte ihr indirekt einen Männer-Tipp gegeben. Der passe zur Situation mit dem jetzigen Verehrer. Sie zeigt mir den schönen Mann im Handy und meint: Deshalb (wegen meines Tipps) beende sie das nun. - Huch!

Über Ostern wollen die Beiden mit dem Putz-Maus-Coupé nach Berlin fahren. Und im Sommer - wie schon zweimal - nach Vietnam fliegen, der Heimat der Leoparden-Maus. Ob ich mitkomme . . .
Als sie aufbrechen, sieht die Leopardenmaus zufällig eine uralte kleine Zeichnung von ihr an der Tür meines Arbeitszimmers
mit dem Titel: «In der Badewanne sind alle nackt.»

Februar = Zeugniszeit

Ich rede mit meiner Tochter darüber, dass ich während ihrer ganzen Schulzeit nie bei den Lehrern etwas beanstandet hatte.
Sie erinnert mich an eine *furchtbare* Zeugnisnote.
Wer will im Turnen schon eine Vier??
Dabei ging sie damals in der Freizeit - was ihre Lehrerin nicht wusste - ins Kunstturnen und hatte gerade einen Pokal dafür erhalten.
«Schon klar, dass ich wegen der Turn-Note damals nicht reklamiert habe», sage ich.
«Warum eigentlich nicht?», fragt meine Tochter.
«Nach einer Reklamation hätte dich die Lehrerin im Turnunterricht stets beobachtet und wäre froh, weil bestätigt gewesen, wenn du etwas schlecht gemacht hättest.»

Schnell weg vom Zoll

Da rennt jemand aus dem Deutschen Zollamt mit einem blauen Müllsack über dem Kopf zu einem Auto, reisst die Tür auf, setzt sich rein und fährt schnell davon in Richtung Schweiz.
Und dieser Jemand war ich.

Also:
Ich war mit meiner Tochter zwei Tage in Deutschland auf Besuch gewesen. Nun waren wir auf dem Weg zurück in die Schweiz und hatten es eilig, denn meine Tochter wollte in Zürich den Elf-Uhr-Zug nach Lugano erwischen.

Am Deutschen Zoll ein Stopp. Ich ging ins Büro mit einer Ausfuhrbescheinigung, lief dann zum Auto zurück und sagte der dort
wartenden Tochter, ich müsse noch aufs WC, das sich im hinteren Teil des Gebäudes befindet.

Als ich aber nach kurzem Aufenthalt die Toilette verlassen wollte, war draussen ein Platzregen ungeahnten Ausmasses, quasi ein Platschregen. Natürlich hatte ich keinen Schirm dabei.
Sowieso kein Handy.

Ich zog mich in die Toilette zurück. Inspizierte sie.
Wär toll, wenn hier jemand seinen Schirm vergessen hätte.
Doch da war nichts. Höchstens - also höchstens . . .
Es hing ein Abfallkübel an der Wand, ausgelegt mit blauem Müllsack. Und der war noch ungebraucht.

Ich riss ihn los. Riesig war er. Ich stülpte ihn mir über den Kopf und rannte so verkleidet aus dem Deutschen Zollgebäude.
Rein ins Auto und weg!

Elefäntli

Am Ostermontag war ich mit Tochter und sechsjähriger Enkelin im Rapperswiler Kinderzoo. Besonders süss fand unsere Kleine das Elefäntli, das sich ganz nah an sein Mami drängte. Oder an seine Tanten. Denn Elefanten ziehen ihre Kinder in Gemeinschaft auf.
Die Bullen sind von ihnen getrennt.

Ich erinnerte mich an eine Schulstunde.
Das Thema hiess: *Leben in der Masse*. Ich erzählte damals den Kindern, dass es in der Tierwelt Gruppen gibt, die einander nicht kennen müssen, zum Beispiel Vogelschwärme.
Aber auch Gruppen, die keine Fremden dulden, sondern alle Fremden abdrängen.
Und als ich den Kindern erklärte, dass beispielsweise Elefanten keine Fremden annehmen, da rief ein Mädchen:
«Aber chliine Elefäntli scho!»
«Nein», sagte ich. Ein kollektiver Aufschrei! Das könne nicht sein!
Verirrte Elefanten-Babys würden doch niemals abgelehnt werden!
Neinneinnein!!! Ich konnte nicht anders, ich musste sagen:
«Äh, ja, fremde Babys werden aufgenommen.»

Auch ich lag in einer Krippe

Ich fuhr zu jenem Freund (es ist schon lange her), den ich in einem Tessiner Dorf kennen gelernt hatte, aber erst ein paar Monate kannte. Und inzwischen gemerkt hatte, dass er ein guter Liebhaber und beruflich ein Allrounder war. Mal hier arbeitete, mal da, mal einen Wasserhahn installierte, mal eine Heizung flickte usw.

Ich solle ihn in der Adventszeit an seinem derzeitigen Arbeitsort besuchen. Okay.
Die Autofahrt, die er mir beschrieben hatte, war kriminell:

Kurz vor Arosa links abbiegen, dort das Verbotsschild missachten und einfach auf dem schmalen, verschneiten Waldweg - rechts ein Abhang - weiterfahren. O je!

Ich gelangte zu zwei Alphütten. Seeehr einsam.

In der einen Hütte würden wir wohnen, in der anderen sollte mein Freund das Dach neu decken. Leider hatte er nur einen einzigen Wollpulli dabei, also ausgerechnet denjenigen, den ich offenbar bei seinem letzten Besuch falsch gewaschen hatte. Zu warm? Oder womöglich heiss? Die Ärmel gingen jedenfalls nur bis zum Ellbogen, und der Bauchnabel schaute raus.

Sehr ungünstig für die Arbeit auf dem Dach, hier, mitten in der rauen Bergwelt Arosas. Er rieb sich dauernd fröstelnd die Hände, zog immer mal wieder am Pulli und deckte weiter das Dach.

Ich sass in der Hütte am warmen Ofen und haderte mit mir.
Nicht mal Pullis waschen konnte ich. Wolle = kalt!
Das ist doch weiss Gott nicht schwer zu merken!
Und schon mal wie Jesus geschlafen?

Ich musste mit ihm in einer Krippe (Kiste mit Stroh) nächtigen.

Tiere mit Problemen

Am Gründonnerstag fuhr ich an den Hallwilersee.
Hatte dort einen Auftrag:

Workshop in einer dritten Klasse.

Mit Hilfe meiner fünf Schreib-Tipps sollten die Kinder eine Mini-Geschichte mit knackigem Schluss erfinden. Ob das gelänge?

Thema-Suche: Zu drei Tierbildern sollten die Kinder einen Problem-Satz notieren und dann vorlesen.
Oh, wie viele Sorgen diese Tiere hatten!
Und wann wurde am meisten gelacht?
Beim Elefanten-Ausspruch: *Ich bin zu dick!*

Okay, Thema gefunden!
Dazu wollten wir uns gemeinsam eine Mini-Geschichte ausdenken.
Huch - ich selbst war am gespanntesten darauf!
Schliesslich und endlich stand die Elefanten-Story an der Tafel, und die Kinder lasen sie laut vor. Wow - ich klatschte ihnen Beifall!
Und sie klatschten zurück, wie nett!

Mamis mögen Muttertage

Ich liess meine zweite Klasse über ihr Mami reflektieren:

Was Mami kann:
      Negel schneiden
      Rüebli schele
      Pferde male

Was Mami gefällt:
      wenn ich püngtlich bin
      goldigi Sachen
      Rückenmassasche

Was Mami nicht kann:
    Salto schlagen
    kemfen
    Dachrinnen buzen

Was Mami nicht gefällt:
    sauortnung
    das geschir falen lasen
    Schlangen
    Füse auf dem Stul
    Fernsehn one erlaubnis

Das Zauberwort

Nun ist meine Mutter schon ein Jahr tot. Das schmerzt immer noch!

Sie hat viel geschrieben. Einmal zeigte sie mir folgendes Gedicht:

    Die Zeit ist nun nicht aufzuhalten
    und das Alter schreitet fort
    Man sieht bekümmert seine Falten
    und sucht umsonst das Zauberwort

Meine Mutter meinte, eigentlich habe sie das Zauberwort bereits
gefunden. «Und - wie heisst es?» «Gesundheit.»
Da war sie 98, lebte allein und hatte keine Medikamente im
Schrank. Ihren 100. Geburtstag hatte sie bei sich zu Hause gefeiert.

Erst ein paar Monate später bist du zu mir nach Bonstetten
gezogen. Vier Tage vor deinem 102. Geburtstag - meine Tochter war
mit Kind zum Fest schon angereist - hast du dich plötzlich nach
dem Mittagessen schwach gefühlt. Und, ach, um 23 Uhr kam
derAnruf vom Spital, du seist für immer eingeschlafen.
Ich bin umgeben von vielen Aquarellen, die du gemalt hast . . .

Der Team-Chef

Neulich läutete es an meiner Wohnungstür. Ich öffnete.
Da stand ein Mann und lachte mich an. Auf seinem Arbeits-Dress
las ich das Wort *Teamchef* plus einen Firmennamen.
Er fragte: «Wie geht's?»
Ich - keine Ahnung, wer das war - sagte: «Gut, und Ihnen?»
«Ich bin zufällig mit unserem Umzugswagen in der Nähe und habe
gedacht, ich sag mal *Grüezi*. Mein Kollege wartet im Auto.»

Endlich hatte ich ihn erkannt:
Der Vater einer ehemaligen Schülerin!
Vor 15 Jahren zum letzten Mal gesehen!

Es sind Albaner. Als Lehrerin von Leonora bekam ich mit, dass das
Asylgesuch dieser Familie zum zweiten Mal abgelehnt worden war.
Das tat mir sehr leid. Ich dachte: So freundliche und arbeitswillige
Menschen sollten in der Schweiz bleiben dürfen!
Vor allem meine wissbegierige, fröhliche Schülerin!

So hatte ich damals einen offenen Brief an den zuständigen
Regierungsrat für Soziales und Sicherheit geschrieben, und diesen
(es war eine ganze Seite) in der Schweizer Lehrerzeitung
veröffentlicht.
Wie glücklich war die Familie, als sie bleiben durften!
Wir luden einander ein.
Deshalb kannte der Vater auch meine Adresse.

Und jetzt, beim Verabschieden, meinte er, der albanische Teamchef:

«Falls Sie irgendwann mal umziehen: Der grosse Spiegel da im Gang
- der braucht eine Spezial-Verpackung! Das mach dann ich!»

Fisch in Basel

Vier Jahre alt war ich und unerschrocken, als man mich erstmals im Schwenninger Fasnachtsumzug mitlaufen liess unter der Obhut der grossen Hannelore. Ein Rotkäppchen sei ich gewesen, ein ausnehmend munteres, bewaffnet mit einer leeren Weinflasche im Korb. Ja, und dann sei ich nicht mehr nach Hause gekommen; die grosse Hannelore habe mich unterwegs verloren. Opa, Oma, Tante und Mutter in heller Verzweiflung. Bis jemand in unseren Laden gekommen sei und gesagt habe: «Eure Kleine sitzt bei irgendwelchen Leuten in der Bahnhofswirtschaft und amüsiert sich.»

Von da an war ich jeden Februar voll dabei, verkleidet und vergnügt. Mit vierzehn als Piroschka im grünen Röckchen und engem Mieder, Rose im Haar. Ich wurde geneckt. Ich neckte zurück.

Und dann erst, so mit siebzehn, als Haremsdame! Hautenges Kleid aus türkisem Taft mit Schlitz und freier Schulter. Heisse Musik und scherzende Freunde. Ausgelassen tanzte ich in sämtliche Himmel hinein.

Viel später, als ich in Zürich wohnte, lernte ich, wie schon erzählt, im Tessin einen Basler kennen, einen, der ausser mich die Basler Fasnacht liebte, und der mich einlud, mitzumachen. Doch da ich nicht zu seiner Clique gehöre, könne ich nur als Publikum mitmarschieren.
Nun, ich machte meine Ohren weit auf und zog sie in mich rein, die Trommel- und Pfeifmärsche. Ich ging im Takt, schwang mit im Rhythmus, immer in Fischnähe.
Der Fisch, das war mein Freund. Sein riesiger Fischkopf war beleuchtet, und seine unzähligen Cotton-Schuppen flatterten beim Laufen. Reden konnte mein Fisch natürlich nicht. Fische schweigen.

Nach einer Nacht und einem Tag im Marsch-Trott durch Basels Gassen machten meine Ohren nicht mehr mit. Dann streikten auch meine Augen. Schliesslich ging auch meine gute Laune flöten.

Ich nahm den nächsten Zug nach Zürich.

Grafisch ganz okay

Eigentlich hätte ich keine UTE, sondern ein UTZ sein sollen. Meine junge schwangere Mutter hatte sich einen Jungen gewünscht, dem sie den Vornamen ihres Ritterhelden UTZ von Sowieso geben könne. Aber da, Entschuldigung, zwängte ich mich durch ihre Scheide. Kopf, Arme und Beine soweit intakt, aber halt mit fehlendem Glied. Also kein UTZ.

Nun, man machte das Beste aus dieser Situation, behielt fast den ganzen Namen und ersetzte nur das flotte Z vom UTZ durch ein plumpes E. Das ergab dann mich, die UTE.
Klingt so deutsch, ich weiss. Aber immerhin: Vorname drei und Nachname drei Buchstaben. das ist grafisch ganz okay.
PS: Fast vergessen zu sagen:
Zwei Jahre später traf zum Glück noch ein UTZ ein!

Qigong

«In welchem Kurs bist du?» frage ich meine Tischnachbarin zur Rechten. «Qigong.» Auch mein Gegenüber ist bei Qigong. Sie reden über Achtsamkeit und Entschleunigung. Und dass es ähnlich sei wie Thai Chi. Ha - da hab ich mal einen Kurs gemacht. Musste in Zeitlupentempo so tun, als finge ich ein Pferd mit einem Lasso ein. Das entspricht mir nun gar nicht. Ich hatte meinen Gaul, auch wenn ich gaanz laaangsaaam machte, als Erste in der Schlinge.

Und das üben sie hier eine ganze Woche lang, sieben Stunden am Tag? Behutsames Bewegen von Arm und Bein, dabei Hineinhören in Bauch und Hüfte, nach hinten atmen in Rücken und Po?

Also ich lass lieber meine Finger tanzen auf dem Compi.
Zack, noch'n Wort, noch'n Satz. Meine Geschichte nimmt Tempo auf. Hey, Qigong Qigong, hörst du das Klappern der Hufe?
Qigong, Qigong, schon ist mein Satz im Stall!

Eisenkuss

Doktor Prolitsch, in Zürich, war Russe, ein grosser, starker, schöner Russe. Ein Mann wie aus dem Bilderbuch - oder, noch besser - wie aus dem Arztroman. Ich hatte einen Termin um 14 Uhr.

Seine Augen fragten, ob es mir gut geht, sein Mund ebenfalls. Super ging es mir. Dass Eisen im Blut fehlte, spürte ich gar nicht. Er gab mir die jährliche Spritze.

Beim Abschied - mein Gott, was soll das? Er küsste mich! Umfing mich mit beiden Armen und küsste mich.
He! Es war ein schneller, aber unglaublich toller Kuss.

Beschwingt ging ich nach Hause. War zwar verheiratet, er auch. Aber dieser Kuss, Mann o Mann! Und einmal im Jahr einen quasi Eisen-Kuss erhalten, war doch nicht schlimm, oder?

P.S.: Das Ganze hat sich vor wenigen Jahrzehnten abgespielt. Doch weshalb mir plötzlich jener Russe wieder einfiel . . .

Rock - Rock - Rock'n' Roll

Meine Mutter liebte Bach, ich Rock.
Meine Klavierlehrerin wünschte Chopin, ich bevorzugte Rockmusik.
Im Tanzkurs kam Rock'n' Roll nur kurz dran, aber der Wiener Walzer nahm kein Ende!
Später konnte ich meine Liebe zum Rock'n' Roll ausleben, nämlich in Zürich, in der Tanzschule, viele Jahre lang. Aber gell, ohne Akro. Ich war vierzig, als ich damit anfing, und die Tänzer, na ja, waren auch keine Young Boys.
Trotzdem: Spass mit Rock'n' Roll am Freitagabend.

Dass mir mein damaliger Tanzlehrer immer noch alles Gute zum Neuen Jahr wünscht, ist seeehr nett.
Auch dir, lieber André, ALLES GUTE - UTE

Lieber Pöstler

Entschuldige bitte, wenn du die Adresse auf einem Brief nicht gut lesen kannst. Der ist von meiner Enkelin, einer Erstklässlerin, die mich mit ihrem Mami aus Lugano besucht hat.
Wie jedesmal hab ich sie gedrängt, einen Brief an ihre Nonna in Sizilien zu verfassen, denn die freut sich immer sehr darüber.

Melissa aber war genervt, schnappte meine Karte, schrieb rasant «TI AMO NONA» darauf und steckte sie ins grosse Couvert.

Meine Tochter notierte die Adresse, und ich klebte eine Marke darauf. So weit so gut. Nur, dass ich nun die Kleine bat, noch «drü chlini Härzli» aufs Couvert zu malen.

Sie schnappte dies, verschwand in ihrem Zimmer und präsentierte uns zehn Minuten später ihr Werk: Das Couvert war voll, genauer gesagt übervoll mit roten Herzli. Dazu hat sie «zwei luschtigi Vögeli» platziert und ja, auch zwei Schwäne, zuerst einen - wie sie meint - missglückten Schwan und deshalb noch einen zweiten.

Also excüsi, lieber Pöstler,
wenn das Lesen der Adresse etwas länger dauert.

WOHIN ???

Meine Tochter sagt, ich hätte früher mehr Power gehabt.
Zum Beispiel mit meiner Klasse mal einen Ausflug unternommen und im Tram noch nicht gewusst, wohin. Huch! Das war so:

Von Ostern bis zu den Sommerferien hatte ich mit der Klasse jeden Mittwochmorgen (Schluss um 13 Uhr) eine interessante Besichtigung in oder um Zürich vorgesehen.

Treffpunkt um acht bei der Tramstation Üetlihof. So auch an jenem Mittwoch. Ich parkte bei der Schule und lief los Richtung Tram.

NUR - Mist - ich fand mein Besichtigungsziel urplötzlich nicht mehr
gut. (Weiss leider nicht mehr, was es war).

Und jetzt - wohin?
Im Zoo waren wir neulich, im Kunsthaus ebenfalls, auch im
Landesmuseum und auf dem Dolder.
Mit der Fähre hatten wir den Züri-See überquert und und . . .
Intensivst dachte ich nach - und schon wurde ich umringt von
meinen Schülern, die auch auf dem Weg zur Tramstation waren.
Das 13-er Tram kam. Wir mussten einsteigen! Eine andere
Schulklasse war bereits im Wagen. Die Lehrerin begrüsste mich.
Ich fragte sie: «Wohin geht's?»
«Auf die Felseneck. Und Ihr?»
«Äh, wir auch!», lachte ich.
Schon an der übernächsten Station stiegen wir aus, liefen jener
Klasse nach zur S-Bahn, fuhren (ohne Billet) auch nach Adliswil,
gingen hinter ihnen her bis zur Seilbahnstation.
Dort löste ich für uns ein Billett,
und wir verbrachten einen tollen Morgen auf der Felsenegg.

Telefonat mit Tochter

Isabelle ruft an: «Mami, von jetzt an sag ich dir vor jedem Gespräch,
wo ich bin, damit du gleich weisst, wie lang wir reden können.
Wenn ich in die Praxis fahre, haben wir sechs Minuten Zeit. Wenn
ich auf dem Sofa liege, natürlich länger.»
«Okay.»

Isabelle ruft an: «Mami, ich liege auf dem Sofa.»
«Super, erzähl, was war los bei dir heute?»
«Ein Patient ist gekommen mit einem Ekzem am Bauch. Ich hab zu
ihm gesagt, seine Nasenspitze gefalle mir nicht. Er hat gelacht. Da
hab ich nachgedoppelt mit: Die braune Haut müsse weg. Es sei
eventuell ein Karzinom. Und jetzt du, Mami.»

Köstliche Kekse

In unserem Tante-Emma-Laden standen ein paar Dosen mit Glas-Deckel. Darin lagerten süsse Schätze, Keks-Schätze. Leider unerreichbar für mich, denn sie waren für die Kunden gedacht, für solche, die sich was leisten konnten, die Exquisites mochten.

Ich schwärmte für Afrika. So hiessen die mit dunkler Schokolade überzogenen dünnen Wäffelchen. Nachbarin Hanna kaufte jeden Samstagmittag zweihundert Gramm.

Nach der Schule half ich beim Bedienen, und während ich die flachen schwarzen Quadrätli sorgfältig in die Tüte füllte, zog sich das Wasser in meinem Mund zusammen.

«Hast du gerade einen Keks gegessen? Erstens isst man nicht im Laden und zweitens schon gar nicht so was Teures!»
Jaaa! Aber immerhin: Samstagabends zur Fernseh-Show gab es eine Fanta und drei Afrika!

ICH - VERLIEBT?

Mit meinen Erstklässlern bestieg ich das Postauto.
Da sahen sie ein Kätzchen auf die Strasse rennen.
«Gang zruck!», schrien alle. Der Chauffeur schüttelte genervt den Kopf. Ich plauderte ein bisschen mit ihm, um unser Image aufzupolieren. Dann setzte ich mich. Ein Schüler kam zu mir und sagte:

«Du bist verliebt.»
«Was?!»
«Ja, in den Chauffeur.»
Er und Tanja hätten nämlich gehört, dass ich «Sie sind herzig» zu ihm gesagt hätte.
«Aber da hab ich von Euch geredet.»
«Wer's glaubt!», lachten die Kinder.

Japanisch dichten

Ich war im Kloster Kappel beim Schreiben.
Diesmal ging es um das HAIKU, eine japanische Gedichtform.

Naturbeschreibung mit Silben-Regelung:

Erste Zeile   5 Silben
Zweite Zeile   7 Silben
Dritte Zeile   5 Silben

Mein Gedicht lautete dann so:

5   S'Schneeglöckli - es rueft:
7   Hüt bi däm strubä Wätter
5   wird dänn nöt glöcklet

5   Piep piep pipipiiiep
7   Vögel zwitschern Wichtiges
5   Halb versteh ich sie

5   Gelbe Primeli
7   guten Mutes, positiv
5   Irgendwann wird's warm

5   Kahler Zweig am Baum
7   Innen aber wuschelt es
5   Blättchen wollen raus

5   Entenpaar im See
7   schwimmt gelangweilt hin und her
5   Sex - ein andermal

So ein Zufall

Ich machte eine Schreibwoche im Kloster Inzigkofen in Süddeutschland.
Von überall kamen die Teilnehmerinnen, von Hamburg, von Freiburg usw.

Einmal sollte man eine Schulgeschichte von früher schreiben.

Ich berichtete von der frechen Brigitte.

«Sie hatte sich den Gerd geschnappt, unseren Mitschüler - zum Gespräch und zum Händchenhalten.
Dabei hätte ICH viel besser zu ihm gepasst.
Gerd und ich hatten dieselbe Klavierlehrerin und schon mal einen vierhändigen Auftritt gehabt.
So nah nebeneinander auf dem Klavierhocker!
Und gelacht, wenn wir uns mit den Händen in die Quere kamen!
Aber leider, leider - ich summe ein Lied in Moll - hat er die freche Brigitte bevorzugt.
Beim Klassentreffen setzte er sich neben mich.
Nett - aber spät.»

Da meldet sich meine Nebensitzerin in der Kurswoche.
Sie sei mit der Schwester jener Brigitte befreundet!
Ja, die sei immer noch frech.

Gelächter im Minutentakt

Vor Jahrzehnten hab ich in Zürich-Höngg, im Schulhaus Bläsi, eine Mittelstufenklasse unterrichtet. Inzwischen machen wir immer am 29. Februar ein Klassentreffen.

Dieses Jahr ist es wieder soweit! Ich setze mich im italienischen Restaurant *Antica Roma* in Zürich ans Ende des langen Tisches.
Da wird gerufen: «Ute soll in die Mitte!»

Dauernd ertönt lautes Gelächter.
Schulerlebnisse werden durchgenommen:

- Unser Totempfahl im Werkunterricht! Er steht nicht mehr auf dem Schulhausplatz, wo er einbetoniert worden war!

- Klassenlager am Thunersee. Ich hätte einen Ausflug zum Militärflugplatz Meiringen organisiert.

- Am See haben die Buben gegen Geld der Kollegen lebendige Fischli geschluckt, und und und und . . .

Da kommt der Kellner mit einer brennenden Kerze. Wer hat Geburtstag? Niemand. Er stellt Kerze plus Dessert vor mich hin! Alle klatschen in die Hände! Was für eine Klasse!

Am Tisch sitzen Journalistin, Bänker, Coiffeur, Psychotherapeutin, Zimmermann, Kosmetikerin, Schulleiterin, Fotografin, Historiker, und - vergessen zu fragen- er kam per Flugzeug und spricht vier Sprachen. Dann noch ein CEO, Verkauf und Vermietung von Luxus-Autos.   (Am Schluss steigt in einen schwarzen Porsche.)
Ein fröhliches Mädchen ist DJ geworden. Sie habe viele Auftritte und schicke uns ein Video.

Zum Schluss Umarmungen: «Ciao - bis in vier Jahren!»

ICH LIEBE EUCH (hab ich nicht gesagt, aber gedacht . . .)

Was ich mit 13 wusste

Ich wusste, dass man sehr, sehr viel üben muss, um einen Chopin-Walzer fehlerfrei auf dem Klavier zu spielen.
Ich wusste, dass Chemie und Physik Fächer sind, die man nur mit einem super IQ bewältigt.
Ich wusste, dass man mit Lustigsein Sympathien erhält. (Unsere Verkäuferin machte immer Spass mit den Kunden)

Ich wusste, dass man als geschiedene Frau nicht zu
Haus-Partys eingeladen wird.
(Meine Mutter hatte sich getrennt)
Ich wusste, dass reiche Mädchen viele Verehrer haben. Wenn sie
dazu noch hübsch sind, haben sie eine Riesenauswahl.
Ich wusste, dass Mann und Frau im Bett nackt miteinander
schmusen
Ich wusste, dass ich bald Blutungen bekommen würde.   Und dann
einen Bindengürtel tragen muss, an dem Binden angehängt werden.
Ich wusste, dass Stewardess ein toller Beruf ist. Auch
Filmschauspielerin.

Kauz und Geier

Manchmal geh ich zum Schreiben nach Kappel, nach Morschach, an
den Bodensee oder nach Deutschland.
War auch deswegen schon deswegen in Italien und auf Sylt.

Das sind keine Kurse, sondern Schreibanlässe mit stets netten
Menschen und einer Leitung, die Aufgaben stellt.
So verfasse ich Texte, die ich sonst nie geschrieben hätte.

Einmal sollten wir ein Gedicht mit folgenden Wörtern schreiben:

zärtlich, fühlen, nackt, wagen, Kauz

Jeder war genervt: «Was soll das? Kann ich nicht! Blödsinnige
Aufgabe!» Doch schliesslich fiel uns allen etwas ein. Mir folgendes:

KAUZ:
Der Kauz hockt
auf dem Ast
Er überlegt
Soll ich es wagen
sie zu fragen
ob sie bereit
zur Zärtlichkeit

Fühlen möcht ich
ihr Nacktsein unter Federn
Ich hoffe sehr
sie wird nicht zögern

Ich dachte: «Das zeig ich meinem Bruder auf keinen Fall! Der ist
nämlich Ornithologe, also Vogelkundler.» Da fiel mir folgendes ein:

GEIER:
Mein Bruder hat die Vögel lieb
studiert ihr Nisten und ihr Piep
Brutverhalten, Anzahl Eier
Woher er's hat, das weiss der Geier

Schwänin sollte man sein

Schwänin sollte man sein
und zusammen mit 'nem
schönen weissen Schwanenmann
sich treiben lassen
auf kleinen Wellen
Heut' ist das Wasser weicher als sonst

Schwänin sollte man sein
und zusammen mit 'nem
schönen weissen Schwanenmann
ein bisschen gründeln
nach feinen Dingen
Heut' ist das Schilf grüner als sonst

Schwänin sollte man sein
und zusammen mit 'nem
schönen weissen Schwanenmann
hier Liebe machen
zwischen den Halmen
Heut' ist die Luft milder als sonst

Nähe Platzspitz

Auf diesem Foto ist eine fröhliche sechste Klasse mit ihrer Lehrerin (die in der Mitte mit Stiefeln und Mini-Rock). Das war ich, soeben von Süddeutschland nach Zürich gezogen wegen Heirat. Einmal in der Turnstunde von 11-12 den Handstandüberschlag vom Hohen Kasten vorgemacht. Wegen Schmerzen aufs Bänkli gesessen und mich um zwölf ins Spital fahren lassen. Oha - Sehnenriss!

Ganz in der Nähe dieses Limmat-Schulhauses ist der Platzspitz.

Nur wenige Jahre später war da die schlimmste offene Drogenszene Europas mit bis zu 3000 Fixern.

Drei sympathische Männer

Neulich war ich in einem Säuliämter Café, und es haben mir drei, DREI, Männer, unabhängig voneinander, gewunken.

Okay, der erste war mein Nachbar,
der zweite der dortige Chef,
aber der dritte Winkende,
der hatte mir beim Kommen laut zugerufen:

«Hallo Ute, ich lisä immer diin Nachruef! Find en guet!»
PS: Er meinte diesen wöchentlichen ZWISCHEN-RUF im Anzeiger.

Der Uhu ist des Falken Feind

Überall wird genistet. Mein Bruder hat eine intensive Zeit als pensionierter Ornithologe vor sich. Er ist vom deutschen Naturschutzbund beauftragt, Falken-Brutpaare ausfindig zu machen.

Ob die Wanderfalken am letztjährigen Brutplatz erscheinen?
Das Gelege im Nest ist von weitem nicht zu sehen, auch nicht durch das zwei kg schwere Spektiv.
Dass gebrütet wird, merkt man, wenn die Falken einander am Nest ablösen. Nach vierwöchiger Brutzeit werden dort weisse Köpfchen auftauchen.
Hoffentlich werden sie nicht vom Uhu geholt!
Manchmal sucht mein Bruder die letztjährigen Uhu-Brutplätze auf, um zu sehen, ob sie besetzt sind.

Ich frage:
«Schleichst du nachts durch den Wald und lauschst, ob ein Uhu *uhu* ruft?»

«Nein, erstens sehe ich nachts nichts, zweitens ruft der Uhu nicht mehr *uhu*, wenn er sein Revier bereits abgesteckt hat, und drittens höre ich aber vielleicht die Jungen rufen, weil sie Hunger haben.»
«Aber du lässt die kleinen Uhus am Leben?»
«Ja natürlich!»
«Warum suchst du sie dann?»
«Um zu wissen, ob die Falken gefährdet sind. Und das sind sie, wenn Uhus in der Nähe sind.»
«Wann schlüpfen deine Falken?»
«MEINE Falken schlüpfen gegen Ende April.»

«Das wird eine harte Zeit für dich und die Vögel. Viel Glück.»

Ich? Kolumnen schreiben?

Vor vielen Jahren fragte mich eine Kollegin, ob ich nicht für das Lehrer-Magazin des Kantons Zürich eine Kolumne schreiben könne.

«Iiiich!? Eine was!? Für weeen!? Worüber denn, über Materialbestellung, Konvente, Unterrichtsvorbereitung?»
Ich schüttelte den Kopf.

Ich hätte doch vom Seminar bei Adolf Muschg erzählt, meinte sie.

«Ja, aber da schreiben wir Sachen, die müssen schräg sein. Unser letztes Thema war *Kurz vor meiner Hinrichtung.*
Deshalb: Nein.»

Zufälligerweise sah uns eine Erstklässlerin aus dem Lehrerzimmer kommen und fragte, ob es schön gewesen sei im Legozimmer.
Ich musste lachen und verfasste einen Text zum Thema:
Lehrerzimmer als Legozimmer.

Bald danach fiel mir eine weitere Kolumne ein.
Das war plötzlich easy. Ich erzählte einfach, was ich erlebte.
Und das jeden Monat, zwölf Jahre lang.

PS: Die Schweizerische Lehrerzeitung zog nach und richtete extra eine Seite für mich ein.

Guet - es war ja ständig was los mit Kids und - sorry -
Kollegen, Eltern und Schulpräsidenten.

Nächtliche Ruhestörung

Früher zog ich in Zürich mal in eine tolle Wohnung!
Mit zwei Balkonen und einer Dachterrasse!
Ruhig, da in einer Einbahnstrasse gelegen.
Nur - was war das?

Eines Nachts, etwa um ein Uhr, wurde ich geweckt. Rief jemand um
Hilfe? Ich öffnete das Fenster. Nein, die Schreie kamen nicht von
draussen. Ich lauschte erneut.
Stöhnen, stöhnen! Und endlich verstand ich: Sex in höchster
Vollendung - über mir. Da wohnte doch ein netter junger Mann.

In den nächsten Tagen wurde ich nicht mehr geweckt. Aber in der
Nacht von Freitag auf Samstag und von Samstag auf Sonntag!!!

Am Montag läutete ich dem jungen Mann und erzählte von meinen
Schlafproblemen.
Er zuckte die Schultern und meinte, ich übertreibe.

Ein paar feurige Wochenenden später bat ich ihn um einen Test.
Führte ihn in mein Schlafzimmer und ging einen Stock höher in
seines. Dort - nein, ich fing nicht an zu stöhnen, sondern sagte nur
sehr laut: «Haloooo, hörst du mich? Halli, haloooo!»

Als ich runterkam, entschuldigte er sich, und ich schlug ihm vor:
«Du könntest eventuell das Schlafzimmer mit dem Wohnzimmer
tauschen.»
«Mach ich.»
Sehr nett. Beinah hätt' ich ihn zum Dank umarmt.

O je!

Vor einem Monat sass ich mit Maryam auf meiner Terrasse.

Mitten in unser Erzählen hinein machte es «plumps», und da lag ein
Vögeli auf dem Boden.
Es war fast nackt, hatte noch keine richtigen Flügel.
Zappelte und schrie, bzw. pfiff.

Es musste wieder in sein Nest zurück. Aber wo war das? Im
Gebüsch nebenan sah ich nichts. Ob meine Nachbarin über mir ein
Nest auf oder neben ihrem Balkon hat?
Sie sagte «nein» und telefonierte einer Freundin, die ihr die Nummer
gab vom Tierrettungsdienst.
Jener empfahl, das Vögelchen nach Zürich in die Voliere am
Mythenquai zu bringen.
In einen Plastikübertopf legte Nadja eine warme Bettflasche, und
Maryam deponierte das Vögeli darauf.

Während der Fahrt pfiff es unaufhörlich, und ich verstand:
«Ich will es Räupli und dänn soffort zruck i miis Nescht!»
Aber sorry, Vögeli!

Wir gaben es in der Volière ab.
Es sei ein kleiner Spatz, hiess es.

Neulich rief ich dort an und erkundigte mich.
Welchen Spatz ich meine, wurde ich gefragt.
Sie hätten zwanzig Stück.
«Äh, äh . . . dann hat er ja Gesellschaft!» lachte ich froh.

DANKE

Ich sitze im 200-er Bus, fahre zum Bahnhof Enge und dann mit dem Siebener Tram weiter zum Ärztehaus kurz vor Wollishofen. Lasse dort meinen Verband um die rechte Hand erneuern und mache mich auf den Rückweg.

Bei der Saalsporthalle steigt ein Kontrolleur zu. Als er bei mir ankommt, sage ich: «Sie können mir glauben oder nicht, aber ich habe meinen Geldbeutel mit der Fahrkarte nicht mehr.»

Der Kontrolleur sagt: «Moment», und geht zu den beiden Fahrgästen, die auf der anderen Seite des Ganges sitzen und ihm gerufen haben.

Dann kommt er wieder und streckt mir ein Billett hin:
«Ich glaube Ihnen.»
Die beiden Männer lachen und rufen:
«Wir brauchen das Billett nicht mehr. Haben vorher ein neues rauslassen müssen für unseren langen Heimweg.»
Oh, ich habe zwei Männern zu einer guten Tat verholfen und ausserdem hundert Franken Busse gespart!!

Dur oder eher Moll

Letzte Woche hatte ich eine Firma zum Teppichputzen bestellt. Mutter und Sohn kamen mit zwei Maschinen. Sie arbeiteten hart, und beim Adieu-Sagen setzte sich der junge Mann schnell noch an mein Klavier und spielte einen Boogie-Woogie.
Dafür bekam er extra Trinkgeld. Und jetzt erzähl ich, weshalb:

Der Mittwochnachmittag war - damals - reserviert für Fräulein Schlenker. Sie gab mir Klavierunterricht. Während dieser Stunde verschwand sie meist zweimal (Schwache Blase? Oder schwarzen Dutt auf dem Kopf besser richten? Oder beides?)
Die Hausaufgabe war oft etwas von Bach, ach!
Ich war doch Boogie-Woogie-Fan!!

Und weil ich so begabt sei, meldete mich meine Mutter bei Fräulein Schlenker ab und in der Musikhochschule an.

Da musste ich also jeden Mittwoch in eine 14 km entfernte Stadt fahren! Das Zuggeld behielt ich und machte Autostop. Sass dann in fremden Wägen und bemühte mich, nicht nett zu sein, so dass kein Fahrer auf dumme Gedanken käme.

Der Professor war interessiert am Fingersatz jeder einzelnen Note, und das konnte man anscheinend am besten üben bei Etüden!!

Einmal erwähnte ich die Wörter Boogie-Woogie.
«Wie bitte?»
«Boogie-Woogie!!» rief ich.
Da lachte er nur und streckte mir die Mondscheinsonate von Beethoven hin.

Von Löwe zu Löwe

Löwe: He du, ich bin Löwe, und ich bin stark und mutig, wollte sagen oberstark und obermutig.

Ich: Ja, ja, bin ebenfalls Löwe, am 11. August geboren, bin auch manchmal stark und manchmal mutig.
Fällt mir nur kein Beispiel ein.

Löwe: Ha - mir fallen viele Beispiele ein - neulich der Kampf mit der Affenbande und dann der Fight mit den Giraffen!
Un - be - sieg - bar sind wir Löwen!

Ich: Und grössenwahnsinnig, gell?

Löwe: He, willst du mal meine Krallen kennenlernen?
Aber da fällt mir ein - wir Löwen sind auch gutmütig.
Also, zieh Leine, Leonessa!

Schäme mich

Im Juli ging ich ins Kloster. Aber nur zum Schreiben! Unsere
Gruppe bestand aus 12 Personen. Den Mann links neben mir
kannte ich, die Frau zu meiner Rechten nicht.

Sie war sehr klein, sehr schmal, grauhaarig und sprach leise.
«Was für einen Beruf hast du gehabt?», fragte ich.
Apothekerin sei sie gewesen.
Ich dachte:
«Jööö, so alt und geht immer noch ins Schreibseminar!»

Tja, und dann erwähnte sie in einem Text ihr Alter.
Hallo, sie war zwei Jahre jünger als ich!

Und am dritten Morgen fehlte sie. Es hiess, sie sei um drei Uhr
nachts mit der Ambulanz ins Spital gefahren worden.
Dieser leere Platz neben mir! Sie tat mir soo leid!
Ich schrieb einen Zettel und legte ihn auf ihren leeren Tisch.

> Komm
> bitte
> bald
> zurück

Ja - am Nachmittag war sie wieder da. Sie habe einen viel zu hohen
Puls gehabt, Herzrasen - aber jetzt sei alles wieder gut.
Nur schreiben tat sie nicht mehr.

Eine Woche später bekam ich ein Mail von ihr.
Sie habe mich beim Frühstück am letzten Tag nicht gesehen und
sich deshalb nicht von mir verabschieden können. Und:

«Es war schön, neben dir zu sitzen und deine liebevolle
Zugewandtheit zu erfahren, danke dafür.»

Doch nicht nur einmal hatte ich gedacht:
«Gott sei Dank seh ich nicht so alt aus wie sie.»

Ungarisches Gulasch

Zu meinem Geburtstag letzte Woche lud ich Verwandte ein, und meine Tochter kochte *Ungarisches Gulasch.*
Da erzählte ich ihr, wie ich mal für drei Männer Gulasch kochen wollte. Also, es war so:

Als junge Lehrerin wurde ich einem Dorf zugeteilt und fand dort ein Zimmer plus Küchenbenutzung. Konnte aber nicht kochen, war ja immer in die Mensa gegangen.

Dann hatte sich Besuch angesagt.
Drei Männer, aber nicht gleichzeitig.
Zuerst wollte mich der Ungar wiedersehen, vom Haus gegenüber meiner damaligen Studentenbude.
Dann Ingo, der Bruder einer Freundin.
Und mein ehemaliger Geschichtslehrer, nur zehn Jahre älter als ich.

Endlich Gäste bewirten!
Mir fiel *Ungarisches Gulasch* für den Ungarn ein.

Ich ging ins Parterre und fragte die nette Frau Meier nach dem Rezept. Ihre Erklärung war umfangreich. Ich hakte nach, notierte Fleischmenge, Gewürze, Kochzeit, ach, es war nicht einfach!!

Kurze Zeit später servierte ich dem Ungarn dieses feine Nationalgericht, und was soll ich sagen, auch Ingo und der Geschichtslehrer wurden damit beglückt.

«Köstlich, hätte ich dir gar nicht zugetraut, Ute.»

Leider musste ich drei Mal erwidern:

«Rezept von Frau Meier im unteren Stock.
Also, äh, die hat es auch gekocht.»

Was Blumen sprachen und Frösche quakten

Hallo - ich heisse **Ringelblume**.
Wir stehn in Gruppen rum, tanken Sonne, trinken Regen und lachen, wenn Leute achtlos an uns vorbeilaufen. Sie interessier'n sich nicht für uns, was bedeutet: Sie pflück'n uns nicht! Die rosa Cosmeas da drüben - immer wieder müssen ein paar dran glauben. Ich sag Euch: Bewunderung ist nicht alles!

Grüezi - mein Name ist **Wundklee**!
Bis vor kurzem hockte ich gemütlich neben Gräsern im Garten.
Doch soeben hat mich eine Frau aus der Erde gezogen.
Was für eine Wunde sie hat, weiss ich noch nicht.
Sollte es eine seelische sein, hat sie Pech gehabt.

Wir **Margueriten** haben gerade gescherzt:
«Ein Glück, dass die Sonne unsere weissen Blütenblätter nicht bräunt.» Die **Sonnenblumen** neben uns haben gebrummt:
«Ihr könnt offensichtlich die Wolken nicht deuten. Es wird bald Regen geben.» Wir sagten: «Macht nüüt. Im Gegensatz zu Euch können wir unsere Köpfe schliessen.»
Doch die frechen **Sonnenblumen** haben gerufen: «Stimmt, aber - ätsch - gleich kommt jemand und holt uns ab als Deko für'n Altar!»

Seerose 1: «Quakli, du sitzt schon eine Ewigkeit auf meinem Blatt. Bist echt schwer.»

Frosch:«Dann werd ich halt, schöne Maid, deine Nachbarin mit meiner Anwesenheit beglücken.»

Seerose 2: «Hallo, Quaker, freut mich. Aber weisst du, was eine Schweigeminute ist?»

Frosch: «Jaaa, quaaak.»

Seerose 2: «Weisst du auch, was eine Schweigestunde ist?»

Frosch: «Quak und ciao. Ich versuch mein Glück bei einer anderen Seerosen-Lady.

Text an der Tafel

An jenem Morgen erschienen drei Väter.
(Ich hatte eine ganze Woche lang Elternmorgen angeboten.)

Volgenden Text schrieb ich an die Tavel (Auszug aus einem Aufsatz):

Hey, ich bin dein Computer.
Ich will nicht so fiele Buchstaben schreiben.
Hast du mich ferschtanden? Wenn du nicht auvhörst, ferplatze ich.

Die Kinder wiederholten den Spruch:

ver und vor
ich weiss genau
schreibt man stets
mit einem v

Das konnte man auch auf viel und vier anwenden:

viel und vier
ich weiss genau
schreibt man stets
mit einem v

Hier mein dritter Merkspruch, spontan erfunden

Aber auf
sagt der Chef
schreibt man stets
mit einem f

Und *auf* ist hier eine Vorsilbe: *auf*hören, *auf*machen, *auf*stehen.
Oder - wenn nicht als Vorsilbe – ich sitze *auf* dem Stuhl.

Und weshalb ist *verschtanden* falsch geschrieben?
«Ha, das s will doch neben dem t sitzen!»

Dann fiel mir noch ein pervides, sorry, perfides Wort ein:
«Schreibt: *vielleicht.*»

Fast alle machten einen Fehler, mal *ohne ie*, mal *ohne zwei l*.

Aber als ich es an die Tafel schrieb, *viel* und *leicht* und mit einem grünen Strich verband, wurde es sonnenklar, wie man es schreibt.

Nun drehte ich die Tafel um, teilte Zettelchen aus und bat:
«Schreibt auswendig das Wort *vielleicht*.» Hurra!
Und dann: «Schreibt auswendig das Wort *verstehen*!»
Erfolg! Die Kids schrieben es alle richtig.
«Logisch, das *s* will doch neben dem *t* sitzen!», riefen sie.

Ich schränkte es nun ein. «Das gilt aber nicht bei Vergangenheitswörtern, also nicht bei rauschte, duschte, huschte, zischte usw.»

Jetzt bat ich um das Notieren eines Wortes,
das weder mit *v* noch mit *f* zu tun hat,
sondern nur mit der Tatsache, dass es schwierig ist.

«Schreibt *wahrscheinlich*! Ich wette, die Hälfte schreibt es falsch!»
Ich verlor meine Wette, denn nur Wanda schrieb *wahrscheinlich*.
Die andern vergassen das *h* und machten dafür ein ziemlich unnötiges *d* – *warscheindlich*.

Tja, und als es läutete, riefen die Kinder:

Schade, sie hätten gerne noch ein paar schwierige Wörter kennengelernt!

Und die Väter bedankten sich lachend.

Drei AUTOFAHRTEN

1.

Neulich, am 24. August, fuhr ich auf der Autobahn von Winterthur nach Hause. Plötzlich überholte mich einer, wütend hupend, und die Beifahrerin fuchtelte mit den Händen und rief mir etwas zu. Aber was? Ihr und mein Fenster waren geschlossen. Was war los?? Das Licht? - Es war an. Und auf dem Armaturenbrett keine Fehlermeldung! Geplatzter Reifen? Aber wo halten, um nachzuschauen? Ich fuhr tapfer und auf alles gefasst weiter. Und schaffte es bis nach Hause.

Weiss heute noch nicht, was ich bzw. mein Auto verbrochen hatte. Entschuldigung!!!

2.

Mein erstes Auto war das meiner Mutter, ein grauer VW. Mühsam zu fahren, denn er brauchte Zwischengas!

Täglich fuhr ich damit und machte bei jedem Gangwechsel die Operation «Gas - Leerlauf - Zwischengas - neuer Gang - Gas.» Anspruchsvoll!!

Leider reagierte das Steuerrad auch nicht optimal, so dass ich mal bei Glatteis einen Pfosten brutal rammte. Günstig war, dass sich jener gegenüber einer Arztpraxis befand.

3.

Und der neue Volvo meines Mannes! Ich weigerte mich, mit diesem Schiff zu fahren, hatte ja einen «Döschwo».

Nun geschah es aber, dass mein Mann bei einer Skiabfahrt bös gestürzt war. Ich war nicht dabei, hatte nämlich die Abfahrt etwas später mit Hilfe eines Skilifts unternommen. Unten erfuhr ich, er sei zum Arzt gebracht worden. O je.

Ich setzte ich mich in unseren Volvo-Kombi, suchte nach Schaltern, betätigte Knöpfe, hebelte herum, und er fuhr! Beim Arzt hiess es: «Ihr Mann hat einen komplizierten Oberschenkelhalsbruch. Er will in Zürich operiert werden. Sie müssen ihn in die Uniklinik bringen.»

«Nein», rief ich, «ich kann mit dem Auto nicht fahren und mich schon gar nicht in diesem Lötschbergtunnel verladen lassen!» Doch mein Mann war bereits verpackt. Die Rücksitze wurden hinabgeklappt und er hinten rein verfrachtet. Ich fand das Licht und gab Gas. Als ich in den Tunnel reinfuhr, hatte ich meinen Mann noch. (Kleiner Scherz)

Wo war er?

Ich geh ab und zu ins Kloster - an ein Schreib-Weekend.
Neulich wieder:

Hatte die Anmeldung nur flüchtig durchgelesen und landete dummerweise in der Kartause Ittingen. Dort auf dem Parkplatz merkte ich: Falsches Kloster. Gottlob, bzw. Lobgott, fiel mir der richtige Name wieder ein, und ich kam auch richtig an, aber nicht rechtzeitig. Es war noch ein Platz frei, meiner, und ich setzte mich schnell. War mitten in eine Session geplatzt.

In der Pause: Meine Nebensitzerin verkaufte hübsche Papeterie-Sachen, selbstgefertigt. Ich erstand sofort drei Heftli, um - ganz ehrlich - um sie positiv zu stimmen. Ich entstamme einer Kaufmannsfamilie und weiss daher, wie gern man Geschäfte macht.

Wir waren fünfzehn Leute, sassen in einem grossen Raum an grossen Bänken. Die belagerten wir mit Papieren, Büechli und ich zusätzlich mit diesen drei neuen Heftli. Nur, dass ich einen Fehler machte. Meine Nebensitzerin schüttelte den Kopf und deutete auf meinen Schreibblock. Was ist?

Mit der Hand machte sie eine Wischbewegung. O Gott, er lag zu einem Drittel drüben, also auf ihrem Tisch. Sorry, sorry. Das war eigentlich das letzte Zeichen, das sie mir gab. Besser verstand sie sich nun mit der Nachbarin zur Linken.

Okay, ich war ja nicht zum Reden gekommen, sondern zum Schreiben. Am ersten Tag wurde zwar nur philosophiert. In einer Pause lief ich zur Rezeption und fragte nach Mönchen. Noch vier würden hier leben, und leider sei an diesem Wochenende nur Einer da. Ich sagte:
«Den will ich. Äh, mit dem will ich ein Interview machen.»
Man würde es ihm ausrichten, hiess es.
Noch fünfmal fragte ich nach diesem Mönch, und fünfmal hiess es, er sei unauffindbar.

Dann wollte ich endlich einen Text schreiben.
Unser Thema hiess «Glück».

Doch, hm, ich hatte kein Glück. Mir fiel nichts ein.

Blumenstrauss im Kursraum

Rose
Seit vier Tagen bin ich ununterbrochen mit Euch zusammen, das braucht schon Nerven.

Gerbera
Still, ich bin am Blühen!

Bellis
Wir sind eine Gruppe. Da gibt es schon dies und jenes zu besprechen. Aber wir tuscheln ja nur.

Farn 1
Kollege, du hast es gut. Die Lilie neben mir riecht extrem!

Farn 2
Bis zu mir rüber!

Lilie
Hallo! Ich rieche nicht, ich dufte!

Bellis
Wir finden, es könnte schlimmer sein. Wenn es zum Beispiel eine Gruppe Lilien wär!

Rose
Auf jeden Fall würde ich lieber einzeln stehen in einer Kristallvase mit - ach - frischem Wasser!

Nelke
Ich käme gern mit. Irgendwie nervt mich das Menschengerede hier im Raum.

Gerbera
Mich auch - pausenloses überlautes Bla bla Bla! Stört echt beim Blühen!

Lilie
Und beim Duften!

Farn 1
Wie bitte?

Farn 2
Bei was?

Lilie
Seid still und grünt weiter!

Milch, Zucker und Öl

Ich zeigte meinen Zweitklässlern das Foto von einem fast verhungerten Kind und gab ihnen ein in Farben unterteiltes Massband.

«Messt Eure Oberarme!»

Auf einer Tabelle war ersichtlich, dass jeder und jede von ihnen gut genährt, das afrikanische Kind jedoch stark unterernährt war.

Es brauche Milch, Zucker und Öl, lasen wir.

«Kein Problem», rief eine, «wir sammeln alle Schoppenflaschen, die wir kriegen können, füllen sie mit Milch, tun Zucker und Öl rein und fliegen damit nach Afrika!»

«Jaaaa!!!»

Aber halt! Ich, die Lehrerin, hatte Bedenken von wegen Milch wird schlecht und Flug zu teuer.

Ein anderer Vorschlag wurde schliesslich angenommen, ein Schächtelchen aufgestellt, und in den nächsten Tagen marschierten immer wieder Kinder hin und warfen einen Franken von ihrem Taschengeld hinein.

Ob ich auch mitmache, wurde ich von den Kindern gefragt.

Ich schrieb an die Tafel die Zahl 25 und sagte:
«So viel Geld haben wir bis jetzt und ich gebe auch noch einen Franken dazu.»

Dann setzte ich eine Eins vor die Zahl 25.

«Falsch! Du hast den Einser an die Hunderterstelle geschrieben statt an die Einerstelle! Jetzt muss du hundert Franken bezahlen!»

Ich mahnte die Kinder: «So geht's einem, wenn man die Stellen verwechselt.»

Wir füllten nun einen Einzahlungsschein aus und liefen damit zur Post.

Einer rief in der Halle:
«Daumen drücken, dass diese Kinder am Leben bleiben!»
Da hielten alle 25 Zweitklässler eine Hand hoch mit eingeklemmtem Daumen, und die Angestellten hinter den Schaltern machten grosse Augen.

Ich liebe Zufälle

Am 3. Oktober hatte ich Tolles vor:
Mit der Kulturgruppe 60+ nach Zürich ins Hechtplatz-Theater zu Secondhand Orchestra: ABBA auf den Spuren der Liebe.

Treffpunkt Bahnhof Bonstetten. Ich war viel zu früh. Huh, in dieser Kälte so rumstehen! Weshalb haben wir da keine Bänkli?

Ich ging in den AVEC und setzte mich an ein Tischli. Trinken und essen wollte ich nicht, nur eine Viertelstunde warten. Da kam ein Mann und lachte: «Oh, so einsam dasitzen ohne irgendwas?»

Ich entschuldigte mich: «Ich geh gleich. Sind Sie der Chef?»
«Bin Chauffeur, muss nur an Ihnen vorbei aufs WC.»

Dann bedankte ich mich bei den zwei Bedienungen fürs den Aufenthalt und fragte, ob ich nicht einer von ihnen letztes Jahr Geld zu Weihnachten geschenkt hatte. (Aus Mitleid, weil sie am 24. so lange Dienst und dazu eine weite Rückfahrt hatte.)

«Ja», lächelte die eine.
«Also, wartet bis Weihnachten. Dann bekommt Ihr Beide was.»

Nun aber ins Postauto. Auf der Fahrt sagte ich zu Ruth, unserer Organisatorin, sie solle sich nicht wundern, wenn ich in der Pause ginge. Das sei dann der Fall, wenn mich das Theater langweile. «Ich weiss», meinte Ruth. Oh.

Bald sang ich leise mit, klatschte begeistert, und als ich mich mal umdrehte, winkte mir eine ehemalige Schülerin. In der Pause ging ich nicht heim sondern zu ihr, und da trafen wir zufällig noch eine zweite aus derselben Klasse!! Wie fröhlich wir waren! Wie vertraut! 4. - 6. Klasse in Zürich - das verbindet.

Vergnügt sah bzw. hörte ich mir auch den zweiten ABBA-Teil an. Mitklatschen!!!! Gegen elf Uhr war Schluss. Die eine Schülerin winkte, die andere kam und umarmte mich. Was für schöne Frauen es sind!

Nun fuhren mit der S-Bahn nach Bonstetten, und jetzt der letzte Zufall: Wir stiegen aus, liefen hoch zum Bahnhofplatz, und wer stand da um Mitternacht mit einem Kollegen? (Postauto-Pause?) «Hallo!», rief er, «endlich zrugg?»

Und ich: «Es anders Mal wieder im AVEC!»

Ein Kapuziner, ein ehemaliger

Ich war eine Woche zum Schreiben im Kloster Bigorio, hoch in den Tessiner Bergen. Ausser uns sei nur, hiess es, ein ehemaliger Kapuziner da. Zufällig traf ich diesen im Gang. Er fragte mich, ob er ein Handtuch haben könnte. «Ich bin auch nur Gast», bedauerte ich. Er trug keine Kutte, sondern ein blaues Adidas-T-Shirt und sah richtig gut aus. Ich fragte ihn ein bisschen aus.

Also: Er arbeite inzwischen als Pfleger in einer Priester-Krankenstation. Und weshalb er kein Kapuziner mehr sei? Er druckste herum. Ich wartete. Schliesslich sagte er: «Wegen dem Zölibat.»

«Oh, jetzt sind Sie also mit einer Frau zusammen?»

«Nicht mehr.» Ich hakte, höflich wie ich bin, nicht nach, sondern erkundigte mich nach dem Grund seines Hierseins. Er mache Meditation. «Und worüber denken Sie stundenlang nach?», wollte ich gern wissen. Er klärte mich auf. Meditieren heisse:

Die Gedanken loslassen. Oh - gut für ihn, schade für mich: Es gongte zum Mittagessen.

Berufs-Planung

Lokal-Reporterin wollte ich werden. Vom pulsierenden Leben berichten, von Hausbrand und Diebstahl, von Stadtplanung und Dorffest, und ja, meinetwegen auch von Kaninchenzüchtervereinsabenden.
Aber sie wollten mich nicht, die von der Zeitungsredaktion. Ich sei so jung, ich solle erstmal ein bisschen studieren und mich dann wieder melden.

Geknickt verliess ich den SCHWARZWÄLDER BOTEN, stärkte mich im Wirtshaus am Marktplatz mit einem Eiersalat und fuhr mit dem Zug nach Hause.
Der Kommentar meiner Mutter: Sie fände es sowieso besser, wenn ich Lehrerin würde.
Und plötzlich dachte ich: Wenn sich meine Mutter nicht hätte scheiden lassen, dann hätte mein Vater eine zweite oder dritte Redaktion ausfindig gemacht, mich sogar hingefahren zum Bewerbungsgespräch und im Auto auf mich gewartet. Der hätte gedacht: «Meine Ute, die ist prädestiniert für den Reporter-Beruf. Die schreibt ja jetzt schon geniales Zeug.»
Doch meine Mutter hatte bereits ein Anmelde-Formular von der Reutlinger PH bestellt!
PÄÄ - DAGOGISCHE HOCH - SCHUULE REU - IIT - LINGEN !
Wie das tönte! Nach WÄÄ und SCHUULE und REUE und IGITT!

Also wenn schon Kinderbelehrung, dann an einem spannenden Ort. Ich meldete mich in Heidelberg an. Mir wurden in einem Prospekt beleuchtete Tanzschiffe auf dem Neckar versprochen und romantische Nächte am Heidelberger Schloss. Vielleicht würden es wundervolle Studienjahre werden.

Verbote für Frauen

Seit drei Jahren regieren die Taliban in Afghanistan.

Frauen werden total unterdrückt. Sie dürfen nun

Nicht mehr in die Regierung

Nicht mehr in Sekundarschule und Gymnasium

Nicht mehr alleine reisen

Nicht mehr ohne männliche Begleitung in öffentliche Gebäude

Weitere Verbote:

Kein Sport

Kein Kauf von Verhütungsmitteln

Keine Kosmetikstudios

Keine Scheidung

TV-Moderatorinnen müssen sich verhüllen

In der Öffentlichkeit gilt die

Vollverschleierung für alle Frauen

Und seit August 24

Kein lautes Sprechen in der Öffentlichkeit

Niemals fremden Männern das Gesicht zeigen

Diese Angaben stehen auf dem Flyer von Amnesty International.

Zweitklässler sind herzig

1. Story

Ich schrieb MEINE MUTTER an die Tafel und wünschte von meiner zweiten Klasse ein paar Sätzli dazu.
Janine notierte:
> Sie duet schön ässe. Sie macht Schbort.

Dann war sie fertig. Aber ach, diese nimmersatten Lehrerinnen! Wollte ich doch ein weiteres Sätzli.
Nun kam sie ans Pult mit der schriftlichen Info:
> Meine Mutter hüratet bald.

Hochinteressant. Ich bat um einen Zusatz. Fünf Minuten später präsentierte sie ihn mir:
> Und ich bin au aingeladen.

2. Story

Die Kinder kamen mit ihrer Hausaufgabe zu mir ans Pult. Zu Ibo sagte ich: «Du riechst so gut!»
Das könne nicht sein, meinte er, denn er nähme nur sonntags Parfüm.
Ich erkannte: «Das ist dein Pulli, der so fein riecht.»
Am nächsten Tag lag ein Zettel auf meinem Pult.
«Ariel und Omo mischen.»

3. Story

Eines Tages wurde ich mitten im Unterricht total überrascht. Ein Vogel flog plötzlich ins Klassenzimmer. Er drehte eine Runde und verschwand wieder durch eines der offenen Fenster.
In der Pause hörte ich meine Buben über mich reden:
«Dass sie so geschrieen hat - nur wegen einem Vogel!»

Liebe Lehrpersonen!

Die schlimme Adventszeit ist da! Jetzt sich ins Zeug legen.
Erstmal das Klassenzimmer adventlich schmücken. Wichtig, quasi
als Aushängeschild, ist die Türbegrenzung, äh, wollte sagen Tür-
Bekränzung. Mit Tannenzweigen und Glöckli, Herzli, Kügeli ...
Kurzes Samichlaus-Gedichtli auswendig lernen lassen.
Nun das Einüben der Weihnachtslieder:

O Tannenbaum ist am einfachsten, jedoch bei ... wie grün sind
deine Blätter eine Naturkundestunde einschieben (Laubbaum -
Nadelbaum).

Abzuraten ist vom zweiten Vers von Stille Nacht, heilige Nacht. Den
Satzteil *«O wie lacht Lieb aus deinem göttlichen Mund, da uns schlägt
die rettende Stund»* kriegen die Kids nicht hin.

Und weshalb nicht was für die Integration tun? Geht gut mit
folgendem Weihnachtslied:

> Es Schöfli duen em bringe
> und duen es Loblied singe
> em liebe Herr, liebe Herr Heiland

Das Wort Heiland dürfen die Ausländerkinder ersetzen mit Buddha
oder Allah.

Nun das Wichtigste: Geschenk basteln (bei getrennten Eltern
natürlich zwei)

Ich schlage vor: Bild malen mit dem Thema: Die Heiligen Drei Könige
auf dem Weg nach Bethlehem!

Zeichnung auf Karton kleben und hinten was zum Aufhängen
anbringen. Ich schwöre Euch: JEDES Bild wird wunderbar!

Wünsche Euch viel Kraft

PS: Ostern wird nicht so schlimm (nur Hasen und Eier, voll easy).

Aus dem Nebelspalter

Belämmert

«Nein, ich habe keine schlechte Laune!»
«Nein, ich bin nicht gestresst!»
Diese ständigen Fragen der Eltern meiner Drittklässler!
Ich wollte unbedingt diejenigen beruhigen, die in mir eine zu strenge
Lehrperson vermuteten.
Meine Zornesfalten zwischen den Augen mussten geglättet werden!

Wie gut, dass meine Tochter in einer Hautklinik die Ausbildung zur
Dermatologin machte.

«Könntest du mir etwas Botox spritzen?», bat ich sie.
Weil sie aber nicht den Leichtsinn der Mutter geerbt hat, liess sie
das ihren Oberarzt machen. Der stach mir ein paar Mal in die Stirn
– tat weh!
 «Ne jamais plus» seufzte ich nach jedem Stich, denn es war in
Lausanne.
«In zehn Tagen wird die Wirkung eintreten», verabschiedete sich der
nette Arzt von mir.
Und tatsächlich, am zehnten Tag sah man keine Falten mehr. Das
Nervengift hatte wie gewünscht die Stirnmuskeln lahm gelegt, leider
aber auch den Muskel meines linken Augenlides, was eigentlich
nicht beabsichtigt war.

Mein Kollege – «Hast du einen Schlaganfall gehabt?» – machte ein
paar Fotos, und das schlimmste, ich als Karl Dall, mailten wir nach
Lausanne. Auf Frage meines Operateurs, ob ich einen kleinen
Schlaganfall gehabt haben könnte, mailte ich eine deftige Antwort,
schickte sie aber nicht ab - meine Tochter sollte es gut haben mit
ihrem Chef.
Die Stirn wenigstens war glatt wie ein Kinderpopo – ich schaute gar
nicht mehr streng, wirklich nicht, höchstens etwas belämmert. Die
Eltern konnten zufrieden sein.

Die drei Trinker über(k)lebte ich

Ich wohnte mal in der Steinhaldenstrasse, und man stelle sich vor, zwei Häuser davor, da lebte eine richtige Künstlerin, die Malerin Cleo. Sie hatte schon in Galerien ausgestellt und so.
Wen, wenn nicht sie, berücksichtigen beim Kauf eines Gemäldes?
Ich erstand das Bild *Maiwein*, 1m auf 1m, in den Farben türkis und rosé, mit zwei riesigen, doch zarten Blüten, wirklich schön, auch wenn das jetzt nicht so klingt.
Nur die drei Typen mit Gläsern in der Hand (Maiwein) im Bild unten links störten etwas. Alle grau und steif.
Ja, vielleicht ist Menschen- Malen nicht Cleos Stärke.
Diese Ecke von ihr überpinseln zu lassen, hätte sie möglicherweise verletzt. Deshalb wusste ich mir anders zu helfen. Ich über-k-lebte die drei Trinker (haha, siehe Titel!!) mit mehreren Postkarten eines anderen Sujets von Cleo, so dass der Stil gewahrt blieb.

Vom Unterricht

1. De Igel Sepli

Es liegt ein Zettel auf meinem Lehrer-Pult.
«Ich, de Igel Sepli, wettid Michi enschuldigä wilsis heft nüm find.»
Darunter befindet sich ein Igel-Kleber plus dessen Unterschrift *Sepli*.

2. Es war schön

«Es war schön!» stöhne ich bei der Textbesprechung. «Was war schön in der Badi? Ich habe kein Bild im Kopf bei diesem Satz! Bist du die Rutschbahn hinunter gesaust oder hast du Wetttauchen gemacht? Erzählt bitte genauer!»
Ein paar Tage später kam Schulbesuch. Meine Kinder unkonzentriert. Ich setzte zu einer Entschuldigung an.

«Sie sind ein bisschen müde. Wir waren gestern in der Waldschule. Es war schön dort, gell?»

Da hielt einer die Hand vor den Mund und gähnte, die andern machten es ihm nach, bis die ganze Mannschaft gähnte, und ich rief: «He, was soll das!?»
«Dein Sätzli», sagte Sandra. Ich, unwirsch: «Welches Sätzli?»
«*Es war schön.* Meinst du, die Frau weiss jetzt, was schön war in der Waldschule?»

3. Ausländer

Ich telefonierte Frau Liguzzi:
«Wir haben einen neuen Schüler in der Klasse, den Ali, und Ihr Sohn hat *Schoggibanane* und *Sklave* zu ihm gesagt.»
«O Entschuldigung, das muss er von meinem Mann aufgeschnappt haben. Der schimpft manchmal über seine Kollegen, die Ausländer auf dem Bau.»
«Aber – er ist doch selber Ausländer.»
«Nur Italiener.»

4. Ich verzichte

Drittklässler beschweren sich über eine Fachlehrerin.
Sie rufe immer nur dieselben fünf Schüler auf. Diese kämen etwa neunmal pro Stunde dran, alle anderen einmal oder keinmal.
«Redet mit ihr!»
«Wir haben es ihr schon oft gesagt. Sie vergisst es wieder!»

Nun suchte ich das Gespräch mit dieser Lehrerin.
Oh, in der nächsten Stunde wurden alle aufgerufen, aaaber: in der übernächsten seien wie üblich Joshua, Leandro, Wanda, Pia und Eidas drangekommen.
«Entweder Ihr akzeptiert das», sagte ich, «es sind ja nur zwei Stunden pro Woche ...»

«Oder?»

«Oder Ihr akzeptiert es, äh, nicht.»

«Was dann?»

«Dann müsst Ihr Euch etwas einfallen lassen.»

Jemand schlug vor: «Diejenigen, die einmal drangekommen sind, sollen nicht mehr aufstrecken.»

«Geht nicht. Sie nimmt auch solche dran, die sich nicht melden, eben die fünf, den Joshua, den Leandro, die Wanda, die Pia und den Eidas.»

Wanda meinte: «Wenn sie mich ein zweites Mal aufruft, sage ich:

Ich verzichte auf die Antwort zugunsten von jemand anderem.»

«Genau, wir sagen, wir verzichten!» rief Leandro, und so geschah es.

Bitte nicht nisten!

Bin zu Besuch bei meiner Mutter. Schaue zum Wohnzimmerfenster hinaus, und was seh ich da:

Auf dem Gerüst - die Fassade wird neu gestrichen - ein halbes Vogelnest. Und schon kommen zwei Tauben, Mann und Frau, angeflogen mit Halmen im Schnabel.

Meine Mutter bittet mich, diesen Nestbau zu stoppen.

Leichter gesagt als getan. Ich räume sämtliche Blumentöpfe vom Fensterbrett, ziele mit einem langen Besen auf die Niststelle, erreiche sie mit Müh und Not und wische die Halme runter vom Gerüst. Doch vergebens.

Die Tauben geben nicht auf, erscheinen erneut mit Gräsern.

«Mach was», so meine Mutter, «aber pass auf!»

Ja, sie wohnt im fünften Stock. Ich muss mich weit aus dem Fenster lehnen, um den Nistplatz zu erreichen, lege den Besen mit dem Wischteil genau darüber und befestige den Stiel mit einer Schnur an einer Gerüststange. Eine kühne Konstruktion.

Meine Mutter kurz darauf: «Ich brauch den Besen.»

Faule Äpfel

«Argumentiere schlau!», riet eine Freundin, als ich ihr erzählte, dass ich in der Baukommission unseres neuen Schulhauses war.
Dass ich dann an der Sitzung «Bloss keine Apfelbäume mehr!» rief, war nicht mit ihr abgesprochen. Das kam sehr spontan und undiplomatisch aus meinem Mund, nachdem der Gartenarchitekt von zusätzlichen Apfelbäumen geschwärmt hatte.

Ich brachte da Argumente an wie:
«Unsere Hauswartin ist total genervt vom ständigen Faule-Äpfel-Auflesen von der Schulwiese und erst recht vom Fenster-Putzen. Jeden Tag Geschosse von zermatschten Äpfeln an den Scheiben!»
Aber in der Kommission schüttelte man den Kopf über eine Lehrerin, die Apfelbäume ablehnte. Es gab doch nichts Besseres, als dass Schüler in der Pause ihre eigenen Äpfel assen. Nur – die heutigen Kinder sind heikel. Sie wollen kein Obst mit Wurmlöchern.

Meine Freundin coachte mich. Bei der nächsten Sitzung argumentierte ich anders. Sprach von weinenden Kindern, die von Wespen gestochen wurden und von reklamierenden Eltern.
Und ha – neuer Beschluss: Keine weiteren Apfelbäume!
Die Hauswartin umarmte mich.

Fünf Franken

Ein Inder kam ins Klassenzimmer. Ich kannte ihn nicht.
Er nahm zwei Seidenpapiere aus seiner Mappe, rollte sie auf, schnitt sie ein und so entstand eine tolle Lotosblüte. Er verkaufte mir dann ein Heftchen mit Bastelvorschlägen für fünf Franken und verliess unser Klassenzimmer. In der Pause fand ich in unserem Schrank Seidenpapierreste, und in der nächsten Stunde versuchten wir, diese Lotosblüte nachzumachen. Vergebens.« Fünf Franken im Eimer!», schimpfte ich. Am nächsten Tag bekam ich das Geld.
Die Kinder hatten gesammelt …

Junger Mann an meiner Seite

Sophie wird 50. Tischkarten weisen mir den Platz. Aha, rechts von mir sitzt Kollegin Rosmarie, links Sophies Sohn Remo, 21.
Nach einem Vier-Gang-Menü, während dem ich vorwiegend mit Rosmarie plaudere und meinen jungendlichen Nachbarn in Ruhe futtern lasse, kommen wir beide doch noch ins Gespräch.

Er freue sich auf das Ende des Festes, weil er anschliessend in die Disco wolle, erzählt er. Ein Drink, Wodka mit Red Bull, kostet fünfzehn Franken. Drei Drinks werden es wohl werden.

Ich gebe ihm dreissig Franken fürs Taxi von der Disco nach Hause, denn morgens um fünf fährt noch keine Bahn, und es regnet.

«Du Armer», bemitleide ich ihn, «hast eine 52-Jährige neben dir und hättest lieber eine 25-Jährige.»
Er sei Legastheniker, meint er, da komme es nicht so drauf an.

Licht aus

Bin auf der Autobahn. Komisch, das Deckenlicht im Auto brennt. Das muss doch automatisch ausgehen, wenn man die Türe schliesst! Hat wohl Hossi extra angemacht, als er das Auto innen geputzt hat. Und wo macht man das Deckenlicht aus?
Keine Ahnung. Zu lange darf es sicher nicht brennen, sonst wird die Batterie leer, überlege ich und biege auf den Gotthard-Rastplatz ein.

Dort klettere ich auf den Rücksitz (Zweitürer) und suche den Schalter am Lämpchen. Da ist aber keiner.
Hinter mir hält ein grosser Laster aus Sankt Gallen.
Ich geh zum Fahrer hin.
«Entschuldigung, wissen Sie vielleicht, wo man mein Innenlicht ausmacht?»

Er steigt in meinen Wagen, greift ebenfalls nach hinten zum Lämpchen und kommt dann raus. Das Licht ist verlöscht.

«Wie haben Sie es ausgeschaltet?», will ich wissen.

«Fest drauf geschlagen.»

«Vielen Dank!» Wieder was gelernt.

Als er zu seinem Laster geht, wendet er sich nochmal um.

«Überm Rückspiegel ist der Schalter», lacht er.

Londoner Girl am Bodensee

Lynne hiess sie, war ein Girl aus London und meine Brieffreundin, die mich besuchte, mir sämtliche Jungs der ganzen Strasse ausspannte und, als wir beide eine Woche zum Zelten am Bodensee waren, meine drei Cousins Gerd, Bernd und Harald dazu.

Wie sie das machte? Wenn ich das wüsste! Einen tollen Bikini hatte sie an, konnte aber weder schwimmen noch Velo fahren, war blond, geschminkt, toupiert.

Meine Cousins fragten sie immer wieder, mal in englisch, mal in babydeutsch, ob sie Lust habe auf Ruderboot oder Camping-Kiosk.

Lynne lachte und nahm diese Angebote sehr gerne an. Und ich? Durfte mit, wurde aber nicht beachtet.

Dann war Tanz am Lagerfeuer. Lynne wollte meinen drei Cousins den Twist beibringen. Die fanden es wahnsinnig lustig.

Um zwölf war Schluss. Lynne und ich gingen ins Bett, bzw. auf die Luftmatratze in unserem Zweimannzelt.

Und was mich am meisten nervte:

Dass sie vor dem Einschlafen einen Wadenkrampf bekam und ich Gerd holen musste zum Massieren.

Luigi und Fussball

Ich war ein paar Tage zu Besuch bei meiner Tochter, die mit einem Italiener zusammenlebt.
Er ist ein angenehmer, entspannter Typ.

An einem Spätnachmittag - meine Tochter war am Arbeiten - wurde ich aber Zeugin eines ausgesprochen leidenschaftlichen Fussballfans.
Luigi sah sich ein Spiel an: Mailand gegen ... weiss nicht mehr.

«Miilan!!», rief Luigi immer wieder, «Miiiilan!!!!»
Und dann ein knallig kurzes «si - si - si!!»,
manchmal auch ein entsetztes «no, ma no, noooo!!»

Dieser Mann, den ich bis dahin nur als gelassene Person kennen gelernt hatte, sprang vom Sofa auf, riss die Arme in die Höhe oder warf sich auf die Polster, je nachdem.

Am nächsten Tag - es war im Oktober - wollte ich beim Nachtessen höflich sein und nicht nur mit meiner Tochter reden.
Also sprach ich Luigi an - schwierig, da wir beide der Sprache des andern nicht besonders mächtig sind.
Ich sagte deshalb nur: «Katar.»
Luigi sah mich kurz an, dann sofort wieder weg.

Später wollte ich von meiner Tochter wissen:
«Was ist los? Er hat nicht auf ein Fussballthema reagiert?!»
«Ich hab ihn deswegen gefragt. Es ist so: Italien ist nicht dabei.»
«Wobei?»
«Bei der WM in Katar.»
O je o je. Furchtbar!

Picasso im Papierkorb

«Soso, Ihr Sohn ist Bettnässer? Wegen mir? Weil ich seine Ritterburg nicht akzeptiert habe? Aber, Frau Schmidli, das war ja keine Ritterburg, das war nur grünes Gekribbel!»

Ich ziehe das Corpus Delicti aus dem Papierkorb.
«Völlig lustlos hat Ihr Simon drauflos gekribbelt, nein, Frau Schmidli, das können Sie nicht mit Picasso vergleichen. Ich hab ihm dann ein kleineres Papier gegeben und ihn zu einer zweiten Fassung motiviert, und jetzt schauen Sie, was entstanden ist – da an der Wand hängt es – eine tolle Burg mit zwei Rittern auf Pferden hat er nun gemalt!
Eigentlich müssten Sie froh sein, dass ich das Beste heraushole aus Ihrem Sohn. Natürlich nicht um den Preis des Bettnässens, aber das hängt todsicher nicht damit zusammen. Simon ist ganz stolz auf seine zweite Zeichnung gewesen.
Wissen Sie, Frau Schmidli, ich muss den Kindern eine Arbeitshaltung beibringen und die heisst: «Bemüh dich drum!»

Frau Schmidli aber nimmt das grüne Gekribbel in die Hand, betrachtet es liebevoll, entdeckt sogar die Konturen einer Burg, bringt noch einmal Picasso ins Gespräch, und ich schenke ihr die Zeichnung, damit sie sie einrahmen kann.

Ahnung von Sex

Die Eltern eines Iraners, der hier in der Schweiz wohnt und mir bei der Gartenarbeit hilft, sind von Teheran zu Besuch gekommen.
Ich bewundere seine schöne Mutter.
Sie sei noch jung, lacht er, sie habe mit fünfzehn geheiratet.
Da rufe ich:
«Also mit fünfzehn hatte ICH noch keine Ahnung von Sex!»
Er übersetzt das seiner Mutter und dann ihre Antwort:
SIE auch nicht!

An der Kasse

Zwei Frauen stehen vor mir an der Kasse, aber die Vorderste kann nicht bezahlen. Kein Geld dabei, und die Karte reagiert nicht.
Sie nimmt ihr Handy und telefoniert, während die Verkäuferin geduldig wartet.

Ich sage „heieiei», und die Frau vor mir wendet sich um und meint, ihr mache das Warten nichts aus, denn sie habe hier endlich das richtige Hundefutter gefunden.
Sie holt ein Päckli aus ihrem Einkaufswagen und zeigt es mir.
Ihr Hund sei nämlich gestern operiert worden. Wegen Scheinschwangerschaft.
In diesem spannenden Moment wird leider die Kasse frei.

Bonne nuit

Ich war mal extrem sauer auf meine zukünftige Schwiegermutter.
Sie hatte ihrem Sohn nach Zürich telefoniert, um ihm zu berichten, dass sie mich im Zug mit einem Mann intensivst habe plaudern sehen.

Ja! Ja! War so. Nur, dass mein Gesprächspartner ein hässlicher Mann aus meinem Französischkurs gewesen war!
Und ich werde doch wohl plaudern dürfen mit allen Männern dieser Welt!

Jedenfalls war ich sowas von wütend, dass ich mir vornahm, die künftige Schwiegermutter aufzusuchen und ihr zu sagen, dass ich mal mit fünf Franzosen gleichzeitig geschlafen habe!
(Hab mich dann aber doch nicht getraut.)

Hier verrat ich`s:
Es war im Nachtzug von Paris nach Stuttgart.
Im 6er-Stockbetten-Abteil.

Gut in Mathe

Meine Tochter hatte einen neuen Freund. Er war in der Parallel-Klasse und kam manchmal zum Lernen zu uns nach Hause.
Sie übten Mathematik!

Eines Tages sagte sie:

«Mami, du und ich, wir sind zum Kaffee eingeladen bei seinen Eltern. Aber erschrick nicht. Sein Vater ist Chinese und seine Mutter Appenzellerin. Beide sind klein.»
«Seltsam, wo dein Marc so gross ist!»
«Mami!! Minus mal Minus gibt Plus!»

Nicht zufrieden

Verkauf der Wohnung meiner Mutter.
Wir sassen im Büro des Anwalts, mein Bruder, ich und das neue Eigentümer-Ehepaar. Die Frau hatte einen verkniffenen Mund.
Ich sagte: «Sie werden sich wohlfühlen.»
Die Frau schüttelte den Kopf und meinte:
«Das WC ist zu klein.»

Nun, das war mir gar nie aufgefallen.
Immerhin hat das Badezimmer Dusche plus Wanne.
Deshalb lachte ich: «Wenn ein WC das Einzige ist, was Sie stört...»
Sie störe auch das Küchenfenster, sagte die Frau.
«Warum denn das?», fragte ich, denn man hat eine wunderbare Aussicht auf Wiesen und Felder.
«Es ist zu gross.»

Wie viele Unterschriften?

Trotz der fünf Jahre in der Schweiz redete ich, die Süddeutsche, kein perfektes Schwyzerdütsch. Ich sagte:

guck mal statt *lueg emol, nimme* statt *nümmä* und so wiiter.

Nun wollten wir aber eingebürgert werden. Hauptsächlich war das der Wunsch meines deutschen Mannes, der schon lange hier lebte und behauptete, die Deutschen seien unbeliebt.

Damals war übrigens die Doppelbürgerschaft noch nicht erlaubt.

Nun - ich fühlte mich wohl in der Schweiz. Also war ich einverstanden. So kam es zur Prüfung.
Im Saal des Amtshauses sassen viele dunkel gekleidete Persönlichkeiten am u-förmigen Tisch.
Sie würden beurteilen, ob wir uns assimiliert hätten.

Ich hatte unser schlafendes Baby im Arm und hielt einen Vortrag über Sitten und Gebräuche im alten Zürich.

(Man konnte die Prüfungsform wählen:
entweder Vortrag halten oder Fragen beantworten.)

Ingo, eifriger Tagesanzeiger-Leser, wollte sich zur Politik befragen lassen. Doch plötzlich kam er ins Straucheln, wusste nicht mehr, wie viele Unterschriften es wofür brauchte und verhaspelte sich derart, dass ich schon befürchtete, nur ich würde in die Eidgenossenschaft aufgenommen werden.

Ich musste ihn retten! Aber wie? Ich zwickte das Baby heimlich, aber kräftig ins Bein, bis es schrie. Dann sagte ich:
«Sie will zum Papi!», und reichte das Baby Ingo hinüber.
Und die Abfragerei hatte ein Ende. Ein positives.

Seniorin im Klassenzimmer

Renate ist Seniorin und hilft aus in einer sechsten Klasse in Zürich.
Sie hat mir folgendes erzählt:
«Die hatten Sexualunterricht. Nach der Stunde kam ein Schüler zu
mir und fragte, mit wie vielen Männern ich schon Sex gehabt hätte.

Ich war überfordert und sagte:«Das weiss ich doch nicht mehr!»
«Was - mit so vielen!», hat er gerufen.

Venen

Meine Tochter hatte als Hautärztin eine Praxis in Lugano eröffnet.
Ich besuchte sie und schwärmte:
«Da steht an der Tür Dermatologia e Venereologia.
Toll, du hast mir ja gar nicht gesagt,
dass du auch Spezialistin bist für Venen!»

«Mami, Venereologia bedeutet Geschlechtskrankheiten.»
«O Gott!!»

Wie die Schulreise sein soll

Ich war 16 und bekam das Aufsatz -Thema:
«Soll die Schulreise ein reines Vergnügen sein?»

Oha. Eine Falle! Natürlich musste man diese Frage mit «nein»
beantworten, wenn man eine gute Note erhalten wollte!
Jedes Reisli wurde bis anhin stets mit einem Lernziel verbunden,
möglichst mit mehreren.
Erstmal der geografische Aspekt:
Wo befindet sich der Ort? Wie gelangt man da hin?
Und der kulturelle: Welche Sehenswürdigkeiten?
Dann die geologische Sicht – die Beschaffenheit des Bodens – Granit

oder Gneis?
Nicht zu vergessen der historische Hintergrund – Römer, Kelten,
Germanen?

Dazu das bewusste Erleben der Natur! Pflanzen von seltener
Schönheit, an denen man sonst achtlos vorbeigelatscht wäre.
Dazwischen Tierisches: Käfer, Würmer, Hummeln und Nattern.

Ich wusste also, was von mir erwartet wurde. Aber ich musste
meinen Lehrern endlich mal die Wahrheit sagen. Und schrieb:

«Natürlich soll die Schulreise ein reines Vergnügen sein!
Geografische, geologische, kulturelle, historische und biologische
Belehrungen gehören in den Unterricht!»

Eierweggli

Wann lerne ich eigentlich, dass es im Kanton Zürich nicht
erwünscht ist, von einer fremden Person - in diesem Falle von mir -
angesprochen zu werden?

Neulich ist es wieder passiert. In einer Bäckerei. Die Kundin vor mir
verlangte ein Eierweggli.
«Oh, Eierweggli!», rief ich, «sind die guet?»

«Würde ich sie sonst kaufen?», antwortete die Frau unwirsch.
Und drehte sich weg.

Ich erstand ein Schlagfertigkeitsbuch, um zu lernen, auf
Unverschämtheiten zu reagieren.
Da las ich ein paar Seiten, bis ich den Band zusammenklappte und
dem Brocki brachte.

In Kapitel eins stand nämlich, man habe nur drei Sekunden Zeit für
eine schlagfertige Antwort.

Ich starre auf den Teller

Habe eine nette Frau kennen gelernt. Die hat einen ganz speziellen
Beruf – sie ist Lehrerin für Kleintierverarbeitung, das heisst:
Sie züchtet Hasen, Hühner und Enten. Ihr Garten ist ein Paradies.
Ein Paradies auf Zeit. Irgendwann nämlich ist jeder dran.
Dann wird man gepackt und vor einem wissensdurstigen Publikum
getötet, fachmännisch enthäutet und ausgeweidet.
An einem weiteren Seminartag wird man verarbeitet zu einem
schmackhaften Essen.
Und am dritten Seminartag wird nochmal eine Verwendungsart
gelehrt: Federn werden zu feinen Kopfkissen, und das Hasenfell wird
zu einem chicen Gilet für die Dame.

Die Kleintierverarbeitungslehrerin lädt mich zum Essen ein.
Sie mache einen Braten.
«Aber nichts aus dem Garten», bitte ich und starre auf den Teller.
Sie schwört, es sei Rind.

Nackte Schönheit

Wir luden ein Ehepaar ein.
Die beiden Männer tranken und wurden lustig. Franco war in
Stimmung zu einem Yoga-Kopfstand. Dabei berührte er mit den
Füssen ein Bild an der Wand, eine nackte Schönheit.
Und verletzte ausgerechnet mit einem Schuh deren Schambereich.
Mein Partner schimpfte.

Da setzte sich Franco geknickt an den Tisch, wickelte ein paar
Pralinen aus, ass sie und hantierte mit den goldenen Papierchen.
Schliesslich bat er mich um ein Kleberli.
Und drückte damit ein Mäschli auf die beschädigte Scham.
Wütend lief mein Partner hin und riss es wieder ab. Da entstand ein
Loch! Mein Vorschlag, das Bild bis zum Bauchnabel abzuschneiden,
kam auch nicht gut an.

Dummheit gemacht

Wurde Zeit, dass ich wieder mal meinen Vater in Hamburg
besuchte.

Er wohnte um die Ecke der Reeperbahn und lebte seit Jahren mit
einer Kapitänswitwe zusammen.
Beim Kaffee sagte er: «Ute, ich habe eine Dummheit gemacht.»
Ich sah ihn an. Mein Hirn begann zu kombinieren.
Reeperbahngeschichten?

«Ich habe geheiratet», sagte er.
 Erleichtert lachend streckte ich der Kapitänswitwe die Hand über
den Tisch. «Gratuliere!»
«Nicht sie», sagte mein Vater.

Hundefutter

Ich bin stolze Besitzerin von 24 Hundefutterdöschen
Marke „exquisit“. Ich hab aber gar keinen Hund.
Also – das kam so:

Der Heizkörper im Wohnzimmer meiner Mutter war plötzlich eiskalt.
Ich begab mich drei Stockwerke tiefer und läutete bei einem netten
Ehepaar und fragte: «Ist bei Ihnen auch die Heizung ausgestiegen?»
«Keine Ahnung, mal nachschauen. – Ja.»
Während der Mann das Handy nahm, um den dafür Zuständigen zu
informieren, fragte die Frau, ob mir etwas auffalle. Dass etwas fehle.
Ich schaute mich im Wohnzimmer um.
«Nein.»
«Etwas, das sich bewegt.»
«Oh, wo ist Ihr Hündli?»

Vor zwei Tagen mussten sie es einschläfern lassen. Es konnte nicht
mehr laufen, frass auch nicht mehr, und die Tierärztin kam und gab

dem Kleinen die Todesspritze. Schrecklich.
Ja, und am Freitag noch eine Unmenge Hundefutter gekauft!

Auf einem kleinen Wäscheständer hing ein frisch gewaschenes
Hundekissen und eine Hundedecke.
Muss alles entsorgt werden oder verschenkt!

Der gleiche Kummer wie schon vor zehn Jahren mal!

«Schauen Sie, die Urne auf der Kommode!»
«Wie – was?»
«Das ist Mäxli, musste auch eingeschläfert werden.»

Und jetzt wurde mir das Abschieds-Foto von Ricco gezeigt.
Wie herzig er dalag auf dem inzwischen auf dem Wäscheständer
hängenden Pölsterli.

«Haben Sie ihm extra etwas angezogen fürs Grab?»
«Nein, das ist seine Windel.»

O je. Um ihren Schmerz etwas zu lindern, kaufte ich dem Ehepaar
das Hundefutter ab. Obwohl ich selber keinen Hund besitze.

Ich glaube, die schenke ich einer netten Bekannten, der Erika.
Ihr Hündli ist zwar neulich auch gestorben.
Sie wird jedoch vielleicht eines aus dem Tierheim holen.

«Es muss etwa dreijährig sein und auf keinen Fall ein Männli,»
hatte sie mir gesagt. Ich wollte wissen, weshalb.
«Sind die aggressiver oder weniger verschmust oder nicht so
lernfähig oder was?»
«Nein, aber würdest du gerne immer so ein Pfiefeli anschauen?»

Da fiel mir ein: Erika ist lesbisch.

Ja, bald bin ich die vielen Hirsch mit Kartoffeln-, Hase mit Reis-,
und Huhn mit Nudel-Döschen wieder los.

Schoggi schnitzen

Jede Schweizer Kindergärtnerin hat offensichtlich in ihrer Ausbildung einen Schnitzkurs belegt, denn wenn die Pause beginnt, packen die Kids ihr Täschli aus, kommen zur Lehrperson gelaufen und halten ihr eine Frucht entgegen.

Aus einem Rüebli schneidet sie flink ein Böötli, aus einer Birne einen Schwan, aus einem Apfelschnitz macht sie ein Eichhörnli und aus einer Banane . . .
«Bananen sind nicht erlaubt. Sag das dem Mami.»

Und als Lea der Kindergärtnerin neulich ein Schoggistängeli hinhält, da schüttelt diese ungläubig den Kopf. Noch keine zwei Wochen her der letzte Elternabend, an dem sie den gesunden Z'nüni besprochen hat und heute kommt die Lea mit Schoggi an! Sie sagt: «Aus einem Schoggistängeli kann ich nichts schnitzen, wirklich nicht.»

Am Abend ist ein Telefonanruf fällig von Leas Vater.
Das arme Kind sei vollkommen verstört aus dem Kindergarten gekommen. Ob denn das soo schwierig sei, aus einem Schoggistängeli etwas zu schnitzen!
Er habe soeben eine Blockflöte zustande gebracht.

Fernsehen zu zweit

Seit meine Mutter mit 100-einhalb Jahren zu mir gezogen ist, richte ich mich beim Fernsehen nach ihr. Bloss kein Kabarett, keine Komödien, keine Schlager, kein Quiz und keine Spiele.
Wir schauen Unterwasserwelten, Wüstentrekkings, Nord und Südpol-Expeditionen! Ich sah Flamingos, Büffel, Eisbären, Wale, Haie, Krabben und Robben auf ihren Wanderungen in der Luft, am Boden und unter Wasser.
Am Freitagabend wählte ich Inselrundgänge auf Föhr und Amrum.
Meine Mutter fand alles hochinteressant, und ich . . .

Pinke Petunien

Meine Freundin lud mich eine Woche zu ihr ein.
Morgens würde sie zwar arbeiten gehen, aber danach . . .

Am ersten Tag nahm mir vor, mich nützlich zu machen.
Zum Beispiel ihren Balkon verschönern!
Momentan war nur Gras und Unkraut in beiden Kästen!
Ich riss das Grünzeug raus, stopfte es in einen Papiersack
und trug ihn runter zum Grüncontainer.

Dann kaufte ich im Blumenladen nebenan pinke Petunien und
setzte sie ein. Wow! Der Balkon war zum Bijou geworden!
Helga würde Augen machen!
Doch leider war sie not amused.
«Wo sind meine Küchenkräuter?», wollte sie wissen.

Kreuz auf der Fahne

Meine Tochter lebt in Lugano mit einem Sizilianer zusammen.
Ihr vierjähriges Kind spricht italienisch und züridütsch.
Sie sieht verschiedene Länderfahnen,
deutet auf die Schweizerische und sagt: «Il dottore».
«Nein, Melissa, das ist die Schweizer-Fahne.»

Und als ich frage:
«Was heisst Fussball auf italienisch?»,
da ruft sie: «Miiilan!»

Entschuldigung

2.Klasse:
Ich setze mich neben Anna,
die folgende Textaufgabe zu lösen versucht:

Susi stellt fest: Es ist Mai. In zwei Monaten muss ich zum Zahnarzt.
Anna schreibt *Juli*.
«Super, aber du musst einen Satz machen.»
Anna schreibt: *Im Juli stellt sie fest.*
Ich schüttle den Kopf, und Anna legt den Arm um meine Schultern.
«Ich muss schon nächste Woche zum Zahnarzt.»

Mein Retter

Ich fuhr in eine Parkgarage, drückte vor der Schranke auf den
Ticketknopf, und da erschien das Wort *Besetzt*.
Seltsam, es fuhren drei Autos raus, und immer noch tat sich nichts
am Automaten. Ein Arbeiter in Leuchtkleidung lief umher.
Ich rief ihm.
Er lief zu mir und sagte, ich müsse warten, es werde etwas repariert.

So kamen wir ins Plaudern, das heisst, ich fragte ihn aus, ob ihm
seine Arbeit Spass mache und aus welchem Land er komme.
«Aus dem Kosovo.»

«Ich bin mit einer Familie von dort befreundet», sagte ich und
erzählte, dass jene Familie hätte ausreisen müssen, «da hab ich
ihnen einen Anwalt bezahlt. Sie durften bleiben. Sehr nette Leute.»

Ich sei auch nett, meinte er, bedeutete mir zu schweigen und
drückte den roten Knopf am Automaten.
Eine Stimme ertönte: «Was ist los?»

«Wir brauchen fünf neue Parkplätze», sagte da mein Retter und
blinzelte mir zu.

Kitsch-Karaffe

Unsere Hauswartin bekam zu Weihnachten immer ein schönes Geschenk vom Lehrerkollegium.

Diesmal wünschte sie sich eine Weinkaraffe.

Ich beauftragte mit dem Kauf meinen Cousin, der sowieso in den Manor gehen wollte.

«Nimm eine, die dir am wenigsten gefällt.»

Er glaubte sich verhört zu haben, doch – er ist Designer und liebt gestylte freche Dinge, und eine freche Karaffe würde unsere geschätzte Hauswartin am allerwenigsten wollen.

Er brachte mir dann eine überaus üppige Kristallkaraffe und bat mich, ihm nie mehr einen solchen Auftrag zu erteilen.
An der Kasse habe er sich geschämt.

Meine Kolleginnen erschraken, als ich im Lehrerzimmer die Karaffe auspackte. So einen Oberkitsch würden sie auf gar keinen Fall verschenken. Ich solle sie zurückbringen.
«Umtauschen?»

Nein, nein, eine Kollegin winkte ab und brachte bereits am nächsten Tag eine formschöne Glaskaraffe mit schlichtem Stöpsel.
Von zeitloser Eleganz, wie alle fanden.

Ich schlug vor, die Hauswartin zwischen beiden Karaffen wählen zu lassen.
An unserem Schulweihnachts-Essen präsentierte ich dann unserer Hauswartin die beiden Karaffen und bat sie, eine auszuwählen:
Ohne zu zögern griff sie nach meinem Modell.

«Wunderschön ist die, gell?» Und - alle nickten!

Die drei grossen Schoggihasen

Ich wuchs in einem Geschäftshaus auf. Mein Opa hatte einen Lebensmittelgrosshandel. Im Parterre das grosse Büro, im Hinterhaus das Lager. Dazu gehörte auch ein Tante-Emma-Laden, den meine Mutter betrieb.
Ich betrat das Haus nie durch die Eingangstür, sondern durch den Laden und ging von dort aus hoch in den Wohnbereich.

Oft stellte ich mich nachmittags hinter die Ladentheke und half mit.

Ich liebte es, zu verkaufen!

Eines Tages - ich war fünfzehn - wurde ich Chefin.

Meine Mutter musste ins Krankenhaus.
Es war eine Woche vor Ostern, und ich hatte bereits Ferien.
Welche Wonne, Wurst abschneiden und Tomaten wägen!
Alles zusammenrechnen, Kasse klingeln lassen, danke und auf Wiedersehen.
Ich war im Element, und wenn gerade keiner kam, gestaltete ich das Schaufenster um. Meine Mutter hatte Dosen reingestellt, Erbsli und Rüebli, total öde. Die kamen raus, und ich bedeckte den Boden mit Ostergras. Darauf platzierte ich drei grosse Schokohasen, streute Schokoeier und war entzückt.
Am nächsten Tag sagte Frau Mamier beim Zahlen: «Übrigens, die Sonne scheint ins Schaufenster. Die Hasen müssen raus!»

Als sie gegangen war, holte ich den ersten. Warm und weich. Ich sammelte nun alles ein, Hasen und auch Eier. Diese waren im Papier geschmolzen, die Schoggihasen (ohne Verpackung - so war das damals) sanken bereits etwas zusammen.
Ich legte alles in eine Schachtel und stellte sie in die Ecke. Wenn gerade niemand im Laden war, ging ich hin, stopfte Hasen in mich rein und leckte Eier aus dem Papier.
Am Abend, als meine Mutter telefonisch fragte, wie's so gelaufen sei, sagte ich: «Die Hasen gingen weg wie warme Weggli», und wischte mir die Mundecken ab.

Dame mit Giesskanne

Die Begonien meiner Urgrosseltern und Grosseltern hatten Durst. Auf dem Friedhof ging ich zur Wasserstelle, nahm eine grüne Kanne vom Haken und füllte sie. Da stellte sich eine Dame an, schwarze Hose, schwarze Bluse, weisser Blazer, Perlen um den Hals und Gold am Arm. Sorgfältig geschminkt. Ich schätzte sie so um die 70.

Sie brauche nur eine halbe Kanne voll. Das Grab sei klein, und sie habe gestern viel gegossen, denn sie komme jeden Tag hierher. Seit zehn Jahren.

«Seit zehn Jahren?»
«Ja. Jeden Tag.»

Es könne übrigens sein, dass ich ihren Mann gekannt hätte, weil ihn eigentlich jeder kannte, den Organisator der grössten städtischen Ausstellung.
Die Augen der Witwe leuchteten. Das muss ein toller Mann gewesen sein, ein Alpha-Tier, ein Macher, bestimmt grosszügig. Diese Perlenkette hat er ihr wahrscheinlich zum Hochzeitstag geschenkt. Und zwischendurch sicherlich immer wieder Blumen.

Sieben Jahre lang habe sie ihn gepflegt. Ein Spitalbett ins Haus bringen lassen und niemanden angestellt, nein, nein, selber gepflegt.

Wir stellten unsere Kannen ab, und ich vernahm eine ganz grosse Liebesgeschichte.
Sie fragte, ob ich mit ihr zum Grab gehen wolle, es sei nicht weit.

Das Grab war klein, bepflanzt mit weissen Rosen in zwei schrägen Reihen. Laut las ich die Worte auf dem Marmorstein, rechnete aus, wie alt der Mann geworden war und schaute ihr beim Giessen zu.
Plötzlich kamen mir so Gedanken:
Hätte ihr Mann sie sieben Jahre lang zuhause gepflegt?
Wäre er zehn Jahre lang jeden Tag an ihr Grab spaziert?

Am liebsten hätte ich ihr ins Ohr geflüstert: «Vergiss ihn endlich!»

Falten im Gesicht

Schon öfter hab ich es gelesen:
«Falten machen Sie lebendiger.Man sieht, dass Sie etwas erlebt
haben. Je mehr Falten, desto mehr haben Sie erlebt.
In männlichen Gesichtsfalten kann man lesen
von Reise- und Frauenabenteuern.
In weiblichen Gesichtsfalten kann man lesen
von Kindergebären und Kocherlebnissen.
Ein gefaltetes Gesicht ist ein echtes Gesicht.»

Doch es gibt Frauen, die merken:
«Je älter ich aussehe, desto weniger begehrt bin ich.»
Und dieses Problem mit etwas Faltenglätten hinauszögern zu wollen
- ist das so schlimm? Eine faltige Frau wird nämlich höchstens von
einem noch faltigeren Altersheimbewohner begehrt.

Diese Verachtung, mit denen alle Leute, die «nix machen wollen»,
die sich naturverbunden nennen, das Wort BOTOX ausspucken!

Sich GIFT spritzen zu lassen, igitt! SCHLANGENGIFT!
Man traut sich gar nicht mehr zu sagen, dass man sich selber schon
viermal dieses Lähmungsgift in die Stirn hat spritzen lassen,
und es nur das erste Mal schiefgegangen ist.
Ich war aber gar nicht gelähmt, Leute. Nur das linke Augenlid
und dies auch nur ein paar Wochen lang.

Horror

Eines Tages, als ich noch in Zürich wohnte, läutete es morgens um
halb sieben an unserer Wohnungstür.
Im Nachthemd öffnete ich. Draussen stand ein Kerl in schwarzem
Ledermantel mit schwarzem Hut. Er trug ein Gewehr.
Ich schrie mörderisch. Der Unhold hielt mir den Mund zu.
«Haben Sie nicht den Taubenwart bestellt?»

10 000 Euro

Meine 101-jährige Mutter, die mit hunderteinhalb Jahren zu mir gezogen ist, sagte, das mit dem Vererben sei ganz einfach:

Mein Bruder bekomme die Wohnung und ich das Geld auf der Bank, wozu ich ja bereits die Vollmacht besässe.

Ich wollte Papier und Stift holen, um sie das Testament schreiben zu lassen, doch meine Mutter meinte, ich könne mir das doch merken.

Eine Woche darauf sagte ich, ich würde gern 10 000 Euro von ihrer Bank abheben.
Ihre Antwort: «Auf keinen Fall. Ich lebe ja noch.»

Lift kaputt

Meine hundertjährige Mutter lebte damals noch allein im obersten Stockwerk eines Mehrfamilienhauses.

Neulich klagte sie am Telefon:
«Ich bin mit dem Lift runtergefahren,
und als ich wieder hoch wollte, ging er nicht mehr.
Da musste ich laufen.
Bei jedem Treppenabsatz hab ich
eine lange Verschnauf - Pause gemacht.
Es war total anstrengend, die sechs Stockwerke hoch!»

Ich: «Übertreib mal nicht. Du wohnst im fünften Stock.»

«Wieso? Ich war im Keller.»

Inhaltsverzeichnis